clásicos castalia

COLECCIÓN FUNDADA POR
DON ANTONIO RODRÍGUEZ-MOÑINO

DIRECTOR
DON ALONSO ZAMORA VICENTE

ANTONIO GALA

LOS BUENOS DÍAS PERDIDOS
ANILLOS PARA UNA DAMA

Edición,
introducción y notas
de
ANDRÉS AMORÓS

clásicos castalia

Madrid

Zurbano, 39 - 28010 Madrid - Tel. 419 58 57

Cubierta de Víctor Sanz

Impreso en España - Printed in Spain
Unigraf, S. A. Móstoles (Madrid)

I.S.B.N.: 84-7039-504-1
Depósito Legal: M. 2.074-1988

SUMARIO

A Auxi, Pachi y Eduardo Osborne,
en el barrio de Santa Cruz.
Y a Antonio, naturalmente.

INTRODUCCIÓN
BIOGRÁFICA Y CRÍTICA

I. Antonio Gala

1. *Un autor popular*

Cualquiera lo ha podido comprobar: la figura de Antonio Gala suscita, hoy, un entusiasmo popular que no tiene comparación con ningún otro escritor español vivo. Una conferencia suya, un recital de sus poemas pueden dar lugar a un verdadero problema de orden público. En mi *Diario cultural* he contado, sin exagerar un ápice, cómo pudimos morir aplastados, en la presentación de sus *Charlas con Troylo.*

La gente se le acerca, le saluda, le regala cualquier cosa, le pide algo, le toca, incluso, como si fuera un Santo o esos Reyes de España a los que —según Américo Castro— se les atribuía la virtud de curar lamparones, con sólo aplicar sus manos sobre la cabeza del enfermo...

No estoy elogiando ni censurando. Me limito a comprobar un hecho irrefutable: ningún escritor español actual ha alcanzado tal nivel de reconocimiento y popularidad.

¿Por qué? Esa es otra cuestión. Los hechos están ahí, con su implacable tozudez, pero las causas son siempre hipotéticas. Se puede pensar en su imagen pública, con la singularidad proclamada; en las series de televisión, a la vez populares y cultas; en el brillo y el escándalo de las frases deslumbrantes; en la emoción popular por la muerte de Troylo, el perrillo fiel; en los complicados fenómenos de la comunicación de masas, en nuestro mundo... Quién sabe.

Con su habitual agudeza, Juan Cueto ha subrayado el fenómeno:

> Pero al mismo tiempo que se extiende el éxito popular de Gala [...] crece el silencio acerca de su escritura en los reductos de la *intelocracia* [...]. Es como una misteriosa ley matemática y con flema empírica la constato, sin entrar en polémicas gremiales: el fervor de los espectadores está en proporción inversa al disfavor de la crítica. [1]

La aparente contradicción nos dice bastante de nuestro mundillo cultural. Y también de Antonio Gala: desde luego, como proclama el lúcido polígrafo asturiano, no escribe Gala para los intelectuales ni los críticos, sino para un público mucho más amplio; para "todo el mundo", si se entienden los inevitables límites de la expresión.

Esa es, desde luego, la clave de esa asombrosa comunidad que ha conseguido con sus lectores. Alguna vez he recordado una frase de un poeta romántico francés: *Quand je parle de moi, je parle de vous.* Al leer a Gala, muchos miles de españoles se sienten identificados, comprueban que está hablando justamente de lo que les pasa y que ellos mismos serían incapaces de expresar con tanta justeza, tan bellamente. Esa es, me parece, la razón de su éxito popular. Y uno de los secretos de la buena literatura.

2. *Datos biográficos*

La biografía de Antonio Gala no posee rasgos externos especialmente llamativos. Es, sencillamente, un escritor, un hombre que construye hermosos edificios con algo tan insignificante, tan frágil, como la palabra que el pueblo español tiene cotidianamente en su boca. Así se expresa, así

[1] Juan Cueto Alas, "Introducción" a Antonio Gala, *En propia mano,* Madrid, ed. Espasa-Calpe, 1983, pp. 14-15.

hace su vida. No hay en ella hechos espectaculares ni grandes aventuras, excepto las que vive, con gozo y dolor, cualquier ser humano y que, en su caso, se convierten en materia perdurable gracias a la escritura.

De todos modos, el destinatario habitual de esta colección —estudiante, profesor, lector curioso— necesitará algunos datos concretos. Para evitar una literatura gárrula, me limitaré a mencionarlos, por orden cronológico. [2]

1936: nace AG el día 2 de octubre.

1951: estudia Derecho en Sevilla. Luego hará también Filosofía y Letras (especialidad de Historia) y Ciencias Políticas, por libre, en Madrid. Colabora en la revista poética *Aljibe.*

1957: se retira a mitad de las oposiciones a Abogados del Estado. Ingresa en la Cartuja de Nuestra Señora de la Defensión, en Jerez de la Frontera.

1959-62: vive en Madrid. Se gana la vida dando clases, dirige el Instituto Vox de Cultura e Idiomas y la sala de arte "El árbol". Obtiene el Accésit del Premio Adonais de poesía por *Enemigo íntimo.*

1962: dirige, en Florencia, la galería de arte "La Borghese".

1963: muere su padre el 10 de mayo. El 13 de julio conceden el Premio Nacional de teatro "Calderón de la Barca" a su obra *Los verdes campos del Edén* (presentada por sus amigos Félix Grande y Paca Aguirre), que se estrena en el Teatro María Guerrero el 20 de diciembre.

1964: éxito de *Los verdes campos del Edén.*

1965: versión de *El zapato de raso,* de Paul Claudel (Teatro Español, 27 de abril).

1966: *El sol en el hormiguero* (Teatro María Guerrero, 9 de enero). Artículos en la Tercera Página del diario *Pueblo.* Clases en la Universidad de Oklahoma (USA).

2 Para este recuento de datos básicos he utilizado las introducciones de Fausto Díaz Padilla, José Romera Castillo y Phyllis Zatlin Boring a sus ediciones de obras de Antonio Gala.

1967: clases en la Universidad de Bloomington, Indiana. *Noviembre y un poco de yerba* (Teatro Arlequín, 14 de diciembre).

1968: adaptaciones y guiones para Televisión Española. Continúa escribiendo los *Sonetos de la Zubia.*

1969: versión de *Un delicado equilibrio,* de Albee (Teatro Español, 18 de mayo).

1970: *Retablo de Santa Teresa* (Colegiata de Santo Tomás de Avila). *Spain's Strip-Tease* (Café-teatro King Boite, 20 de diciembre). Aparece el tomo dedicado a su teatro en la colección El Mirlo Blanco de ed. Taurus.

1971: *Cantar de Santiago para todos.*

1972: serie de televisión *Si las piedras hablaran. Los buenos días perdidos* (Teatro Lara, 10 octubre).

1973: serie *Texto y pretexto* en *Sábado Gráfico.* Prohibición de *Suerte, campeón. Anillos para una dama* (Teatro Eslava, 28 de septiembre). Versión de *Canta, gallo acorralado,* de O'Casey (Teatro de la Comedia, 2 de diciembre). Grave operación por perforación de duodeno. Premio Nacional de Literatura por *Los buenos días perdidos.*

1974: se reponen *Los buenos días perdidos* y *Anillos para una dama. Las cítaras colgadas de los árboles* (Teatro de la Comedia, 20 de septiembre).

1975: *¿Por qué corres, Ulises?* (Teatro Reina Victoria, 17 de octubre). Escribe *Carmen, Carmen.*

1976: serie de televisión *Paisaje con figuras,* interrumpida por prohibición gubernativa. Secuestro de *Sábado Gráfico* y procesamiento por un artículo. Circula la noticia de que ha sido asesinado.

1977-8: varias series de artículos y ediciones de sus obras de teatro.

1979: comienza a publicar en *El País* sus *Charlas con Troylo.*

1980: *Petra Regalada* (Teatro Príncipe, 15 de febrero). *La vieja señorita del Paraíso* (Teatro Reina Victoria, 7 de octubre). Se emite por televisión la continuación de *Paisaje con figuras.* Muere Troylo.

1981: Inicia en *El País* la serie *En propia mano*. Publica en libro *Charlas con Troylo* y *Obras escogidas*. Estreno de *Anillos para una dama* en Nueva York.

1982: *El cementerio de los pájaros* (Teatro Consulado, Bilbao, 8 de septiembre).

1983: Inicia en *El País* su *Cuaderno de la Dama de Otoño*. Aparecen en libro *En propia mano* y *Trilogía de la libertad*.

1984: publica *Paisaje andaluz con figuras*.

1985: *Samarkanda* (6 de septiembre, Teatro Príncipe). *El hotelito* (Teatro Maravillas). Publica *Paisaje con figuras*. Es acusado de plagio por Mercedes Fórmica. El Ejército se querella por su artículo "Soldadito español".

1986: defiende públicamente el voto negativo en el Referéndum sobre la OTAN.

(En pruebas ya este libro —septiembre de 1987— ha estrenado su última obra: *Séneca o el beneficio de la duda*).

3. *Un mundo sentimental*

Aunque a algún lector ocasional pueda parecerlo, el mundo mental en el que se mueve Antonio Gala no es de ninguna manera caótico. Todo lo contrario. Por debajo de la aparente diversidad, la insistencia en ciertos temas, en determinados motivos, indica una organización mucho más unitaria de lo que pudiera imaginarse.

Entiéndaseme bien: Antonio Gala no es un pensador sistemático; ni siquiera le caracteriza, en sentido estricto, el ser un "pensador". Pero eso no implica la ausencia de pensamiento. Tiene, como cualquier hijo de vecino, sus razones; y, como todo buen artista, su sensibilidad, su manera de ver el mundo.

El cosmos de Gala es sentimental: sus ideas no son abstractas, puramente lógicas o científicamente descarnadas, sino humanamente *sentidas*. A él sí se le debe aplicar aquello de "piensa el sentimiento, siente el pensamiento". Como señala Juan Cueto, "transforma la actualidad en sentimientos", su literatura pertenece a ese género "que se refiere a los sentimientos elementales de la humanidad, del hombre en concreto".[3]

No se trata, ahora, de ponerle puertas al campo, de reducir lo vital a un seco cuadro sinóptico. Sí quiero recordar, como simple lector, algunas frases de Gala: son líneas de un mapa sentimental, indicios, pistas pequeñas —a veces, no tanto— que pueden servirnos para entender mejor las dos obras dramáticas que aquí se editan.

El artista sentimental no tiene pudor de aludir reiteradamente al corazón, como centro de todo su ser: "Yo, el más corazonado de los hombres...", dice Miguel Hernández. Lo mismo hallamos aquí. En su corazón encarna su intimidad y su sociabilidad, lo propio y lo ajeno que se hace propio, la vida entera:

> Quizá sea que mi corazón no sea algo que yo abarque, sino algo que me abarca: inasible, nutricio, inmensurable. Mi corazón, Dama de Otoño, no se acaba en mi corazón. Además de mi amor personal, es mi trabajo y mi pueblo y mi geografía y la historia de mi geografía y de mi pueblo (*DO*, p. 15).

El corazón va viviendo —bien o mal— en el tiempo que pasa. Nos guste o no, lo que vemos a nuestro alrededor, cada día, es "la efímera cualidad de todos los lazos humanos". Vamos dejando atrás sentimientos que ya se han hecho viejos. Y lo más impresionante, dicho con sencillez que estremece: "Lo inolvidable también se olvida."

Nos vamos dejando atrás a nosotros mismos: "Envejecer es tan sencillo como inevitable: basta vivir." Pero eso no debe ser pretexto para que, colectivamente, nos refugiemos en el pasado o para que un posible futuro, terreno o no, le robe el aroma y el sabor al presente: "Lo importante es el presente, y el gobierno de hoy, y el ánimo de hoy."

[3] Juan Cueto, *ob. cit.*, pp. 20 y 22.

Por otro lado, el individuo tiene recuerdos, que le abrigan del frío o mantienen vivo el dolor, como "un león un poco acobardado que ha perdido los dientes, pero, ¡ay!, no la memoria." En medio de la rutina gris de la vida, hay *momentos mágicos* —así los llama la canción inglesa— que vencen al tiempo: "En diez minutos, un amor puede perfectamente ser eterno." Entonces, es posible que cante un pájaro y —parece— se paran los relojes.

Podemos hacernos la ilusión de que el tiempo no pulveriza esos momentos: "Porque mientras un eco de los sentimientos que un día compartimos quede, quedaremos nosotros." Unamunianamente, venceremos a la muerte mientras nuestros amigos nos recuerden con afecto: "Eso se llama, Troylo, vivir en los demás. Esa es, Troylo, perrillo mío, la única inmortalidad de que estoy seguro" (*CT,* p. 13).

Como programa de vida, como instinto animal, irrenunciable, el escritor proclama que "el hombre vino aquí para vivir, igual que el pequeño gato muerto de la calle Triana, y para ser feliz mientras viviera: jugando, amando, buscándose ágilmente el alimento" (*DO,* p. 77).

Quiérase o no, la vida humana es, ineludiblemente, libertad: "... a mí, que he clamado —con oportunidad y sin ella, como diría San Pablo— por la libertad..." Por eso titula *Trilogía de la libertad* a la colección de tres de sus obras dramáticas.

Vida, vida, vida: hablar tanto de ella no significa olvidarse de la muerte, sino todo lo contrario. Pascalianamente, lo que caracteriza al ser humano es la conciencia de su mortalidad:

> Nosotros somos una gota de rocío sobre una brizna de yerba, apenas un pretexto, una leve ocasión, una centella en medio de la noche, un parpadeo, nada. El hombre es un náufrago ahogándose en el mar. Y, no obstante, es más grande que el mar: el hombre sabe que se muere, y el mar no sabe que lo mata (*PM,* p. 45).

El niño que todos llevamos dentro supo esto muy pronto:

> Yo empecé a saber esto, confusamente, a los siete años. Desde que vi el cadáver de un niño de mi edad. Buen jugador de pelota, guapo, listo, gracioso. Estaba allí, blanco, las pecas de la cara muy marcadas, recogidas las manos, quieto, quieto. Acaso los párpados, acaso las aletas de la naricilla, acaso las comisuras de los labios le temblaban un poco. No. Estaba muerto. Para siempre. Alfonso se llamaba. Tenía siete años, rodillas gruesas de cachorro y una sonrisa grande. Apenas comenzaba a vivir. Y estaba muerto. Era mayo, y alguien había inundado de celindas toda la habitación. Todo yo lo miraba atento por los ojos, como al nido de mirlos, por si me decía algo. Y no me dijo nada... (*DO*, p. 145).

Un gran error de nuestra civilización consiste en querer olvidarse de la muerte. O en pretender trivializarla, cambiar de conversación, mirar hacia otro lado. En vez de aceptar con entereza nuestra "muerte de hombre" (*CT*, p. 102).

Una mujer anónima, una desconocida, le regala al escritor un jersey de lana, que puede abrigarle de tantas cosas, en el año que comienza. Es una pequeña, real, concreta invitación a la esperanza: "Esta mujer menuda ha confirmado con sencillez *mi interminable esperanza en el hombre,* mi certeza en la igualdad esencial de todo ser humano, mi devoción por la solidaridad frente a lo injusto, mi aspiración a ejercer con naturalidad los gestos naturales. Cuántas lecciones en un par de minutos de un mediodía de enero" (*PM*, p. 28; el subrayado es mío).

Una y otra vez canta el escritor con ternura a esa *virtud bajita*: "No siempre tenemos esperanza: esa virtud bajita, con las piernas más cortas que la caridad o la fe: esa hermana menor, que arrastra cuando corre a las otras mayores. (Porque, ¿qué sería del mundo si no hubiera esperanza?, ¿a santo de qué se movería, en qué dirección, por qué motivo?)" (*PM*, p. 29).

Y nos recuerda que, en la mágica Semana Santa sevillana, "no en balde las más jaleadas dolorosas se llaman Esperanza" (*PM*, p. 301). ¿Qué mejor nombre?

Dentro de los sentimientos, por supuesto, el amor. Gala no tiene empacho en mencionar una y otra vez la palabra —sin miedo a los reproches convencionales—, en dar vueltas una y otra vez alrededor del foco. Ser —hombre o perro, igual da— es ser de alguien, "justificados y felices", o haberlo sido. Eso no supone, naturalmente, ningún tipo de posesión, porque nadie es dueño de nada. No implica, tampoco, pedir nada a cambio: "Tendríamos que amar sin esperanzas, gratis, como los niños, que esperan, no un juguete, no un caramelo, no, sino sólo todo: la vida."

> Para *La vieja señorita del Paraíso* el amor es lo único *real*; el resto de este mundo es, nada más, *tangible*: entre un concepto y otro hay mucha diferencia. El amor es aquello que sostiene la balumba ruidosa a que llamamos vida: una balumba que es real solamente cuando el amor la roza (*CT*, pp. 13-14).

El amor es concreto, tangible, se materializa en las caricias, que limpian al ser humano: "No hay detergente mejor que las caricias, salvo que haya una herida, por muy cicatrizada que parezca" (*DO*, p. 12).

De ahí el elogio del tacto: "De todos los sentidos, el que más me impresiona y al que mayor curiosidad me lleva es el que enumeramos en el quinto lugar —no hay quinto malo—: el tacto" (*DO*, p. 107). Y del beso, "el auténtico don de lenguas" (*DO*, p. 329). Ese es el auténtico, el único sabor de la vida. Al morir Troylo, "conseguimos que pintaran la casa de aquel color, que era el color de la vida. Pero creo que la vida perdió un poco del suyo. Perdió el sabor a yerba fresca, a humo, a bocadillo de jamón, a yema de coco..." (*DO*, p. 156).

El amor no supone igualdad, no se identifica con la belleza: "El amor es algo de tejas para abajo, más adaptable y mejor aliado en ocasiones. Porque qué dispares el amor y el objeto que lo inspira: una putilla de barra, feúcha y triste, es capaz de suscitar el amor más limpio y abnegado de la Historia" (*DO*, p. 29).

De ahí nace todo el teatro —y toda la vida—:

> El amor es una ciencia exacta. Durante veinte años, en mi teatro, no creo haber hecho otra cosa que aproximarme a ella. Porque el amor es muchísimo más que un sentimiento: es la pura y única realidad en medio de un mal sueño. El resto sólo será real si el amor lo toca y lo usa y se limpia las manos —las delicadas manos— en su tosca textura de invento mal y nunca terminado. No; nunca, nunca, nunca... (*DO*, p. 49).

Insiste una y otra vez el escritor en la necesidad de aceptar la vida, de ser dócil a sus mandatos. Frente al adolescente rebelde, "ahora intento abrazarme a la vida, abandonarme a ella, dejarme poseer confiado por ella, ser su vehículo. La principal virtud para mí es no obstaculizarla; no la rebeldía, en consecuencia, sino la docilidad" (*DO,* p. 45).

En el Albaicín granadino, paladea el sabor de la vida: "que todo merece la pena; que todo continúa; que el eterno retorno nos enlaza en su fértil anillo, nos arrastra, nos contagia su júbilo" (*PM,* p. 199).

De las *Charlas con Troylo,* un *leitmotiv* va surgiendo, como un tema musical que reaparece, una y otra vez, con variaciones: "Todo está bien, Troylo: las oleadas de calor y de frío, de aflicción y de júbilo, vuelven más ágil el alma en que se posan." Y una de las últimas charlas concluye, forzosamente, con las palabras finales que pronuncia *la vieja señorita del Paraíso*: "Está bien, está bien. Todo está bien" (*CT*, p. 28). Comprender, sentir, aceptar, vivir.

Comprender el destino supone aceptar el lugar que nos toca dentro del universo. Solo, no soy nada. A la vez, en cada individuo palpita la humanidad entera: "cada uno de nosotros ha de reproducir, en su vida, todos los descubrimientos, todos los luminosos entusiasmos de la Humanidad entera. En cada ser humano están todos los seres: sus desencantos y sus ambiciones, su exaltación y su fracaso" (*DO*, p. 23).

Como tantas veces ha señalado la literatura, la vida humana está hecha con la estofa de los sueños, pero no importa el material, sino el tejido que, con él, logremos hacer: "Eso es lo que tenemos. Eso es lo único con que contamos. Estamos hechos con la humilde y gloriosa madera de los sueños. Con la madera se puede construir un laúd o un patíbulo" (*PM,* p. 30).

No le gusta al escritor la sociedad de consumo, la que busca sólo el éxito, el dinero, en vez del amor a la obra bien hecha. Tampoco le gusta la Iglesia católica, como institución humana, unida a intereses muy humanos. Sus sarcasmos contra la moral de la Iglesia se repiten una y otra vez, pero la razón es más profunda. En Navidad, proclama: "Cuando nació ese niño, no habló más que de amor. Vivió haciendo el amor y murió por amor" (*CT,* p. 14). Y ésa es la más dura acusación contra la Iglesia, que cambia ese amor por administración, esquemas rígidos y burocracia.

La moral sexual le proporciona, evidentemente, los argumentos más duros. En terreno tan resbaladizo —¿quién no ha dado algún traspiés, si no patina cotidianamente?—, los católicos parecen ser los únicos seguros:

> Son lo únicos que disfrutan la certeza de cuanto tienen que creer: lo que les digan, y de cuanto tienen que hacer con sus partes pudendas: nada. Lo cual ha de proporcionarles una tranquilidad envidiable, que para nosotros querríamos tú y yo. A cambio de cuatro bobaditas —no tener relaciones sexuales antes del matrimonio, ni homosexuales en ningún momento, ni masturbarse, ni poseer a la propia mujer con concupiscencia, ni utilizar anticonceptivos, ni abortar, ni divorciarse—, a cambio de tales minucias, se les ofrece la seguridad de estar incluidos en "el plan de Dios para el amor". "Pero, ¿qué Dios de invierno es ése?", dices. "Pero, ¿qué insensatez es la de que un señor, que por principio no tiene la menor idea de la mitad, como mínimo, de los goces de esta vida, donde hay tan pocos, nos los prohíba en el nombre de Dios?" (*DO,* pp. 19-20).

Cuando la actualidad española lo reclama, el escritor defiende el divorcio: "La Iglesia, que ha consentido que la sociedad consumista y atroz convierta a la familia en una masa informe, ¿qué autoridad fáctica se arroga sobre los no católicos —en definitiva, sobre hombres libres, sean o no católicos— para entorpecer que nos legislemos el divorcio? El mal que está hecho, ¿va a arreglarse atando hasta la muerte, y más allá de la muerte, a un hombre y a una mujer que no se quieren?" (*PM*, p. 61). Por desgracia, no era innecesario repetirlo.

Siente Gala miedo a la irracionalidad, al fanatismo. Por eso, proclama que "la razón y la religión no tienen por qué ser incompatibles, pero tampoco tienen por qué ser hermanas siamesas" (*PM*, p. 130).

En general, no le gustan los uniformes, ni el eclesiástico ni el militar (*DO*, p. 344). Recuerda la vieja metáfora de "las dos espadas", que han luchado por dirigir la historia de Occidente, desde la Edad Media:

> entre uno y otro poder se balancea España. Entre los guerreros y los sacerdotes, tirándonos cada uno de una manga, no nos dejan crear, ni pensar, ni trabajar, ni vivir. Hasta que no se coloque cada cual en su sitio no será posible que avancemos, ni que seamos verdaderamente nosotros, sino sólo un reflejo de sus deseos o, por reacción, una contrafigura de ellos, lo cual quizá sea peor por ser injusto (*PM*, p. 103).

Se burla de la hipócrita educación sexual que nos han dado, defiende la naturalidad inocente del desnudo... Una buena educación sexual —y no sexual— sólo puede nacer del respeto a los demás y de la alegría de vivir.

Critica la escasa disposición del español —y también del andaluz, tan querido por él— para el esfuerzo continuado, perseverante: "los españoles somos capaces de un esfuerzo muy grande, pero también muy corto. Somos capaces de un dos, de un tres, de un cuatro de mayo; sin embargo, el quince de junio decimos 'qué calor está haciendo' y nos largamos a abanicarnos a una playa. Y eso sucede en lo individual y en lo corporativo" (*PM*, p. 40).

Le apena que el nuestro haya sido, tradicionalmente, un país triste, vestido de oscuro:

> Nos pongamos como nos pongamos, España es un país triste. En la historia, dentro y fuera, tenemos fama de eso. No hablo de esta o aquella nacionalidad, de esta o aquella región: hablo de España —una vez más— y de los españoles. La verdad es que no somos unas castañuelas. Yo, el primero. Me duele la acusación, pero sin previo conocimiento no hay enmienda posible. Yo no sé si se tratará de un destino, de una forma de ser o de que, poco a poco, las cosas y los hechos nos fueron convirtiendo en lo que somos (*PM,* p. 349).

Y sueña con una España nueva que aprenda —¡por fin!— a vivir de otra manera, a disfrutar mejor de todo lo bueno que puede darnos la vida:

> Tan sólo me consuela mirar hacia el futuro. Me consuelan los nuevos españoles. Vestidos como les sale del níspero; meneándose al son que les tocan; con los pelos cortados como quieren; evitándose gratuitos malos tragos; entendiéndose con la gente de su edad del universo mundo. Ojalá los nuevos españoles sean españoles nuevos: curiosos, admirativos, capaces de sorpresa y de ilusión y de entusiasmo. Capaces de mandar a tomar viento a la espada del Cid y de soltar al viento —al viento libre— su carcajada histórica (*PM,* p. 352).

Una creencia básica de la que nacen casi todas: nadie está solo. Recordando tiempos mejores, veranos andaluces de sudor y felicidad, concluye: "No siempre estuve solo. Y quizá no lo estoy. Es preciso y hermoso recordar ambas cosas. Quizá nadie está solo" (*PM,* p. 111).

Comentando el cambio político español, en los últimos años, recuerda que es el pueblo el protagonista, no los políticos. Con motivo del intento golpista, esperpéntico, del 23 de febrero:

> Eso ha quedado claro: ni el Rey, ni los Estados Mayores, ni el Ministerio del Interior, ni las Fuerzas de Seguridad han sido los que, el mes pasado, retuvieron aquí la democracia: fue el apoyo, el esfuerzo, la firmeza y la real gana del pueblo. Como debía ser (*PM,* p. 53).

Apela muchas veces el escritor al pueblo español, "este increíble pueblo". Recuerda el refrán —el mismo que irritó al racionalista Feijoo, el que ha cantado Pepe el de la Matrona— de que la voz del pueblo es la voz de Dios: "Porque, a la larga, es el pueblo más listo que sus cabecillas." Y eso suele ir unido, en concreto, al profundo amor por Andalucía, la tierra culta, luminosa y alegre. El amo de Troylo repite varias veces lo que decía la desgarrada *Petra Regalada*:

> Nadie que venga de fuera ni de arriba puede liberarnos. De dentro a fuera, y desde abajo, ha de brotar y crecer la verdadera redención (*CT*, pp. 19-20).

El momento más feliz es aquel en que se unen de modo espontáneo lo individual y lo colectivo, el escritor y su pueblo:

> Sin reflexionar casi, por instinto, di como el más triste uno muy íntimo —un día de orfandad— y como el más alegre, por el contrario, uno de solidaridad y compañía gozosa: el 15 de junio de 1977, en el que bautizamos a una España reciente, amanecida y llena de esperanza. Todo volvió a empezar en ese día y todo era posible. Nunca lo comunitario fue tan de la mano de lo individual, tan a su mismo paso (*PM*, p. 117).

Al comienzo y al final del año, y en medio, siempre, en cualquier ocasión propicia, nos exhorta: el futuro depende de todos nosotros. No debemos dejar que nos lo den hecho ni confiarlo a los presuntos "redentores".

El escritor se define con una bella fórmula. Él es, a la vez, solitario y solidario:

> Significa que me encuentro vinculado por lazos irrompibles de humanidad con mis semejantes, en especial con los abandonados, los desatendidos, los sufrientes, los indecisos, los que no acaban de tropezar consigo mismos. Pero significa también que yo estoy solo (*PM*, p. 311).

¿Cómo se aplica todo esto a su concreta tarea de escritor? Ante todo, cantando el elogio de una vida consagrada de veras a un oficio. Escribir es, para él, un gozo; pero, sobre todo, una necesidad: "Yo escribo porque la razón de ser de mi vida es expresarme; reflexionar y escribir el resultado. Yo escribo porque *tengo* que escribir. Si no, supongo que ya me habrían recluido en un manicomio. O en una cárcel, sabe Dios" (*PM*, p. 278).

El oficio de escribir no es fácil ni agradable, no es una afición más o menos superficial:

> Yo hubiera preferido ser ebanista, pero no me consultó nadie mi opinión. Se me trajo a este mundo para escribir, no para estar orgulloso ni alegre de escribir. Y hay momentos terribles en que la creación no es eufórica; en que todo parece como un parto forzado. Son los malos momentos del amor: ¿quién no los tiene? Pero —tú lo sabes— yo me siento, tomo la pluma, escribo sobre el papel usado por el reverso las primeras palabras. Y lo demás suele brotar después, a esa humilde llamada del hombre que hace su oficio sin alharacas, lo mejor que puede. El éxito —¿qué es el éxito?— no está ya en nuestra mano. Es algo no esencial, ajeno, posterior, de quita y pon. La satisfacción interior no nos la da él: nos la da el haber consumado, con devoción y entrega, una tarea (*CT*, p. 251).

Si al hombre le hace la palabra —y la escritura—, al escritor, en mayor medida, le hará la forma que elige para expresarse. Varias veces cita a Sartre: "No se es escritor por haber elegido decir ciertas cosas, sino por la forma en que se digan." La forma decide, la literatura decide: "El auténtico escritor —insisto— no ha de justificarse: todo le servirá, *etiam peccata*; el auténtico escritor, como todo el mundo, puede hacer lo que le salga de las narices. Pero, en general, al escribir, es conveniente que le salga de las narices hacer literatura. Lo demás son chorradas" (*PM*, p. 84).

Toda literatura tiene un destinatario: Troylo, la Dama de Otoño, un muchacho futuro... Escribimos, siempre, para alguien: para ti, para vosotros. Encerramos el mensaje en una botella y lo lanzamos al riesgo enorme de que se pierda entre las olas, pero lo hemos escrito porque conservamos la *esperanza desesperada* de que llegue a algunas manos que sepan entenderlo. Si no, no valdría la pena tomarse ese trabajo...

El público de Gala —ya lo he dicho— es muy amplio. No se dirige a los intelectuales, no pretende eso que se suele llamar "literatura popular". Escribe, según una bella fórmula, para los momentos minoritarios de la mayoría:

> Yo me dirijo, y me dirigiré, a la calidad minoritaria de la mayoría. Nunca haré demagogia. Yo le hablo a lo que cada hombre y cada mujer tienen de irrepetible, de sensitivo, de espontáneo. Siempre perseguiré transformarme y transformar en élite a todos, no aniquilar las élites. Igualar —o, por más exactitud, posibilitar la igualdad— por arriba, no por abajo (*PM*, p. 212).

La obra nace siempre del amor:

> Toda creación es interior: algo que asoma. Toda tiene por origen el amor [...] de donde venga y como venga, la creación es un acto de amor —el último quizá— y en el amor hay que estar presente siempre... (*DO*, pp. 196-97).

No se vive para escribir, sino todo lo contrario: "yo no vivo para escribir, sino que escribo para revivir, para vivir más y de nuevo. La literatura es para mí una mayor intensidad de vida, una exacerbación de la vida. Precisamente lo mismo que el amor" (*DO*, p. 121). El escritor debe escribir la vida auténtica, no la vida literaria ni la literatura anterior, por muy bella que sea...

Se escribe, también, para ser recordado; unamunianamente, para no morir del todo, para seguir viviendo en los demás. Ésa es la conclusión de un final de año —y de década— con Troylo:

> asociando con cariño esas humanas sandeces a tu nombre y al mío, dentro de cinco, de seis, de doce años, dentro de otra década o quizá de dos décadas, nuestros amigos brindarán, en otra nochevieja, con nuestro nombre silencio-

> samente erguido entre ellos. Y alguien, que paseará en medio de la nueva madrugada, oirá cantar a un pájaro remoto e inmediato. Un pájaro, al que ya nada ni nadie podrá enmudecer dentro de su alma. Eso se llama, Troylo, vivir en los demás. Esa es, Troylo, perrillo mío, la única inmortalidad de la que estoy seguro (*CT*, p. 133).

No escribe nunca Gala de modo objetivo. Todo lo pasa por el tamiz de su personalidad, de su mundo sentimental, de su estilo. Podríamos decir que habla sólo de sí mismo. ¿Habla sólo de sí mismo? En realidad, habla de sentimientos que son de todos:

> .... es posible que yo no haya hecho más que escribir sobre mis propios sentimientos; pero es posible también que no sean sólo propios —es decir, personales— los sentimientos que yo expreso. Si alcanzan a mis lectores —unas veces por vías cordiales; otras, por vías intelectuales; otras, por vías viscerales— será porque los comparten (*DO*, p. 115).

No quiere, no puede separar su obra de su gente:

> Pero, ¿qué es mi obra sino mi gente? ¿A quién he hablado yo sino a mi gente? ¿Para qué nací yo sino para mi gente? [...]. Sería un contradiós decir que yo estoy solo (*DO*, p. 369).

Antes lo dije: "Cuando hablo de mí, hablo de vosotros." Ésa es la grandeza del escritor.

4. *El teatro* [4]

De esta visión del mundo y de la literatura se deduce el concepto que Gala tiene del teatro. Ante todo, se opone a muchas modas actuales, reivindicando que forma parte de la literatura, que se trata de un género literario:

[4] Para este apartado me ha sido especialmente útil la introducción de José Romera Castillo a su edición de Gala.

> El Teatro —y esto, que parece una perogrullada, es para mí el verdadero caballo de batalla— es un género literario: un género que maneja situaciones y diálogos. Más deslumbrante si se quiere, pero también mucho más normado que los otros: que la novela o que la poesía. El teatro desenvuelve un apasionado intento: poner puertas al campo, domesticar a una Quimera (*FJM,* p. 109).

Eso no quiere decir, por supuesto, que desconozca o no atienda a los factores que configuran de modo fundamental el espectáculo:

> Cuando acaba de escribir el último "telón", el autor de Teatro empieza a pedir préstamos —cosa, por otra parte, muy frecuente en la sociedad actual—: gestos, voces, trajes, luces, decorados. Y el interés que paga, muchas veces altísimo, es que su texto pase a ser pretexto de un espectáculo que transforma lo escrito. Lo magnifica o lo empobrece, pero en todo caso lo transforma en algo que no es ya literatura (*TP,* p. 115).

Muchas veces ha escrito hermosos cantos al Teatro, como vehículo de educación y conocimiento, de justicia y esperanza. Recordemos uno de estos textos: "los teatros —las casas donde nace y crece— son como catedrales modernas en que se refugió el suspiro de la cultura y su ventalle refrescante. Porque el teatro, entre nosotros, fue una manera de contar la historia, de explicar la teología, de enseñarles la religión a quienes no leían; una forma de sembrar ideas; un procedimiento de reformar y de alzar la realidad; y de buscar la justicia y alentar la esperanza" (*PM,* p. 338).

En forma más definitoria:

> Para mí, el teatro es —entre otras cosas, pero más que nada— una forma de educación y una vía de conocimiento, intelectual y emocional, basada en la procuración de la justicia y sostenida por la esperanza (*FJM,* p. 117).

Supone, por supuesto, la comunicación con un público; más aún, la comunión con un pueblo, con un idioma. En

Nueva York comprueba que el teatro "es una patria; que el teatro, frente a otros géneros literarios, más de soledad, es un recado inmediato, colectivo, encarnado y personificado; que transporta el paisaje y la lengua y la actitud vital de una manera inevitable y rectilínea" (*PM,* p. 310).

Frente a muchas modas recientes, no comprende cómo puede llevarse a la práctica la creación colectiva: "las respeto, pero pienso que a mí me sería imposible. A no ser que consistiese en un espectáculo que sumara varias creaciones muy delimitadas. Pero no estoy seguro que a eso pueda llamársele 'creación colectiva' ".[5]

Recuerda y comparte la opinión de Víctor Ruiz Iriarte: "no termino yo de entrar por eso que ahora califican de *creación colectiva.* Es tan difícil crear, aun estando uno solo..." (*PM,* p. 402).

Cree Gala que el teatro, como todo lo vital, no avanza a saltos, sino por lenta evolución. Por eso, se ha mostrado cauto —pero no negativo— hacia las técnicas teatrales de vanguardia, recordando que se trata de medios, no de fines, en sí mismas.[6]

Apliquemos esto a su propia obra dramática. El se considera —muchas veces lo ha dicho— un escritor que escribe teatro: "Yo no soy un hombre de teatro. Eso me lo han repetido en todos los tonos. Soy un escritor que —de vez en cuando, no demasiado— escribe teatro" (*CT,* página 152).

Defiende Gala la unidad básica de su obra dramática: "¿Que mi obra sigue un proceso? Por supuesto. Pero el proceso lógico de todo desenvolvimiento. En esencia, yo lo veo invariable. Se trata de un desarrollo más bien formal, de crecimiento, diría yo; de fisonomía más que de alma, me parece".[7]

[5] *Primer Acto,* núms. 170-171, Madrid, julio-agosto 1974, p. 16.
[6] *Ibidem,* p. 26.
[7] Entrevista con Santiago de las Heras en la edición de varias obras de Gala hecha por José Monleón, Madrid, ed. Taurus, 1970, p. 79.

Como tema que lo unifica, señala uno con el que ya nos encontramos anteriormente: "Si yo tuviese que elegir un tema obsesivo en mí, elegiría la 'redención'. Esa que está verificándose en cada instante, esa que llega por caminos sorprendentes. El ser humano, no hay que darle vueltas, está ya redimido. Pero es preciso luchar *ad perpetuam* contra los que se oponen a ello. Es decir, yo no hablo de 'redentores' sino de la lucha contra los 'antirredentores'." [8]

Muchas veces nos ha dado datos concretos sobre el proceso de la escritura, en su caso personal: "La concepción es instantánea; la gestación, larga; el parto, rápido y sin mucho dolor. En la puesta confío, (...) en el director y en la comprensión, coincidente en lo esencial con la mía, que él tiene de mi pieza." [9]

No se hace muchas ilusiones sobre la influencia social del teatro:

> la verdad es que el Teatro, igual que toda la Literatura, tiene sólo una moderada resonancia colectiva, un bastante modesto eco social. Lo suyo es el diagnóstico y no el quirófano; su campo es el del ojo clínico; los bisturíes y las erinas están en manos de los gobernantes. Pensar de otra manera sería hacerse ilusiones que conducirían no sólo a dejar la sociedad como está, sino a no haber escrito siquiera una estimable obra literaria (*FJM*, pp. 109-110).

En su momento pretendieron encuadrarle en la llamada *generación realista*. El paso del tiempo —me parece— no hace más que agrandar las diferencias que le separan de los otros presuntos miembros. Recordemos sus cautelas:

> Es frecuente que a mí se me incluya en la llamada generación realista. Sin embargo, ya al adjetivar, para cada autor, ese realismo se deshace en la práctica: una clasificación que más bien es teórica o basada en una simplificación para el estudio. Así, se habla del realismo reivindica-

[8] Entrevista con Antonio Núñez, *ibidem*, p. 74.
[9] *Art. cit.* en nota 5, p. 16.

tivo de Olmo, del realismo sensual de Martín Recuerda, del realismo reformista de Rodríguez Buded, del realismo expresionista de Muñiz o del realismo sarcástico de Rodríguez Méndez. En tales denominaciones acaba el adjetivo por alcanzar mayor valor que el sustantivo. Y eso lleva a concluir que más que una generación con coincidencias artísticas o estéticas se trata de una generación con coincidencias éticas. Es decir, se hace referencia a un grupo de escritores de Teatro que tienen, más que nada, una cosa en común: el haber mirado con ojo crítico a su alrededor y el intentar contar eso que han visto. Los modos de contarlo, no obstante, me parece que son, como las invitaciones nominativas, personales e intransferibles (*FJM*, p. 112).

En realidad, el suyo es, claramente, un teatro *poético*:

Yo creo con todas mis fuerzas [...] que el único teatro perdurable será el que escriban los poetas. No estoy arrimando el ascua a mi sardina: por poesía entiendo el alma de las cosas; una vía de conocimiento, no de expresión; la "poiesis" platónica: ese líquido que toma la forma de la vasija en que se vierte. Quiero decir que no me refiero a un texto en verso, aunque el ritmo de su prosa sea tan claro para el autor-poeta que, sin mirar el texto, pueda decir cuándo un actor se equivoca. [10]

No le interesa a Gala escribir teatro *histórico,* en el tradicional sentido de la palabra, pero sí contarles a los españoles su historia: "Treinta años relatando a este país su propia historia —puesta a precio mi cabeza en ocasiones—, con el intento de que nada de lo malo sucedido vuelva a suceder nunca: ni ahora ni después" (*DO,* p. 255). Y eso, por supuesto, tiene unas consecuencias políticas, pero no partidistas.

Al crítico y al espectador de las obras de Gala suele llamarles la atención el protagonismo de las mujeres. El escritor lo justifica así:

[10] Antonio Gala, *El teatro de García Lorca,* Salamanca, Publicaciones de los Cursos de Verano de la Universidad, 1972, pp. 8-9.

Opino que hay unas razones puramente técnicas, y otras, menos superficiales. Por ejemplo, en teatro, sobre un escenario, los comparecientes se llevan el gato al agua por el siguiente orden: un animal, un niño, un loco, un borracho, una mujer y un hombre. La mujer, en igualdad de condiciones, siempre queda mejor: es, en el estricto sentido de la palabra, más teatral que el hombre. El hombre, en la vida —y por tanto en la escena— actúa, pero apenas se explica. Es más taciturno y más ensimismado. La mujer acostumbra a exponer los motivos de su actuación y es más extrovertida, por lo que llega antes y con más verosimilitud a los espectadores. Además, a lo largo de la historia de la humanidad, la mujer ha personificado más ideas, ha encarnado más símbolos, ha incorporado más alegorías que el hombre. La humanidad, de una forma casi filial, instintiva —y muy justificada—, confía más en la mujer; descansa más en ella. Por si fuera poco, parece que los sentimientos que caracterizan al ser humano logran, en el alma femenina, una floración y una cosecha especialmente luminosas y visibles. (Y, por fin, la verdad es que, en el elenco teatral español de hoy, el número de primeras actrices es superior al de primeros actores, Dios sabrá por qué) (*PM*, pp. 254-255.)

A la vez, se desmarca del feminismo fácil, elemental:

Lo que intento decir es que si alguien piensa que la mujer y el hombre no son titulares de los mismos derechos —de los inalienables y de los demás—, debe inmediatamente ser desprovisto de ellos, porque ése sí que no es hombre ni mujer: es un imbécil sólo (*PM*, p. 255).

Una vez, incluso, resume los elementos dramáticos que suele manejar: "un escenario oprimente, extrañamente oscuro, alguien que ha perdido la libertad, un factor desencadenante y las situaciones que a continuación se producen". El pormenor técnico concluye con la referencia a las dos ruedas que mueven su creación literaria: "Y luego eso se construye sobre dos rieles, que son la justicia, esa justicia absoluta que debe permitir a todos los hombres que se cumplan; y la esperanza, que muchas veces no está en mi obra pero que salpica al espectador y le recomienda que salve en la vida lo que en el escenario no ha podido ser salvado." [11] En ese mar desembocan, una vez más, todas las aguas.

5. *Estas dos obras*

Para esta edición, que supone la incorporación de Antonio Gala a la prestigiosa colección Clásicos Castalia, he elegido dos comedias que ocupan un lugar central, dentro de su obra: *Los buenos días perdidos* y *Anillos para una dama.*

Lugar central, en el doble sentido cronológico y valorativo. Después de la revelación triunfal de *Los verdes campos del Edén* y los relativos fracasos de *El sol en el hormiguero* y *Noviembre y un poco de yerba,* Gala escribió varios guiones para cine y televisión. La fecha quizá decisiva en su vida teatral fue la del 10 de octubre de 1972, cuando estrenó en Madrid —tras un breve rodaje en Badajoz y Córdoba—, en el Teatro Lara, *Los buenos días perdidos.*

La obra obtuvo un enorme éxito y supuso, en la práctica, su consagración como autor dramático. Alcanzó más de 500 representaciones. Después de Madrid, la compañía de Mary Carrillo la llevó en una larga gira por España, que duró año y medio, desde noviembre de 1973, en Barcelona, hasta mayo de 1975, en Albacete.

Entre las dos fechas, se representó en Bilbao, Zaragoza, Valencia, Las Palmas, Madrid de nuevo (ahora en el Teatro Reina Victoria), Sevilla, Granada, Algeciras, Jaén, Cádiz, Montilla, Lucena, Cáceres, Murcia, Cartagena, otra vez Zaragoza, de nuevo Barcelona, Valladolid, León, Orense, Vigo, Pontevedra, Santiago de Compostela, Ferrol, Coruña, Lugo, Ribadeo, Oviedo, Avilés, Mieres, otra vez Bilbao, Huesca, Reus, Castellón, Cuenca, Toledo, Linares, Peñarroya, Almería, nuevamente Córdoba y Málaga.

[11] Entrevista con Maruja Torres en *El País,* Madrid, 8 septiembre 1982, p. 27.

Los buenos días perdidos obtuvo los más importantes premios a que puede optar una obra teatral española: el Nacional de Literatura, el Espectador y la Crítica —de los críticos madrileños—, el Premio Mayte, el Ciudad de Valladolid y el Foro Teatral.

El éxito popular se multiplicó con los guiones televisivos de la serie *Si las piedras hablaran* y la serie de artículos en la revista *Sábado Gráfico,* que darán lugar luego al libro *Texto y pretexto.*

Después de una grave enfermedad, renovó Gala su éxito con el estreno de *Anillos para una dama,* el 28 de septiembre de 1973, en el Teatro Eslava de Madrid. Los galardones fueron semejantes: otra vez, más de 500 representaciones y una larga gira que duró desde marzo de 1975 a junio de 1976.

Esta vez, las ciudades visitadas fueron Sevilla, Murcia, Alicante, Palma de Mallorca, Cuenca, Castellón, Orihuela, Albacete, Cartagena, Alcoy, Jaén, Linares, Úbeda, Sanlúcar de Barrameda, Cádiz, Huelva, Málaga, Lucena, Montilla, Cabra, Almería, Algeciras, Córdoba, Granada, Andújar, Madrid otra vez (Teatro Reina Victoria, del 9 al 19 de junio de 1975), Badajoz, León, Vigo, Pontevedra, Santiago de Compostela, Coruña, Ferrol, Ribadeo, Oviedo, Avilés, Tarazona, Logroño, Vitoria, Ejea de los Caballeros, San Sebastián, Bilbao, Barcelona, Valencia, Castellón, Vendrell, Igualada, Sitges, Tarrasa, Sabadell, Vich, Gavá, Gerona, Reus, Tarragona, Lérida, Villafranca del Penedés, Manresa, Huesca, Zaragoza, Santa Cruz de Tenerife, Valencia, otra vez Alicante y Cartagena, Murcia, Sevilla y Granada.

Otra vez se acumularon los premios: "María Rolland" del Montepío de Actores, "Maratón" de Radio Popular, Long-Play, Carrusell, Zahira de Oro de Córdoba, "Cincuentenario" de Radio España, El Espectador y la Crítica, y Foro Teatral.

Según los datos recopilados por Amancio Labandeira, son estas dos sus obras más representadas en España y el extranjero, las más galardonadas y estudiadas por la crítica.

El éxito no es un dato accidental: ha quedado atrás, ya, todo lo que pudiera haber de tanteo inicial en sus primeras obras, a pesar de la brillantez sorprendente de *Los verdes campos del Edén.*

Ahora, no cabe duda, el autor ha encontrado ya, plenamente, su propia voz: Gala no vacila, se nos ofrece "de cuerpo entero". Sabe lo que quiere conseguir y lo logra. Conecta plenamente con unos espectadores que, a partir de ahora, serán, ya, "su público". Dentro de la línea que él quiere seguir, las dos obras poseen una notable coherencia, y su lenguaje, una brillantez nada común.

Después de estas dos obras, la polémica volverá con otros dos dramas históricos, *Las cítaras colgadas de los árboles* y *¿Por qué corres, Ulises?* Luego, a fines de la década de los setenta, inicia la publicación de la serie de artículos *Charlas con Troylo,* que desencadenará una oleada de popularidad verdaderamente insólita, entre nosotros. Y la plena comunicación/comunión con el público se continuará en sus obras dramáticas, agrupadas bajo el título común *Trilogía de la libertad.*

Antes de los cuarenta años, así pues, ha alcanzado Antonio Gala su madurez narrativa: sus logros —y sus limitaciones— aparecen, ya, plenamente, en estas dos obras. Para el que desee estudiar su trayectoria dramática representan, quizá, la imprescindible puerta de entrada.

II. "Los buenos días perdidos"

1. *Noticias*

Ya he mencionado el estreno madrileño de esta obra, en el Teatro Lara, la clásica "bombonera", el 10 de octubre de 1972. Éste fue el reparto:

Consuelito	Amparo Baró
Hortensia	Mary Carrillo
Cleofás	Manuel Galiana
Lorenzo	Juan Luis Galiardo

El director de escena fue José Luis Alonso, que ya había dirigido *Los verdes campos del Edén* y *El sol en el hormiguero,* y volvería luego a dirigir *Anillos para una dama* y *Las cítaras colgadas de los árboles.* No cabe duda de que la finura poética y la sólida preparación profesional de José Luis Alonso encajan bien con el teatro de Antonio Gala.

Se ocupó de la escenografía otra figura importante de nuestro teatro, Francisco Nieva. Buena parte de la crítica elogió su talento para visualizar los chirriantes contrastes que nos propone el autor.

Revisando las distintas obras de Gala nos encontramos con algunos datos que se refieren a esta obra. Ante todo, que la escribió en Granada:

> Bastantes personas creen, por una inconsciente asociación, que yo soy de Granada. Algunos estudiosos, no sé si con acierto, ven una similitud entre la obra de Lorca y la mía. Existen, eso sí, tres puntos de contacto: poesía, teatro, Andalucía. (Entendiendo la poesía como una vía de conocimiento, el teatro como una forma de expresión y Andalucía como una forma de ser). Yo, que sin haber nacido allí amo a Granada —incluso he escrito en ella: mi comedia *Los buenos días perdidos,* por ejemplo—, porque la amo y porque la conozco, puedo decir que tiene tela marinera (*TP,* p. 324).

En sus *Memorias,* aparecidas hace poco, refiere María Asquerino cómo fue ella la que tuvo la idea de estrenar esta obra y se lo propuso al productor, Antonio Redondo, aunque luego, por uno de esos cambios tan frecuentes en el teatro, se vio excluida del reparto.[12]

Con su habitual unión de lo íntimo y lo externo, Gala le cuenta a Troylo:

> En el setenta y dos sucedieron dos cosas: yo estrené *Los buenos días perdidos* y, en vista de que la convivencia no

[12] María Asquerino, *Memorias,* Barcelona, ed. Plaza y Janés, 1987, pp. 218-220.

> marchaba, intentamos enderezarla mudándonos de casa. La comedia fue bien; el traslado, fatal (*CT*, p. 269).

Antes de llegar a Madrid se probó la obra en Córdoba y allí sucedió una anécdota que el autor ha recordado, como muestra de las actitudes que pueden adoptar los públicos de teatro:

> Yo recuerdo mi penúltimo estreno en una queridísima capital andaluza. Por amor deseé que se hiciera en ella el estreno mundial. Los espectadores estaban desconcertados y expectantes, atisbándose unos a otros con el rabo del ojo, abrumados de responsabilidad, sin saber si reírse sería de buen tono o de buen tino. Se hallaban inseguros, sin los comentarios preliminares de otras veces, "de qué iba" aquella pieza y si era cómica o poética o satírica. Hasta que alguien del gallinero, despreocupado y espontáneo, soltó la primera carcajada y alivió a la estricta platea como quien suelta el corchete del sujetador que oprime las protuberancias de una señora gorda (*TP*, p. 254).

Ha evocado también Gala el éxito que alcanzó la obra en Canarias:

> Cuando llegué a Las Palmas se habían hecho todas las rogativas conocidas para impetrar de los cielos la lluvia con esa fe tan especial de allí, donde no abundan tanto como aquí las iglesias, y donde todo es —bendito sea— infinitamente más sensual que en Castilla. (De una sensualidad espontánea, anterior a la idea de pecado, "natural", que ningún peninsular tendrá nunca: ni los del Alto Aragón, ni los más ruidosillos de la Costa del Sol, "casi ná"). Yo hubiera preferido, por cortesía, en vez de estrenar *Los buenos días perdidos,* estrenar la comedia americana *El hombre que trajo la lluvia.* Pero al final todo terminó bien, como en los carnavales de Telde: llovió un rato —"un rocíon precioso"—, hubo un largo apagón y el Teatro Pérez Galdós se vendió íntegro por primera vez desde que se fundara en 1927 (*TP*, p. 172).

A pesar del éxito, la obra no debió de resultar demasiado fácil para algún sector del público. El director, José Luis Alonso, anota un dato concreto:

> Viendo esta obra se podría hacer un estudio sobre la risa en el teatro... Hay risas francas ante cosas muy directas y hay otras, con recámara y complicidad. Hay toda clase de risas. Esto no ha sucedido sólo en Madrid, sino antes, cuando probamos la obra, en Badajoz y en Córdoba, aunque, como es lógico, el público de aquí esté más sensibilizado para la ironía teatral. Hay una frase que a mí me hace mucha gracia y que pasó inadvertida en Badajoz y en Córdoba. Cuando yo preveo que un momento de una situación o una frase van a producir un determinado efecto sobre el público y esto no sucede siempre, me desconcierto e indigno. La frase esta vez era ésa en que Doña Hortensia dice: "Yo, aunque soy muy de derechas, sé perdonar." Esa frase, que cayó en el vacío fuera de Madrid, provoca ahora tal carcajada que Mary Carrillo necesita buscarse el pañuelo y arreglárselas para cubrir los segundos de inevitable pausa. [13]

El crítico José Monleón, por su parte, nos da la información más ideologizada: "El estreno fue un éxito clamoroso, pese a que las negruras de la segunda parte rebajaron un poco el entusiasmo suscitado por la primera, considerada más 'poética y amable'." [14]

2. *Autocrítica*

A lo largo de sus artículos, recogidos luego en volúmenes, reflexiona Gala una y otra vez sobre el sentido de su obra. Sus observaciones son siempre inteligentes y sugestivas. Por eso, me parece conveniente recordar aquí algunas de esas notas, como un elemento útil para entender mejor *Los buenos días perdidos*: el lector deberá manejarlas, por supuesto, con las cautelas que toda declaración autocrítica suscita siempre y filtrarlas por el tamiz de su propio juicio.

Ante todo, el tema de la prostitución:

[13] *Primer Acto,* núm. citado, pp. 21-22.
[14] *Ibidem,* p. 30.

Alguien, para hacerme daño —sin éxito—, me espetó: "Tú sólo sabes escribir de putas". No sería mala cosa, porque es un amplio campo. Tú y yo hemos conocido a numerosas profesionales enamoradas de su oficio. A raíz, como decía la Hortensia de *Los buenos días perdidos,* del "despiadado decreto que nos hizo a todas decentes por ministerio de la ley", muchas de ellas —Laura, por ejemplo, tan esbelta, ¿te acuerdas?— tenían que apostarse, para lanzar sus redes, junto a la pila del agua bendita de la iglesia de San José, en misas concurridas. En el año 56 no se les dejó otra alternativa.

Lo que le faltaba a esta sociedad desconcertada de que formamos parte es cogérsela con papel de fumar; fingir que el problema no existe, por si se pasa o se olvida; esconder la cabeza como el avestruz y creer que no la ven [...].

Lo único que a esta sociedad le preocupa son las enfermedades "malditas", que, ya apaciguadas, vuelven a aparecer en una inesperada y rotunda primavera. De ahí que se oigan voces reclamando de nuevo la legalización, para controlarla, de la prostitución.

Y me parece buena, siempre que se haga bien. Porque no es asunto de la sociedad lo que los socios hagan libremente con su entrepierna: sí lo es que lo puedan hacer de verdad libremente (*DO,* p. 289).

Sobre estas vidas miserables planea la sombra del poder, en su doble variedad: político y religioso. Son *las dos espadas* que Gala ha denunciado repetidamente, por ahogar la libre expresión del individuo:

Tal ha sido la historia de Occidente durante siglos. Los dos poderes han llegado a una *entente cordial* y de mutuo auxilio, construida sobre el *non plus ultra* de la cita del Cristo: "Al César lo que es del César, y a Dios lo que es de Dios". Sus luchas fraternales, que generalmente se han llamado guerras santas, cruzadas o guerras de religión, han surgido porque uno de los poderes quería trincar más que el otro. Pero cualquiera que fuese el que las iniciaba, el que las pagaba era siempre el mismo: el rebaño, es decir, el pueblo de Dios. Por eso, la vieja puta protagonista de *Los buenos días perdidos* se siente tan segura entre sus dos columnas, las dos con uniforme —o con hábito, que es como la Iglesia llama a sus uniformes—: un guardia municipal y un sacristán: la máxima dosis de uniforme que entonces nos permitía la censura (*PM*, pp. 101-102).

Critica la obra una España volcada al consumismo, abaratada, vulgarizada, que ha perdido sus raíces tradicionales y sustituye su cultura propia —vieja pero respetable— por el chafarrinón esperpéntico de las *rosas de plástico*. Con el pueblo desnortado, comparten la culpa, por supuesto, los dirigentes que alientan demagógicamente estos bajos instintos:

> Hay dos posturas que me sacan de quicio y cuya digestión no he podido hacer nunca. Una, la del pueblo llano cuando se vuelve *snob (sine nobilitate)* —qué idiotez—, cuando remeda con cursilería los gustos burgueses. El lujo no es nunca, cuando ofensivo, bello. Pero el lujo de pacotilla, el boato fingido, el oropel, son repugnantes. Lo superfluo, o es auténtico, o es una porquería. De ahí la segunda postura que detesto: la de quienes, en general por su propia conveniencia, maleducan al pueblo llano dándole siempre la razón, alaban sus deformaciones contagiadas, le invitan paternalmente a disfrutar sucedáneos espantosos: *El Escorial de plástico* de que hablaba en *Los buenos días perdidos*. No, señor. Quien no tenga dinero para flores naturales —u oportunidad, lo que es distinto: ni son todos los que están, ni están todos los que son— no las debe jamás sustituir por las contrahechas, que son —las tenga quien las tenga: del rey abajo— horribles. Es preciso correr el riesgo de afirmar la verdad: no *hablarle al vulgo en necio para darle gusto* (*PM*, p. 211).

Algún crítico pudo considerar demasiado rebuscado y esperpéntico el episodio de presentar a un sacristán que organiza una rifa con objetos litúrgicos. En nuestro país, sin embargo, la realidad suele superar casi siempre a la imaginación.

A la vez que la obra iniciaba su gira por España, un párroco gallego utilizaba este mismo procedimiento para sacar de la penuria a su iglesia:

Quizá en ese caso quien mejor haya entendido las cosas —o, al menos, con prudente anticipación— sea el párroco de Meirás, pueblo de La Coruña, conocido por otras razones hasta ahora. Dicho padre, que responde al significativo nombre de José Rodríguez Pérez, rifa el día de la Inmaculada (yo escribo esto el 2) la imagen de la Inmaculada que se venera en uno de los altares de su templo. El precio de cada papeleta es de un duro, y en medios allegados a la feligresía se sostiene que el rifante está dispuesto a seguir rifando imágenes. Hasta el momento, no deja de ser encomiable esa delicadeza de hacer coincidir la rifa de un santo con el día de su fiesta litúrgica: menos da una piedra (*TP,* pp. 138-139).

Por boca de Cleofás, propone y discute Gala, una vez más, su visión del amor. (Lo mismo harán Jimena y su hija, en la otra obra de este volumen).

Posteriormente, vuelve sobre el tema, corrigiendo y precisando un poco más:

Un personaje de mi comedia *Los buenos días perdidos,* dice:

"Entre nosotros, hablar de amor no estaría bien. Nos entraría la risa. El amor es cosa de los otros: de la gente importante, que tiene tiempo libre. Nosotros bastante tenemos con ir viviendo juntos." Este "bocadillo" de Cleofás está lleno de errores: 1.º El amor no se habla, no se dice: se hace. 2.º La risa es seguramente una de las vías de aproximación humana más rectas que conozco. 3.º La gente importante es la que menos se enamora (ya lo está de sí misma y es imposible llenar una botella llena) y es la que menos tiempo libre tiene. 4.º "Ir viviendo juntos" es una de las pocas pruebas de amor que existen en el mundo.

Pero Cleofás acierta en una cosa: para amar —como para todo oficio absorbente— se necesita tiempo (*TP,* pp. 28-29).

Al levantarse el telón, en el escenario aparecen objetos contradictorios, aparentemente absurdos. Sin embargo, el público *entró* en la obra desde el primer momento. Lo afirman toda la crítica y el propio director de escena: "Yo nunca creí que la obra tuviera un efecto tan rápido e inmediato sobre el espectador."

Lo atribuye el autor a un recurso escénico:

> Yo creo que en ella hay algo que sumerge muy pronto al espectador en el ambiente que nos interesa. Me refiero a la canción de "A Mari Blanca le ha pillado el toro" y a la oración de Angelus que viene en seguida. Pese al clima extraño, un poco chirriante, con que se plantea la obra, tanto la canción como el Angelus son cosas que le resultan al espectador conocidas y contradictorias, preparándose así para seguir viendo y escuchando otras cosas también conocidas y contradictorias.

En el mismo coloquio al que pertenecen estas frases afirma Gala algo importante para entender la obra: su dimensión colectiva, histórica. Y, a la vez, lo hace con las debidas cautelas, sin precisar el posible efecto alegórico:

> Yo creo que, en efecto, en *Los buenos días perdidos* hay una referencia precisa a la sociedad española actual, a un momento de transición, coyuntural, de cambio de actitudes, de manera que quien entiende la comedia sabrá identificar y descubrir cuanto se dice entre líneas. [15]

En efecto, muchas veces ha negado Gala que se trate de una obra *simbólica,* en el sentido más mecánico del término. Lo que sí pretende, como siempre en su obra, es que el espectador la complete, con su participación. Por eso —y no buscando chistes fáciles— es por lo que recurre al humor: "procuro lanzar continuamente ganchos de abordaje para sostener la atención de los espectadores y evitar que se me vayan. Procuro utilizar el humor como esos ganchos de abordaje. Para mí el humor es un instrumento de trabajo, puesto que, mientras los espectadores se ríen, puedo yo, haciendo de domadorcete, coger la fusta y obligarles a que consideren la situación de la que nos estamos riendo". [16]

[15] *Ibidem,* p. 24.
[16] *Ibidem,* p. 25.

La unión de los dos elementos —tan desgarrada, tan española— es, efectivamente, uno de los grandes atractivos de la obra. Como declaró José Luis Alonso, "en Antonio Gala, incluso en la escena de la profanación de la sepultura, siempre hay algo de cachondeo y no de negrura". [17]

Se ha discutido mucho el sentido que posee el personaje Lorenzo: simple chulo o "ángel" que revela las miserias del ambiente y abre la ventana esperanzada de Orleáns. Según su creador, en el coloquio que estoy resumiendo, "ese personaje fue inventado, desde luego, como un factor desencadenante, como alguien que viene como una pedrada en un remanso —por supuesto, lleno de sabandijas y de posibilidades de odios y rencores—, y que, en esta ocasión, en vez de ser el acostumbrado ángel bueno, una especie de enviado de la divinidad, llega a ser corrompido por la suciedad del sitio adonde va. En todo caso, no sabemos si llega ya con el ánimo de chulear o si es que descubre la posibilidad de hacerlo a través de los ojos de doña Hortensia, que nada bueno pueden enseñarle. Doña Hortensia sería algo así como la Celestina de este extraño forastero, hasta conseguir corromperlo y ponerlo a su propia disposición". [18]

La obra proporcionó un gran éxito a una de nuestras mayores actrices, la veterana Mary Carrillo. La razón me parece clara: con todas sus miserias, el personaje de Hortensia posee una humanidad indudable. Para Gala, "en doña Hortensia la avidez de vivir es tanta que está por encima de todo, de manera que al advertir que el cadáver no tiene collares ni sortijas se agarra al chulo y pasa por encima de la muerte". [19]

No quiero concluir este apartado sin referirme a un par de frases de Gala que, sin aludir directamente a esta obra, iluminan de modo clarísimo, a mi parecer, su sentido.

[17] Atribuyo estas palabras a José Luis Alonso, aunque, en el número citado de *Primer Acto* se ponen en boca de Gala. Me parece que es una errata evidente.

[18] *Ibidem,* p. 23.

[19] *Ibidem,* p. 24.

En una ocasión recuerda "una cita de Azaña contra la esperanza, entendida como la minadora del presente, como el aplazamiento que, por mirar al futuro, deja escapar la flor del hoy. Ese sentido de remisión *sine die* es el de la expresión de Anouilh 'la cochina esperanza'" (*PM,* página 230).

Y, en otra ocasión, a propósito de *Petra Regalada* —es decir, años después—, escribe un par de frases en las que parece difícil no ver una alusión a la obra que ahora nos ocupa: "Los falsos sueños son los que nos traicionan y asesinan, no la verdad. La verdad duele acaso, pero salva, porque nos hace libres" (*PM,* pp. 162-163).

No se trata de una tópica reminiscencia de los libros sagrados —"la verdad os hará libres"—, sino de una convicción profundamente sentida. Recuérdela bien el lector, pues le ayudará a entender el sentido esencial de *Los buenos días perdidos.*

2. *La crítica del estreno y la posterior*

La crítica de esta obra fue, en general, muy positiva. Quizá ninguna otra de Gala ha merecido elogios tan unánimes; si acaso, la primera, *Los verdes campos del Edén,* pero, en este caso, jugaba algo la revelación de un nuevo autor, que todavía no suscitaba recelos ni envidias, sino un paternalista afán de "apadrinarlo". Posteriormente, en cambio, el éxito popular ha solido ir unido a la polémica de los críticos.

Volviendo a *Los buenos días perdidos,* me parece útil proporcionarle al lector un resumen de lo que dijeron los principales críticos. (Señalo solamente, desde luego, los aspectos que me parecen más originales de cada crítica, dejando los inevitables puntos comunes).

En el diario *ABC,* [20] Adolfo Prego sitúa la obra dentro de una tradición muy española: "La aventura, siempre

[20] Doce de octubre de 1972. Esa es la fecha en que aparecen también las críticas de *Nuevo Diario* y *Ya.*

insólita aunque repetida, de poner cascabeles a la tragedia tiene en España raíces profundas." Elogia la "envoltura cómica brillantísima" y la calidad poética: "Su fuerza radica en su poesía, en su capacidad para integrar en un mundo poético los ingredientes de la desesperación y del ensueño, de la felicidad y del infortunio, de la miseria moral y la grandeza del espíritu..." En cambio, formula un reparo: "El país ha cambiado, está cambiando a toda marcha. No le son aplicables ciertas valoraciones típicas de nuestros tiempos posimperiales ni las actitudes amargas del 98. Hay otras cosas que decir."

Francisco García Pavón, novelista y profesor en la Escuela de Arte Dramático, elogia sobre todo, en su crítica de *Nuevo Diario,* la calidad del lenguaje:

> El primer acto de este personalísimo poema lírico podía haber durado una hora más sin cansar al espectador. El lenguaje crudo, sorpresivo, lleno de gracias "galanas" y quiebros poéticos es el gran espectáculo de esta estupenda pieza de Antonio Gala.

La crítica de *Ya* la ejercía un finísimo escritor, insuficientemente valorado, José María Claver. En su comentario, señala bien la doble faz de estos personajes:

> Cuatro arquetipos, pues, henchidos de significación y de representatividad. Desde un punto de mira social o colectivo, atrozmente ejemplarizantes, pero en su respectiva constitución individual esta vez absolutamente vivientes, consistentes y veraces.

Intenta también precisar el género a que pertenece la obra, alejándola de la línea "poética" de *Los verdes campos del Edén*: "...para entrar de lleno en un neonaturalismo o popularismo crítico, que aparta a Gala por momentos de cualquier lejana herencia del teatro poético de Lorca o de Casona —ambas influencias le habían sido hasta ahora atribuidas y a veces reprochadas— para dejarlo situado en los centros mismos de su propia condición humana y de su tiempo."

También aparecieron críticas del estreno en algunas revistas. Florencio Martínez Ruiz, más conocido como crítico de poesía y poeta, apunta[21] algunos reparos: un teatro basado en la sensibilidad más que en la estructura, una historia "contada más que vivida". Según el crítico, "las fantasías de estas gentes, las de Consuelito sobre todo, resultan algo gratuitas" y "Gala se escapa aquí, como se escapaba en *Los verdes campos del Edén*, hacia un teatro un tanto evanescente y ambiguo". La conclusión, en todo caso, es positiva: se trata de "un hermoso, un lúcido esperpento, en una línea que conecta con la tradición de nuestro mejor teatro".

Se ocupaba en aquellos años de la crítica teatral en la revista de información general *Gaceta Ilustrada* el académico Lázaro Carreter, autor teatral él mismo. A esta obra dedica un par de densos artículos. En el primero, proclama alegremente: "Por fin puedo recomendar a mis lectores, sin reservas, una obra de las que aquí comento." Por dos razones lo hace: por la creación de cuatro criaturas vivas y porque, "aunque allí se está ventilando un drama, aunque es mucha la miseria que se exhibe, la escena irradia humor, viveza, luz poética". Deduce el crítico una conclusión general: "la nueva obra de Gala denuncia, por contraste (...) que el gran ausente de nuestra escena suele ser el ingenio".[22]

En su segundo artículo,[23] Lázaro profundiza un poco más: Gala ha logrado una obra polivalente, que sugiere interpretaciones coherentes y compatibles. Por un lado, "va al encuentro de una mala cualidad humana, que ha sido vista con complacencia por una parte importante de nuestra moderna literatura dramática más reaccionaria: la evasión como fórmula para huir de la realidad, el abandono de toda lucha contra las cosas que nos dañan, la añoranza, la fantasía o la ciega esperanza: drogas adormecedoras y sosegantes".

[21] *Reseña,* núm. 60, Madrid, diciembre 1972.
[22] *Gaceta Ilustrada,* Madrid, 12 noviembre 1972.
[23] *Ibidem,* 19 noviembre 1972.

Por otra parte: "¿No tiene aplicación a situaciones más concretas? Entiendo que sí, aunque me abstendré de señalarlo (....). Nadie busque, como en la alegoría, paralelismos miembro a miembro, pero sí alusiones simbólicas que, unos momentos más, otros menos, dejan ver un más allá por transparencia." Aunque esto último implique un defecto: "Tal vez se echa en falta una mayor trabazón en este segundo nivel de comprensión."

Desde las páginas de la veterana revista *Ínsula*, [24] Ángel Fernández Santos nos introduce en otra discusión: algunos han acusado a esta obra de oportunista y a su autor de forzar su teatro hacia lo político. Según el crítico, "el único forzamiento —en el mal sentido— que se le puede reprochar al autor es el que le lleva a descargar de signos políticos a una obra naturalmente abocada a ellos".

En realidad —según el crítico—, esta obra es "un extraño ejemplo de comedia política 'no forzada', casi de comedia política 'a pesar suyo'". Y el autor es un sabio porque conoce la medida de nuestros espectadores: "Antonio Gala realiza, a mi juicio, una auténtica exhibición de experiencia en el arte de la 'medida' del espectador, es decir, de sensibilidad para encontrar el punto exacto que separa el halago y el vapuleo del catecismo moral de un espectador reaccionario español."

En la revista teatral *Primer Acto*, [25] además de preparar un amplio informe sobre la obra, José Monleón escribe también su crítica. Se trata, según él, de un drama que posee una serie de claves, un teatro muy literario, con cuatro personajes "cuya condición y actitud posee un vago carácter arquetípico".

Dejemos ya el terreno de las críticas del estreno para ocuparnos de algunas, posteriores, que merezcan especial recuerdo. Ante todo, un curioso hallazgo de Luis Cañizal de la Fuente: "Antonio Gala trasplanta una situación de

[24] Número 313.
[25] Número 150, Madrid, noviembre 1972.

La Regenta",[26] con la relación conflictiva entre madre e hijo, y hasta reproduce casi literalmente algunas frases de Clarín.

Para Carmen Díaz Castañón,[27] los personajes de esta obra forman "probablemente el conjunto más desrealizador y esperpéntico de todo el teatro de Gala". Utiliza como desencadenante a este personaje que llega, como una visita, y cuya calidad ética es polivalente; es decir, que el público queda en libertad para decidir "si estamos o no ante un hipotético 'ángel bueno' corrompido por la suciedad del sitio que lo recibe".

En su bien conocida y utilísima *Historia,* Francisco Ruiz Ramón elogia la eficacia del espacio escénico por su valor de signo, un espacio degradado, claramente simbólico: "La degradación del espacio escénico se cumplirá en la degradación moral de los personajes que en él viven, puesta de manifiesto por el visitante."

En cambio, censura Ruiz Ramón el cambio —que considera radical, inmotivado— del sacristán: "de marido consentidor e hijo sumiso se convertirá en héroe moral, portavoz de un mensaje (...) conversión del personaje en *otro* personaje, conversión no motivada en el interior del mundo dramático". Y concluye: "Aquí no es el escritor quien fuerza la mano del dramaturgo, sino el portador de un mensaje. Y nos preguntamos: ¿desconfianza del mundo dramático creado o desconfianza de las capacidades interpretativas del espectador?"[28]

En su "Prólogo" a la edición de *Obras escogidas,* uno de los más completos estudios que existen sobre nuestro autor, señala Fausto Díaz Padilla como idea típica de

[26] Este es el título de su artículo en *Ínsula,* núm. 406, Madrid, 1980, pp. 3 y 14. Sin conocer este artículo, mis alumnas Ana Prieto Guindo y María José Pintado habían llegado a la misma conclusión.

[27] "Prólogo" a *Samarkanda* y *El hotelito*, Madrid, ed. Espasa-Calpe, col. Selecciones Austral, 1985.

[28] *Historia del teatro español del siglo XX,* 3.ª ed., Madrid, ed. Cátedra, 1977, pp. 523-524.

Antonio Gala una que puede resumir el sentido de esta obra: "Toda lamentación del tiempo ido es inútil, sólo resta vivir el presente para no perderlo también." [29]

A la vez, al estudiar los "determinantes inconscientes" de la creación estética, destaca cómo

> la vida pasada de Lorenzo, el protagonista de *Los buenos días perdidos,* guarda cierto paralelismo con la del dramaturgo hasta que éste aceptó su destino de escritor: su vida —la de Lorenzo— ha sido un fracaso continuo porque no ha seguido su verdadera vocación: ser campanero de Orleáns. Su padre —como el del autor— se había opuesto decididamente a esa aspiración, aconsejándole que aprendiera un oficio: ser farero. Criatura y creador estuvieron mediatizados por sus respectivos padres en su infancia y juventud. Ambos también escogieron el mismo camino para sacudirse el yugo de la voluntad paterna: entrar en religión. Hay que destacar además que la vocación simbólica de su personaje —tocar las campanas— es la traducción poética de la de Antonio Gala: ser escritor. Las campanas, como se afirma más adelante en la obra, son instrumentos que han de despertar las conciencias de los hombres. La misión del poeta es esa misma: tocar los corazones y las mentes de sus semejantes para que reaccionen positivamente ante el maravilloso don de la vida. [30]

En el prólogo a su edición de la obra, Álvaro Custodio y Ángeles Cardona de Gibert, además de relacionarla con el teatro del absurdo y el esperpento, llegan a formular así su tesis:

> Los titanes a vencer en *Los buenos días perdidos* son los pícaros Hortensia y Lorenzo que acabarán derrotando a Consuelito, cuyo profundo horror del mundo (Hortensia) se torna en un espejismo de ilusiones gratas (Lorenzo), y cuando las pierde definitivamente no estará ya dispuesta

[29] "Prólogo" a *Obras escogidas,* Madrid, ed. Aguilar, 1981, p. CXLIV.

[30] *Ibidem,* pp. XXVI-XXVII.

a continuar exasperada por el sufrimiento de su insignificancia (Cleofás).[31]

Finalmente, otra editora de Antonio Gala, Phyllis Zatlin Boring, señala cómo, en estas obras de ambiente contemporáneo, Gala "desmitifica el presente, mostrando el vacío cultural y espiritual que subyace a un supuesto progreso".[32] Doña Hortensia, así, "encarna todos los peores defectos de la posguerra española, desde la hipocresía religiosa, moral y política hasta el materialismo más dañino".[33]

En conjunto, la profesora norteamericana insiste en la vertiente política de la obra. Según ella, Gala está comentando el fin del franquismo: "El autor parece decirnos que el despertar de Cleofás llega demasiado tarde para evitar la destrucción de, por lo menos, una parte de la esencia española y la esperanza para el futuro."[34]

Así, del esperpento al lirismo, de la creación de figuras vivas a los símbolos de la posguerra y el franquismo, el repaso de la crítica parece mostrar la riqueza de perspectivas que posee el drama de Antonio Gala.

4. *El desarrollo escénico*

¿Qué sentiría un espectador medio al levantarse el telón, en el Teatro Lara, la noche del 10 de octubre de 1972? La habitual curiosidad —un poco escéptica— del estrenista dio paso, en seguida, sin duda, a una notable sorpresa. El decorado no respondía a los cánones habituales y le sumergía, de golpe, en un mundo desquiciado.

Una palabra podría resumirlo todo, *contraste,* que se produce en diversos planos:

[31] En su estudio de la obra incluido en la edición de Eds. Tarraco, col. Arbolí, Tarragona, 1976, p. 163.

[32] "Introducción" a su edición de *Noviembre y un poco de yerba* y *Petra Regalada,* 3.ª ed., Madrid, eds. Cátedra, col. Letras Hispánicas, p. 73.

[33] *Ibidem,* p. 72.

[34] *Ibidem,* p. 71.

— temporal: una edificación del siglo XVI y muchos objetos actuales;

— estético: las piedras venerables y el plástico.

— de carácter: iglesia y barbería, lo sagrado y lo cotidiano.

En los tres aspectos hemos pasado de un nivel elevado, con prestigio cultural, a algo sórdido, lamentable. Se ha producido un proceso de decadencia, de degradación. Lo que vemos es el resultado de todo eso: un contraste que, según la advertencia preliminar del autor, "debe ser violento y casi chirriante".

Todo eso surge ante nosotros y produce su efecto sobre el espectador antes de que éste oiga una sola palabra. No se trata, pues, de un mensaje intelectual, sino de algo mucho más directo, sensorial, inmediato: "sólo el verlo debe producir dentera".

No estamos sólo en el mundo de la literatura —como muchos achacan a Gala—, sino del teatro. El escenario de *Los buenos días perdidos* es un ejemplo claro de lo que —usando la terminología habitual— llamaremos un signo escénico muy eficaz. Me parece un buen hallazgo. Como muchos críticos han comentado, este escenario degradado, por sí mismo, nos dice ya muchas cosas sobre la degradación de los personajes que en él conviven. Y me parece también un acierto haber encomendado su realización a Francisco Nieva: no sólo porque es un gran escenógrafo —además de autor dramático de primera línea—, sino porque su talento personal rima bien con este tipo de mensajes. Nieva es maestro, en efecto, en la creación de espacios barrocos, degenerados, en una clave estilística que reúne lo expresionista con lo onírico.

Está dividida la obra en dos partes y cada una de ellas consta de dos escenas: cuatro partes, en total. Las tres primeras tienen una duración prácticamente equivalente; la cuarta ocupa sólo los dos tercios de las anteriores, como es habitual en la conclusión. (Me refiero siempre a la versión definitiva, publicada en las *Obras escogidas*. Quizá el texto primitivo era más largo y se aligeró en los ensayos, con la ayuda del director de escena, igual que ha sucedido en otros montajes de obras de Gala).

Lo primero que oímos es una canción de inequívoco aroma popular. No tiene directa relación con el drama, pero consigue algo muy claro: situarnos en un clima espiritual que nos resulta bien familiar, la España que hunde sus raíces en la tradición.

La extraña armonía de este cuadro se rompe con la irrupción de un extraño. Es, ante todo, un personaje que "viene de fuera", de otro mundo. Su misión escénica será bien clara:

— proporcionar una perspectiva sobre este mundo;
— mostrar, con su sola presencia, que existe, fuera, otro universo;
— romper la calma de ese estanque y suscitar reacciones imprevisibles. Sus habitantes, hasta ahora pacíficos, entrarán en crisis. Se dinamitará, desde dentro, su refugio. Quizá lleguen a alcanzar, así, su autenticidad humana; quizá, simplemente, todo esto les conducirá a la catástrofe.

Cualquier espectador de teatro y de cine recordará no pocos títulos: *Llega un inspector, El extranjero, Teorema*... Esta película de Pasolini nos ofrece un paralelismo especialmente sugestivo: la llegada de un *ángel* —un "enviado", pero ¿por quién?— hace saltar en pedazos un cosmos bien ordenado, pacífico.

¿Representará Lorenzo ese elemento *sagrado, numinoso*, que resulta incompatible con las transacciones y miserias de la vida cotidiana? ¿O es, simplemente, un pícaro que se aprovecha de las circunstancias, de la corrupción general, para sacar tajada?

El diálogo de Lorenzo y Consuelito es brillante, capta en seguida al espectador por su ingenio y sus sorpresas. Por debajo de las paradojas brillantes, el subtexto es emocional, lírico; oímos claramente una nota patética, la de un pobre ser que no es respetado ni feliz.

El drama personal se mezcla con frases literarias, simbólicas, de alusión mucho más amplia. Finja o no —cosa que tampoco importaría demasiado, porque estamos en el teatro—, Lorenzo llega tocando el Ángelus, como un ángel enviado, y afirma con toda impudicia: "He bajado del cielo."

Consuelito añade otro tono: ingenuo, poético, de humor absurdo, casi circense, con lo que esto supone de oposición al realismo burgués. Creo que este humor debe algo a *La Codorniz* y a Miguel Mihura; en concreto, me sorprende que no se haya señalado más cierta cercanía a *Tres sombreros de copa*: el número circense de Consuelito, "un poco tonto", no lo es más que el que daba título a la obra de Mihura. A la vez, permitirá un contraste teatral muy eficaz: a lo largo de toda la escena, ella podrá contorsionarse, según le marque el director. De este modo se contrapesará la posible "seriedad" de algunas declaraciones.

Todo eso contrasta con la crudeza lacónica de Lorenzo, que se limita a hacer preguntas y a mostrar su indiferencia: "Por mí..."

El lector de esta escena —de cualquier escena teatral— hará bien en leerla en voz alta, intentando dar a cada personaje el tono adecuado, en cada momento. Este juego elemental nos hace ver que tenemos, aquí, un acorde polifónico, con varios tonos empastados armónicamente por la brillantez de la palabra, la lograda caracterización de los personajes y, al fondo, el conflicto patético.

Otro contraste típico de Gala es el de las frases literarias, perfectamente construidas, con el diálogo vivaz, cortado, y con las expresiones muy populares:

> LORENZO. Usted sí que es un ángel.
> CONSUELITO. ¡Ay, que me meo! Si yo fuese un ángel, ¿qué porras iba a hacer en esta casa?

Para lograr la vivacidad del juego escénico, el autor se toma ciertas ventajas: Consuelito viene del mundo del circo y está un poco loca. Lorenzo no oye bien, toma al pie de la letra lo que le dicen, se equivoca al identificar el sujeto de una frase:

CONSUELITO. Mi padre era el que la partía: un hipnotizador buenísimo. Pero un día quiso partirla de verdad y mi madre salió pegando gritos de la caja. A la mañana siguiente se había escapado con la domadora...

LORENZO. ¿Su madre?

CONSUELITO. ¡Mi padre! Tenía un cohete en el culo, por así decir.

LORENZO. ¿La domadora?

CONSUELITO. ¡Mi padre! Y lo seguirá teniendo, si no se lo han sacado.

LORENZO. Pero, ¿quién le puso el cohete?

CONSUELITO. Hijo, es una manera de hablar.

En alguna ocasión, se nos ofrece la doble versión de un mismo hecho. Por ejemplo, Lorenzo justifica así sus equivocaciones: "Yo soy un poco duro de este oído." Consuelito, luego, le corrige, en forma desgarrada, con una aparente negativa que se resuelve en afirmación tajante:

CONSUELITO. Hijo, usted no tiene un poco duro el oído...

LORENZO. Si lo sabré yo...

CONSUELITO. A usted lo que le pasa es que está como una tapia...

El ingenio humorístico de Gala se complace en las paradojas, que rompen el desarrollo lógico, esperable, de la argumentación: la casa está más alegre en Navidad... porque ya no hay estrellas de Navidad; toda la familia ha sido respetable, feriante, menos una oveja negra, la tía que salió... monja; la que se gana la vida como vidente no se entera de nada de lo que sucede en su casa; es un barrio tan malo que la mayoría hasta usa cepillo de dientes... El ingenio andaluz deja traslucir, al fondo, la huella del humor codornicesco, con su inversión de los tópicos habituales.

La vivacidad del diálogo se basa también en las sorpresas verbales. Por ejemplo, mediante la ruptura de lo esperado, de acuerdo con la cadena lógica de la frase: "la gente con dinero siempre ha sido lo mismo: vive bien, pero lo que es morir... muere mejor".

Otra vez, se utiliza una ponderación que desemboca en un término absurdo: "Mi padre era muy hombre. Tan hombre, que hace quince años que llegamos aquí, y aquí nos quedamos." Es algo semejante a lo que decía, en tono mucho más lírico, Federico García Lorca, en la escena titulada "Ruina romana" de *El Público*:

> Yo sí soy un hombre. Un hombre tan hombre que me desmayo cuando se despiertan los cazadores. Un hombre tan hombre que siento un dolor agudo en los dientes cuando alguien quiebra un tallo, por diminuto que sea.

Por debajo de lo cómico, suena siempre un acorde lírico: seguir poniendo un plato, en la mesa, para el esposo que huyó, con la seguridad de que va a volver, cada día...

En medio de juegos y bromas, pronto aparece el tema absolutamente serio: "Señor, lo que yo digo: ¿por qué todas las criaturas tienen que estar haciendo lo que no les gusta? Cuatro días que vivimos y nos los tenemos que pasar bien *fotús*..."

Es —en otro tono— la amarga vivencia del existencialismo: "Los hombres mueren y no son felices..." En eso se resume todo, aunque lo diga, aquí, una pobre muchacha contorsionista y un poco loca.

De ese tema central se deriva otro, básico en esta obra: los sueños. Como en la *Misericordia* galdosiana, los personajes huyen de una realidad miserable, desgraciada, por la vía de los sueños: "Los sueños, es un decir, también son de Dios", decía el personaje de Galdós. Aquí, Gala se cuida mucho de señalar que se trata de un tema ambivalente. Es lógico, es humano soñar, pero hay sueños buenos y sueños malos, no en nombre de criterios morales sino por las consecuencias concretas que tienen, para el individuo.

El mundo del circo es atractivo porque, escapándose de la rutina y la respetabilidad, parece traer un aire más libre: "¡En el circo es que pasan unas cosas! Son costumbres libres, como dice Cleofás." Pero lo que soñamos todos es mucho más sencillo e infinitamente más complicado, a la vez: vivir de verdad: "¡Ah, ya! Vivir. *(Desencantada.)* ¡Qué menuarria!"

En esta obra, el sueño se concreta en una ciudad francesa, Orleáns. No se trata, claro está, de sus cualidades reales, sino de soñarla. El engaño que todos practicamos no es otro que poner el ideal muy lejos, en otro mundo. Hay que buscarlo aquí, nos dice Gala, igual que Julio Cortázar, en el texto clave de su *Rayuela*:

> No ya subir al Cielo (subir, palabra hipócrita, cielo, *flatus vocis*) sino caminar con pasos de hombre por una tierra de hombres hacia el *kibbutz* allá lejos pero en el mismo plano, como el Cielo estaba en el mismo plano que la Tierra en la acera roñosa de los juegos...

¿Qué les sucedería a Consuelito y Lorenzo si llegaran, al fin, a la soñada Orleáns? Mejor no imaginarlo. Lo importante —repite Gala, una y otra vez— no es tanto la meta como el camino, ese camino que todos vamos haciendo, al andar:

> LORENZO. Se va andando caminos, cada vez más caminos, y cada vez sabe uno menos adónde va...
>
> CONSUELITO. Es que lo importante es el camino, desengáñese usted (...). Llegar siempre es lo mismo. Los pueblos y la gente siempre son lo mismo... *(Concesiva)*. De Orleáns yo no hablo... Pero el camino, ¡ay, Dios!

El tema del camino trae consigo otro, inevitable: la angustia por el paso del tiempo, al sentir que no avanzamos: "Se nos va haciendo tarde tan pronto para todas las cosas por las que íbamos a vivir..."

También resumirá así su destino Cleofás, en la Segunda Parte:

> LORENZO. Pero a ti, que eras tan pavisoso, ¿qué te pasó?
>
> CLEOFÁS. El tiempo me pasó.

No otra cosa nos pasa a todos: nos ha pasado, nos está pasando.

Consuelito habla a Lorenzo "como un niño a otro: con la misma seriedad". Llega un momento en que Lorenzo, hasta entonces práctico y escueto, comienza a hablar en el mismo tono:

> LORENZO. ¿Usted sabe que si se sueña con campanas que menea el aire se tiene un accidente? ¿Y que si repican en el sueño es signo de calumnia?

La acotación escénica nos indica que la está imitando, "en un juego consciente", pero esto es sólo una información para la puesta en escena. El espectador advertirá la semejanza y se planteará una interrogación: ¿quiere engañar a Consuelito o se ha contagiado, como se quijotizó Sancho Panza? En cualquiera de los dos casos, se trata de un juego muy teatral, muy efectista.

Aparece otro personaje, Hortensia, para marcar el contraste con Consuelito. Así, el espectador ve el mundo desde dos perspectivas opuestas, con una básica ambivalencia.

Lorenzo opinaba así de Consuelito: "Usted sí que es un ángel." Para Hortensia, en cambio, se reduce a esto: "¡Guarra!" Del mismo modo, Lorenzo es sordo o no sordo, en cada momento, según le convenga.

Además de una presencia escénica espectacular, fascinante, Hortensia aporta un lenguaje peculiarísimo, cuajado de dobles sentidos. Fascinada por el físico de Lorenzo, no tarda en iniciar una aproximación erótica apenas velada:

> HORTENSIA. No sabía que era usted tan... alto (...) ¡Cómo ha tocado usted...! (...) ¡Como toque usted todo igual que las campanas!...

En seguida advertimos que su lenguaje es el disfraz que se pone para aparentar todo lo contrario de lo que es. Insiste, sobre todo, en dos notas. Primero, su posición social de gran señora: "Un poco de respeto a este sagrado lugar, Consuelito, hija mía." En seguida, su espiritualidad: "Ya se sabe: todo es materia en el mundo en que vivimos. Yo no soy de esta época..."

Frases muy semejantes hemos oído, muchas veces, a señoras de la buena sociedad. La malicia de Gala consiste en ponerlas en boca de una vieja prostituta retirada.

En su actitud y en su lenguaje, toda ella es pura sugerencia interesada, atenta a la reacción del otro, que lanza continuamente cables para ver si su interlocutor los pesca: un personaje absolutamente teatral, que se define por su diálogo y sus reacciones ante los demás.

A la vez, Hortensia le sirve al autor para introducir malévolas alusiones a la política española: "En casa, de toda la vida, los hombres han pertenecido a la Iglesia o al Ejército. Por tradición, como debe ser (...) Yo soy muy de derechas, aunque sé perdonar." Y para que aparezca el tema del consumismo, que ha alienado a buena parte de nuestra sociedad: "Porque, eso sí, tenemos de todo, oiga usted (...) Nuestra olla exprés, nuestro *frigider*, nuestra lavadora-secadora, nuestro de todo."

Así, el drama individual de unos pobres seres adquiere, en la intención del autor, una dimensión colectiva, simbólica —hasta cierto punto— de lo que ha pasado en la España del desarrollismo franquista.

Consuelito y Hortensia encarnan —en su actitud y en su lenguaje— un contraste verdaderamente esperpéntico. Mientras esta última se refiere a un pensil, a un vergel... de plástico, aquélla pregunta por las bragas sucias.

Llegamos, así, al final del cuadro primero. Se ha creado una situación dramática y hemos conocido a unos personajes fuertemente singularizados. El espectador ha ido de sorpresa en sorpresa, divertido y fascinado. Con el anzuelo del humor deslenguado, se ha tragado todo este horror.

Faltaba por aparecer Cleofás, el marido de Consuelito. Al subir el telón, en el cuadro segundo, está en escena, cortando el pelo a don Jenaro: un personaje mudo, que sirve para que Cleofás nos dé su *sermón;* algo así como el bailarín de *ballet* sobre el que se apoya levemente, en sus giros, la diva.

En las palabras de Cleofás creo ver dos niveles, que se alternan. Por un lado, los tópicos triunfalistas del Movimiento Nacional: "Gracias a Dios, España ha recobrado su vocación de Imperio, y, como aquella cabra de la Mitología, nominada Amaltea, puede amamantar, si se me permite la expresión, puede amamantar otra vez mundos."

Por otra parte, bajo las generalizaciones asoman las críticas soterradas a nuestra situación: "Cuando los hombres no buscan ya ser libres, se ponen en manos de quienes les proporcionen un espejismo de seguridad (...) Hay pueblos que ya han perdido su dignidad de pueblos. Abdicaron. Viven de la limosna."

A mi modo de ver, el desarrollo escénico, tan "limpio" hasta ahora, casi geométrico, se enturbia un poco. Lo salva, como siempre, la gracia del diálogo. Escuchamos una "explicación" simbólica: la fábula latina sobre la libertad y la servidumbre. Se nos ofrece un doble antecedente: la vida pasada de Hortensia y lo que está pasando realmente en esta parroquia; es decir, lo que podemos considerar la necesaria "intriga" de la obra, aunque no sea, desde luego, lo más interesante.

Insiste Hortensia en la generalización simbólica, con esta especie de irrisión de las Cortes y sus tres estamentos: la Iglesia de Cleofás, el Gobierno de Lorenzo y el pueblo de Consuelito, al que no se le deja participar: "Tú eres de los que no entran. Para lo que vas a opinar... Quédate ahí y procura, como siempre has hecho, ver, oír y callar. Lo tuyo no es más que decir sí a todo." Al menos así ha opinado, según Gala, cierta derecha española.

Queda claro que estas explicaciones simbólicas, quizá convenientes para hispanistas o espectadores despistados, no son lo que más estimo, en la obra. Me parece que la limitan, por explícitas y por aludir a una situación histórica concreta, felizmente concluida.

Ante la ruina económica de esta parroquia-comunidad, surgen posibles soluciones: el tío de América, la tómbola... Las dos rebajan un poco el drama pero son típicamente españolas y encarnan uno de los vicios fustigados en el drama: huir de un problema real con un *sueño* mezquino, groserísimo.

Al final del cuadro, sube otra vez el tono lírico con la escena de presunto amor entre Lorenzo y Consuelito.

Todo este cuadro puede resumirse en tres elementos:

1) Presentación reflexiva de Cleofás.

2) El elemento picaresco de Hortensia, que es simbólico de la situación española.

3) La gracia popular de la letanía a Santa Rita y San Antonio. En esto, como en la canción popular del comienzo, brilla otra vez el talento literario de Gala, su capacidad para unir lo muy popular con lo muy culto.

No es extraño que la primera parte del drama concluya con uno de los grandes temas de Gala, la ilusión del amor, usando frases que, con pequeñas diferencias, ha repetido varias veces: "Y cuando se consigue lo que más se quiere, se consigue al mismo tiempo todo." El amor nos hace, a la vez, perdernos y encontrarnos: ¿quién podría separarlo?: "Estoy perdiéndome... Pero ¿qué voy a hacerle si soy tonta? Ay, qué alegría más grande." Con sabio cálculo, cae el telón, antes del descanso, cuando se vislumbra, en el horizonte, un rayo de luz. Luego llegará, inexorable, el crepúsculo.

En la relación dialéctica entre los personajes, faltaba solamente una escena entre los dos hombres. Es la que vemos al levantarse el telón para que se inicie la segunda parte. Sirve para que comprobemos el contraste entre los dos: vienen de lo mismo pero van hacia metas opuestas. A la vez, es útil, escénicamente, para que Cleofás se confiese. Y puede hacerlo con un hombre de su intimidad, sin tener que mantener el tipo —como hace habitualmente— ante su madre o su mujer.

En esta escena, Cleofás se nos muestra como un antecedente de Minaya, en su actitud vital. Los dos han aceptado que otros seres vivan su vida:

> LORENZO. A ti lo que siempre te ha gustado es meter la cabeza bajo el ala y que otros te vivan la vida (...).
>
> CLEOFÁS. *(Vago)* Quizá sí. Quizá estoy haciéndome el mártir.

Su serena resignación oculta una tragedia: va a perder a Consuelito, que es "lo único mío que tengo".

Del pesimismo nace la necesidad de consuelo, que da lugar al nombre simbólico: "Se llama así y lo es: mi consuelito." Es lo mismo que había señalado, con su gran finura, Pedro Salinas: "¿Qué cosa es la vida —nos lleva a preguntarnos esa cadena de escritores confortatorios— que así necesita el hombre consolarse de la vida? (...) ¿No será siempre, y dondequiera, la poesía, consuelo, magia consolatoria por excelencia?" [35]

La escena está llena de contrastes. No otro sentido posee la voz del cura viejo, don Remigio. Consuelito oscila entre las bromas desgarradas (el traje de odalisca o de Santa Mujer, según se mire) y el lirismo de Orleáns, su particular *paraíso perdido.*

El contraste más crudo es el de Hortensia, en la escena en que provoca eróticamente a Lorenzo. Por eso, para evitar el riesgo de que se desbocara en melodrama, por una mala *lectura* escénica, añade Gala una acotación mucho más larga de lo que en él es habitual:

> *(Es de advertir que ni ahora ni después debe deducirse que Hortensia esté enamorada de Lorenzo. Hortensia está de vuelta de todo, hasta de sí misma. Bromea, ríe. Si puede, entre la broma, sacar algo, lo saca. Si no, mala suerte).*

Es importante esto para aceptar al personaje y que no nos resulte repugnante. Por el mismo camino, añade Gala un monólogo de Hortensia, de gran efecto teatral, en el que brilla muy claramente su desparpajo en la forma de hablar.

En el diálogo siguiente, con Lorenzo, nos da esta mujer otro dato importante: también a ella se le ha escapado el tiempo entre las manos. Lorenzo no significa para ella un capricho erótico senil, sino algo mucho más serio: "Y llegas tú, en pleno invierno... Y se me ha puesto de pie la juventud (...) Una vida sin esta peste a incienso: no aspiro a más."

[35] Pedro Salinas, *Jorge Manrique o tradición y originalidad,* Buenos Aires, Ed. Sudamericana, 1962, p. 230.

Así, en tres etapas sucesivas —acotación, monólogo y tema del tiempo perdido— consigue Gala humanizar a Hortensia y convertirla en un excelente personaje dramático. La acción teatral se eleva a simbolismo patriótico, con la tumba y los versos de Quevedo —anticipando algunos aspectos de *El hotelito*—. Para que no se *eleve* demasiado, recurre el autor a chistes y efectos teatrales de una comicidad muy directa, tomados del juguete cómico: "*(Hortensia se deja caer sobre Lorenzo, pero él se retira y se da la gran costalada sobre el diván).*"

Es necesario que aparezca ya el motivo dramático —el embarazo de Consuelito—, que precipitará el conflicto hacia la catástrofe.

Concluye la escena con un efecto teatral —lírico y popular— en la línea que mejor domina Antonio Gala: la nana, disparatada y tierna, a un niño que todavía no existe.

Al recuerdo nos viene la nana hondamente trágica (los espectadores que se reían, en la última versión escénica, no entendían nada) de María Josefa, la abuela, en el acto último de *La casa de Bernarda Alba*:

Ovejita, niño mío,
vámonos a la orilla del mar.
La hormiguita estará en su puerta,
yo te daré la teta y el pan. [36]

También, aquí, el niño soñado es el único camino para escapar de un mundo sin salida.

Llegamos ya al cuadro final, el segundo de la Segunda Parte. Se inicia con el único enfrentamiento que todavía no habíamos presenciado: marido y mujer intercambian sus recuerdos; a la vez, el espectador comprueba que se ha producido, en Cleofás, una toma de conciencia.

Se trata de una escena profundamente trágica, porque comprobamos, mediante una eficaz imagen escénica, que no hay salida. Cuando nos hacemos la ilusión de que sí

[36] Federico García Lorca, *Obras completas,* Madrid, Ed. Aguilar, 1954, p. 1431.

existe, es que se están burlando de nosotros. Podemos preguntarnos: ¿quién? De acuerdo con el existencialismo, cabría contestar: un dios malvado, un destino cruel... Esa es la justificación de este mundo absurdo, en la tragedia existencial.

Todo eso —repito— lo vemos, convertido en teatro vivo, gracias a una metáfora escénica. Cualquier aficionado al teatro puede acordarse del inocente pajarillo de *La señorita Julia,* ahogado por su dueña cuando comprueba que la vida, su vida y la de los demás, es una enfermedad incurable. En la obra de Antonio Gala, de modo semejante, Consuelito decide abrir la jaula de su pájaro, ya que ella no puede salir volando. Ni siquiera ese gesto tiene éxito:

> CLEOFÁS. En el fondo, lo único importante es que tenemos que morirnos. El caso es esperar la muerte un poco acompañados. No hay que hacerse ilusiones.
>
> CONSUELITO. Ha creído que le estaba gastando una broma.
>
> CLEOFÁS. ¿Quién?
>
> CONSUELITO. *Tarsicio.* Ha creído que le iba a cerrar la puerta cuando fuese a salir.
>
> CLEOFÁS. Eso nos pasa a todos. Nos escapamos, casi, algunas veces. Pero alguien que está del otro lado acaba siempre por darnos con la puerta en las narices... Lo más que hacemos es pasar de una jaula a otra más grande.

Para desencadenar la intriga, el autor recurre a dos recursos escénicos: la carta de Argentina y la nota del Obispado. Son algo así como un *deus ex machina* al revés, que no arregla nada, porque nada tiene arreglo. A partir de su toma de conciencia, Cleofás intenta taparlo todo, que todo siga igual.

Luego, con efectismo teatral, nos enteraremos de que la carta era falsa. No importa, porque la verdadera tragedia —el tiempo— no admite trampas ni arreglos: "El amor llega demasiado tarde y se larga demasiado pronto. Siempre pasa lo mismo."

Convertido en portavoz de su autor, Cleofás nos da ahora la lección de la obra:

> Soñando no se puede ser feliz. Sólo se hace perder días de vida: mala o buena, de vida. La felicidad es un trabajo: esta mañana lo he sabido. Hay que abrir bien los ojos, no cerrarlos; estar muy bien despiertos. Y así y todo, así y todo...

Luego, generaliza para nuestro destino como españoles:

> Quizá de esa puerta para dentro sea donde se termina. Donde hemos ido dejando perderse tantos buenos días nuestros entre estas piedras que también tuvieron los suyos. Intentando poner remiendos, fregaderos, retretes...

Así, la frase que explica el título de la obra enlaza el drama individual con el colectivo. El peligro está en que, en este último aspecto, nos parece oír la voz del autor de la obra.

Quiero subrayar un detalle de innegable sabiduría teatral: ha hecho muy bien Gala en sacar de escena a Lorenzo, antes de que la obra concluya. (En el libro, siete páginas antes del final). Su papel de reactivo ya concluyó. Queda por ver lo que ha sido y va a ser de los otros tres.

A pesar del diagnóstico veraz de Cleofás, Consuelito se ha refugiado en su sueño, en su mentira vital: "En Orleáns todos somos guapos y listos (...) En Orleáns, al llegar, nos ponen un niño chico en brazos..."

Optando por su sueño, Consuelito se ha condenado a sí misma. Es muy lógico y, humanamente hablando, muy justificable. Pero es un error. Así, se ha anticipado de modo inexorable el final trágico. No llegará a nacer esa niña que no podía llamarse más que Esperanza.

El desenlace es fatal y se resuelve, teatralmente, de un modo hábil: Consuelito sale de escena, "se pierde por arriba". Va camino de su sueño, de su Orleáns, de su destino. Para Cleofás, es una verdadera catástrofe, por eso no hace aspavientos.

Recurre Gala, una vez más, al contrapunto que ha sido constante en la obra: en su monólogo final, acumula Hortensia los cambios de tono que siempre la han caracterizado. Ante sus palabras y su tono "farsante", brilla más la dureza limpia de la tragedia. Como en el final de *Luces de bohemia,* una voz que no parece tener relación con todo lo anterior remata la obra con un contraste esperpéntico, uno más.

En la "Nota preliminar", Antonio Gala nos ha dado algunas pistas para la comprensión de la obra que no podemos desatender. Se trata, ante todo, de "una historia española". Por supuesto. Se alude expresamente, incluso, a realidades de una época: las Cortes, los electrodomésticos, el consumismo, las tómbolas benéficas y roperos...

No interpretemos esto en sentido limitado. Simplemente, es española porque no podía ser de otro modo: españoles son sus personajes, su escenario, su lenguaje, la raíz de sus conflictos... Esto no tiene por qué suponer una limitación. La insatisfacción, el deseo de una vida auténtica, la huida por la vía de los sueños pueden darse en cualquier corazón humano.

De la Historia de España han surgido *Anillos para una dama, Las cítaras colgadas de los árboles. Petra Regalada* "acaso nunca pudo —o podrá— suceder en otra parte que en España". *El hotelito* es, "desde luego, una historia española". Etcétera. En su obra madura, Gala es muy consciente de que, si desea alcanzar la universalidad, sólo podrá intentarlo por la vía del radical enraizamiento.

Niega Gala taxativamente el simbolismo: "No se trata, en definitiva, de una obra simbólica: se trata, más que nada, de una obra que solicita ser rectamente entendida." La crítica ha discutido pormenorizadamente este punto. Quizá se trata, como tantas veces, de una cuestión de terminología. Quizá podríamos entendernos mejor si dijéramos, previamente y con sentido común, qué valor damos a las palabras.

El peligro que quiere conjurar Gala me parece claro: sus personajes no son puros monigotes construidos para sustentar una tesis, alegorías abstractas de vicios o virtudes. No es así. La experiencia de la representación y su efecto sobre el público nos indican, de modo evidente, que se trata de personajes "vivos": complejos, contradictorios, atractivos. No son títeres; poseen una psicología bien delineada y una humanidad indudable. Lo que tampoco cabe negar es que su drama personal expresa también, en algunos aspectos, conflictos propios de su tierra, en un momento histórico determinado. ¿Cómo podría ser de otra manera?

Lorenzo es el personaje más simple. Su misterio se reduce a que se calla sus verdaderos motivos. Por lo demás, cumple una función dramática muy clara: el *ángel,* el enviado, que viene desde fuera de este mundo y actúa como un reactivo para que estallen los conflictos de los demás.

En los tres protagonistas se da un dualismo íntimo, que Gala describe con certera pincelada. Esquemáticamente, sería éste:

HORTENSIA:
— sincera y falsa a la vez;
— empeñada en vivir.

CONSUELITO:
— manejable;
— equivocada.

CLEOFÁS:
— débil;
— decide demasiado tarde.

Detrás de ellos hay mucha observación de la realidad pero también, como es lógico, mucha literatura. Por estar un poco loca, Consuelito permanece al margen del consumismo, las buenas formas y la lucha por la vida. Ella viene de ese arquetipo literario que es el circo o la farándula, vive el humor absurdo, sueña líricamente. A la vez, su raíz popular impide que se pierda por las nubes de "la literatura".

Para una actriz, Hortensia es el mejor papel de la obra. Su cinismo, su desgarro, su lenguaje popular poseen multitud de registros y encuentran fácil eco en el público. Al fondo pueden estar Trotaconventos, *La Lozana andaluza,* la madre Celestina... El autor ha tenido mucho cuidado —y no poco acierto— de alejarla por igual de lo repelente y lo idealizado. A pesar de sus rasgos odiosos, el público conecta con ella, la encuentra atractiva. ¿Por qué? Porque habla con gracia repajolera, porque se ríe de sí misma. ¿Quién no entenderá que se le ponga en pie la juventud perdida, que sople en el viejo rescoldo para buscar un poquito, solamente un poquito más de calor?

No me parece arbitraria ni forzada la evolución de Cleofás. Hasta ahora —el "ahora" mágico del teatro— ha preferido meter la cabeza debajo del ala, aceptar la vida, drásticamente recortada, que los demás le permiten vivir. ¿Nos puede sonar esto a extraño?

Viene Cleofás del drama existencial: de los personajes que, en un momento determinado, toman conciencia de que han seguido un camino erróneo. O, simplemente, como un héroe cervantino o galdosiano, descubre y acepta —¡por fin!— la realidad.

Eso no es muy alegre, desde luego, pero es más sano. Nos guste o no, la realidad es así. Denuncia Cleofás las mentiras de Orleáns, de los sueños que nos alejan de la vida.

Los buenos días perdidos... ¿Quién no cree haberlos vivido y vuelve sus ojos a ellos, con melancolía agridulce? Nos previene Gala contra lo morboso y, sobre todo, lo estéril que puede resultar esta actitud: para los individuos lo mismo que para las colectividades. "Hay que tirar p'alante", nos diría, con su peculiar lenguaje, la desvergonzada Hortensia, si queremos seguir vivos.

Ese es el resumen final de lo que todos los personajes han hecho: querer vivir. Vivir de verdad. Muchos se han equivocado, en el camino. Es lógico. Cada uno, a su manera, todos fracasan, todos sufren. En su espejo trágico nos reconocemos.

Pero todo esto no se nos dice con trascendencia, con pedantería, sino teatralmente: con lenguaje popular, con chistes desvergonzados, con contrastes escénicos continuos. Es la viejísima línea de la tragicomedia, del esperpento que ha sido casi siempre la historia de España.

El espectador se ríe y se angustia con los conflictos de estos personajes, comprobando cómo los que convierten sus sueños en la única realidad, no pueden vivir. Nosotros, en cambio, podemos aprender, escarmentando en la cabeza de Hortensia, Cleofás y Consuelito. Sólo la verdad nos hará libres.

III. "ANILLOS PARA UNA DAMA"

1. *Noticias*

Un año después de la anterior, estrena Antonio Gala en Madrid su nueva obra. El autor nos ha contado a qué situación personal responde: "Yo escribí *Anillos para una dama* en una época en que me creía feliz y acaso lo era: quizá no haya nada menos consciente que la felicidad."

Nos ha informado, también, del motivo inspirador:

> Su breve anécdota me la proporcionó la noticia de la boda de la viuda de Kennedy y Onassis. Unos periodistas me telefonearon para saber mi opinión; yo pregunté: "Onassis, ¿padre o hijo? (Los seres felices no leen muchos periódicos y no están muy al tanto de las vidas ajenas. Les basta con la suya). Los encuestados contestaron con ira: le reprochaban a la viuda el olvido de lo que, como viuda, significaba. Sólo yo (los seres felices deben serlo muy contagiosamente) le deseaba la fecilidad. Aquella página de diario, en que hombres y mujeres se negaban a comprender —no sé si sólo el caso de Jacqueline Bouvier— despertó en mí una tensión dramática: ¿no podrá alguien, consorte, salirse de la Historia y emprender otra historia: la propia? Mi gusto por los personajes universales me encaminó hacia Andrómaca, la esposa fidelísima de Héctor, el héroe muerto de la *Ilíada.* ¿Qué sucedería si Andrómaca se empeñara en volver a casarse?: ¿se opondrían los héroes restantes? Pero el español es tan particular que, de repente, cualquier espectador gritaría: "Le está bien empleado por llamarse Andrómaca, que es un nombre feísimo". ¿Y cómo hacer español al personaje? Pilar Primo de Rivera, por ejemplo, no era la viuda, sino la hermana de José Antonio: no parecía posible plantear el tema así.

¿Cómo pasar de este tema universal a la concreta anécdota española? Responde Gala:

> Yendo un día a Valencia, lo vi claro. Había que imbricar la lírica y la épica, una historia de amor y la Historia de España. La Valencia del Cid. La Jimena del Cid y su amor por Minaya, el compañero. Y había que trascender ese asunto de amor. En España, el instante era clave: existía un Caudillo que, verosímilmente, no tardaría en morir. Estaban sin nombre por el aire los conceptos que luego se nombraron: ruptura y continuismo. Había un Príncipe de España y un Almirante Carrero Blanco. La partida póstuma empezaba a jugarse. En las librerías de viejo que rodean la bellísima Lonja valenciana puse a prueba al destino. "Busca en sólo tres tiendas", dije a quien entonces me daba de vivir, "el número mil de la colección Austral. Es *El Cid Campeador,* de Menéndez Pidal, que prácticamente acaba de morirse de un infarto de Mio Cid. Si lo encuentras, está de Dios que escriba esta comedia". Yo me quedé esperándolo, entre los altos nervios de la Lonja y los míos. En la primera librería encontró el tomo mil. La suerte estaba echada (*PM,* páginas 290-291).

Produjo la obra Antonio Redondo, el mismo que lo había hecho con *Los buenos días perdidos.* Comenzó los ensayos Luis Escobar, pero los dejó y fue sustituido por José Luis Alonso, que también había dirigido la anterior.

Varios testimonios orales que he recogido coinciden en el temor grande que sentían los miembros de la compañía. María Asquerino lo confirma: "Yo estaba feliz y contenta, porque, aparte de que mi papel era maravilloso, la obra me parecía estupenda. Sin embargo, curiosamente, los que más creíamos que la obra iba a ser un éxito, éramos Antonio Redondo, el empresario, y yo." [37]

El estreno era esperado con singular interés. Nos lo confirma la gacetilla de Ángel Laborda, ese mismo día:

> ... nos quedaremos con los estrenos del día. El de Antonio Gala, *Anillos para una dama,* viene precedido de

[37] María Asquerino, *ob. cit.,* p. 221.

una gran expectación. Estaba ya anunciado para la temporada pasada, pero fue retrasado por diversas circunstancias y para buscar una fecha tan importante como la obra y su autor requerían. Esta fecha es ésta, la de apertura de la temporada, con meses por delante para mantenerse en el escenario del Teatro Eslava. "Hubiera debido estrenar dos obras en este principio de la temporada —nos dice Gala—: ésta del Eslava y otra en la Comedia. La segunda, desgraciadamente (no sólo desgraciadamente para mí, sino por lo que de significativo puede tener), ha sido prohibida por la Censura". [38]

También esta obra, como tantas otras, había tenido problemas con la censura: "*Anillos para una dama* pasó en el 71 de la Sección de Censura Teatral a la Junta de Censura de Medios de Comunicación Social. *Anillos,* entre pitos y flautas, estuvo detenida dos años en el Ministerio." [39]

Años después, a comienzos de los ochenta, Gala cuenta la historia, tan pintoresca como tantas otras del mismo jaez, con más pormenor:

> Si alguien se tomase el trabajo de estudiar la labor de la censura burocrática —no hablo de otras, más hondas y sutiles— descubriría que *Anillos para una dama* fue una pieza tratada de una forma especial. No llegó a prohibirse: sencillamente, desapareció. Carrero Blanco había inventado de hecho —creo que ni siquiera a través del *Boletín Oficial*— una especie de Junta Interministerial de Medios de Comunicación de Masas. Supongo que la inventó, sobre todo, para decidir si se retransmitiría un partido de fútbol Rusia-España, o algo por el estilo. Porque, por desdicha, nadie puede imaginar, ni en el colmo del optimismo, que el Teatro en España sea un *mass media.* Sin embargo, a esa extraña Junta, por cesión de la censura habitual, llegó *Anillos.* (El hecho de hablarse de anillos-collares-damas-bodas de Oviedo-caudillos-muertes-cambios había producido un verdadero escalofrío en la Dirección General de Teatro, y Antolín de Santiago se lavaba las manos). O sea, ya no se trataba de resolver

[38] *ABC,* Madrid, 28 septiembre 1973, p. 94.
[39] *Primer Acto,* núm. cit., p. 16.

si se estrenaba o no —era claro—, sino de si se fusilaba o no a su autor. En una de las sesiones, el director de Televisión, con quien yo terminaba de firmar el contrato de mi serie *Si las piedras hablaran,* oyó mencionar una comedia mía *intolerable.* Y ese director general, que era muy listo, pidió el texto para que lo informara la Censura de la Televisión, aún más estricta que la de Teatro. El informe fue, con increíbles cortes, favorable al estreno. Por tanto, la comedia volvía a la censura ordinaria, rescatada del infierno por un señor que entonces se llamaba —y se siguió llamando, aunque llegara a duque— Adolfo Suárez. Con él no me une lazo alguno, y desde aquí, por primera vez, le doy las gracias (*PM,* pp. 291-292).

José Luis Alonso me ha contado una anécdota del estreno, vivida por Pepe Bódalo y él, que coincide absolutamente con lo escrito por María Asquerino:

El día del estreno fue una de esas cosas que no podré olvidar nunca. Recuerdo que en una escena en la que figuraba que Minaya, el segundo del Cid Campeador, y yo, tomábamos café, la gente empezó a reírse, a reírse fuerte. En el Teatro Eslava, los camerinos tenían altavoces y se oía lo que pasaba en el escenario. Y Bódalo y alguien más, oían ruidos, y comentaron: "¡Huy, deben estar *meneando*! ¡Están *meneando*!" Y de *menear,* nada. Lo que estaban es riendo. La obra fue un éxito enorme. La gente aplaudió a rabiar, y a gritar "¡María!, ¡María! Yo estaba realmente emocionada. Recuerdo que José Luis Alonso me empujó para que me adelantara sola a saludar. Aunque no lo parezca siempre tengo mucha vergüenza de saludar, soy muy tímida. Y José Luis tuvo que empujarme. Y aquello fue el delirio de bravos y bravos. [40]

No exagera la actriz. El crítico Adolfo Prego nos confirma el éxito:

Fue una noche realmente triunfal para todos: para el autor y los intérpretes. María Asquerino tuvo que ser empujada repetidamente hacia la batería y allí recibió

[40] María Asquerino, *ob. cit.,* p. 221.

el homenaje que se había ganado indiscutiblemente. Habló Gala. Recordó que otra comedia suya había sido prohibida. Y dijo que el éxito de *Anillos para una dama* le compensaba de aquella derrota.[41]

Para su autor, el éxito coincidía con una profunda crisis personal, a la que muchas veces se ha referido: "Cuando se estrenó *Anillos,* yo salía de una muerte clínica producida por una impresionante perforación de duodeno, y me hundía en una muerte sentimental: cuando el amor se rompe, nos acribillan sus filos y desangran" (*PM*, p. 292). La obra obtuvo una larga cadena de éxitos, se ha repuesto varias veces. Del Teatro Eslava pasó a la Comedia, salió de gira, volvió a Madrid, al Teatro Cómico, estuvo una temporada en el Teatro Barcelona de la misma ciudad, nueva gira... Lo resume así su protagonista:

> Esta función la estuve interpretando sin parar, desde el 73 hasta noviembre del 76. Los actores se iban yendo a otras cosas que les salían. Todos los papeles tuvieron varios intérpretes. La única que decía que no a otros trabajos fui yo. Estaba con la *perra* de los *Anillos*... porque había sido mi éxito, mi obra, mi papel, mi Jimena, mi... Le tenía tanto cariño a la obra que no quería dejarla, pero al mismo tiempo comprendía que no podía seguir haciéndola. Después de tanto tiempo, estaba un poco cansada, automatizada, empiezas a pensar que lo haces como si fueras una máquina. Y decidí que había que terminar. Y en Barcelona, adonde habíamos ido por segunda vez, acabamos. Hicimos todo el verano y estuvimos allí hasta noviembre, que debutó *Equus.*[42]

En un homenaje a María Asquerino, Antonio Gala leyó este soneto:

> Altanera la frente, triunfadora
> la mano que acaricia o despedaza,
> dos lumbres en los ojos de amenaza,
> que sólo ante el amor se rinde y llora.

[41] En *ABC,* Madrid, 30 septiembre 1973.
[42] María Asquerino, *ob. cit.,* p. 224.

Tanto monta del Cid Campeadora.
Más tú que tú, reverso de la raza,
agridulce torrente al que amordaza
la historia, como siempre inmoladora.

Dos eslabones forman tu cadena,
con dos te basta para cada día
transfigurar en corazón la escena.

Tan hecha estás de vida y de agonía,
tan en su casa se halla en ti Jimena,
que ya eres más Jimena que María. [43]

En una serie tan prolongada de representaciones, a lo largo de los años, no faltaron los incidentes. Una vez, en Barcelona, María Asquerino sufrió un ataque de apendicitis y tuvo que ser operada. Años después, Gala dedicó un artículo a este *Juego de damas*:

> Las representaciones quedaban suspendidas. Pensé que en Barcelona no teníamos suerte. Y de repente aconteció el milagro: Amparo Rivelles estaba en Madrid, descansando unos días, antes de reanudar en México y Centroamérica sus representaciones de *Anillos para una dama.* No hizo falta más que darle la noticia de lo de Barcelona: mandó a hacer gárgaras su descanso, tomó un avión del Puente Aéreo, saludó a la compañía española y ordenó que el telón se levantara. Acaso sin notarlo, Barcelona había sido testigo y escenario de uno de los más bellos gestos de solidaridad que yo recuerdo, de una de las más amables expresiones de compañerismo. Por parte de una *dama* y de la otra. De una *dama* que —con tal de que nada se interrumpa— acepta que *su* papel en España lo interprete otra actriz. De otra *dama* cuya vuelta a España estaba prevista para el septiembre próximo, que se brinda a otorgar *su* versión de Jimena con tal de que nada se interrumpa.

Para el autor, se trata de un ejemplo admirable, para la vida española: "En un país como éste, hecho de

[43] *Ibidem,* pp. 225-226.

interrupciones, son ejemplos así los que conviene dar. Si cada cual, en su campo, obrara con más amor y menos amor propio, con más desprendimientos y más fraternidad, con las manos abiertas para ofrecer y no para trincar —y todo esto, al servicio del público—, mejor marcharía todo. O al menos marcharía. El teatro, como en sus buenos tiempos, una vez más, ha ido aquí por delante de la vida" (*TP*, p. 125. El artículo es del 11 de octubre de 1975).

Otra vez, la comedia va al encuentro del público madrileño más popular, en una sala alejada del centro:

> Por un azar, del que no sé si sentirme satisfecho, dos comedias mías van a dar una pista sobre tal circunstancia. *Anillos para una dama* se da en Madrid esta temporada, por voluntad mía, no en un local como los que tuvo la pasada, sino en otro más popular, en el estricto sentido: algo "off Broadway", digamos. Una comedia escrita, al parecer de los miopes, para la burguesía más "collet monté" —iniciada históricamente, capaz de la ironía, con humor receptivo y buen gusto que le hiciera apreciar, por ejemplo, el exquisito vestuario de Elio Berhanyer— es recibida y aceptada por unos espectadores completamente distintos: de ojos limpios, sin prejuicios ningunos, de risa fácil y entendederas más que suficientes para enterarse de que no se trata de desmitificar al Cid Campeador, sino de desmitificar a nuestros propios Hombres y a la Historia, que tan escasa y tan partidistamente les ha sido contada (*TP*, p. 263).

En otra ocasión, un ataque ideológico al autor utiliza la obra como pretexto: "... añade que un crítico barcelonés de *Anillos para una dama* acusa a la nueva Doña Jimena, la esposa rebelde del Cid, ¡de reaccionaria! Y a la obra, de comedia de salón. El sueltecillo se titula, con una fina ironía: '¡Toma del frasco, Antonio Gala' " (*TP*, artículo del 26 de noviembre de 1975).

Se consuela Gala con el éxito que la obra obtiene en Méjico:

> Vengo de Méjico, de estrenar mi comedia *Anillos para una dama,* que ha sido entendida y recibida por lo menos

tan bien como en España, lo cual subraya la hispanidad de Méjico: el cachondeo de los mitos familiares a quien más le divierte es a la propia familia que los ha padecido y venerado. Ya hablaremos más de eso. Ahora, por lo pronto, vengo de Méjico (*TP*, p. 302).

Y no desaprovecha la ocasión de contraponer esta noticia a un esperpéntico homenaje hispánico al héroe evocado en su comedia, el Cid Campeador:

Para consolarme pienso en el éxito que mi comedia sobre la viuda del Cid está obteniendo en México, sobre todo porque en ella se reduce el Cid a límites humanos: ya estaba bien la cosa. Y abro *La Hoja del Lunes*. Lo primero que veo es la noticia de que, en un acto con el que el Ayuntamiento celebró la festividad de San Ildefonso, el Director de las Bibliotecas y Museos Municipales tuvo una brillante intervención: propuso el simbólico ingreso como miembro de honor en el Colegio de Huérfanos de San Ildefonso, patrocinado por la Corporación Municipal, de Rodrigo Díaz de Vivar niño, el Cid Campeador, de quien glosó la personalidad como arquetipo de nobleza y lealtad, de buen cristiano, generoso, humano y amante de la verdad y la justicia. Dirigiéndose a los alumnos del Colegio, finalizó su emocionante arenga así: "Una España que hacer y un mundo que redimir es la misión que vosotros tenéis." Dado que el año se presenta mal y que los niños de San Ildefonso son los que pregonan los premios de la Lotería de Navidad, espero que sea el Cid Campeador quien cante el Gordo en el próximo sorteo. A quién le tocará, ya no lo sé. A lo mejor otra vez a las hidroeléctricas y a los grandes turismos. Acertaban en Méjico los que me decían que me quedara un poco más, que no tuviera prisa, que España a mi vuelta no habría cambiado en nada... Ya me parecía a mí que Méjico era muy español (*TP*, p. 304. El artículo es del día 8 de febrero de 1975).

2. *Autocríticas*

No pocas veces —conforme a su costumbre— ha escrito Antonio Gala sobre esta obra: comentándola, sacando conclusiones de la forma en que fue recibida, dando pistas para su mejor comprensión... Recordaré, solamente, algunas afirmaciones que me parecen imprescindibles.

Estando en Nueva York, "la apasionante capital del mundo", relaciona Gala lo que ve con lo que él puso en su comedia:

> ... en Nueva York he visto, por no citar nada de más envergadura, dos musicales. En uno —*Pipin*— se toma a chacota toda la magnitud de Carlomagno y se deja al final —desnudo, sin luces, sin colores, sin música ni historia— a un pobre ser humano con su mujer y su hijo. En el otro musical —*Cándido*— se interpreta toda la gracia y la malintención y la amargura y el descreimiento y la decepción y la profunda serenidad a cuerpo limpio de Voltaire como ni en Francia se podía haber hecho mejor. Quizá porque América ya ha sufrido también. O porque es una jilipuertez eso de que los pueblos felices, como las mujeres honradas, no tienen historia. O porque no hay ninguna razón válida que obligue a escribir la historia con desdicha y con sangre (*TP*, pp. 220-221).

Se está defendiendo, por supuesto, de los historiadores o críticos españoles que censuraron su libre interpretación de los personajes históricos:

> Yo comprendo la pasión de los historiadores por sus personajes [...] pero de ahí a juzgar que son suyos, hay distancia. Ellos, respecto a un personaje, pueden enriquecernos, aclararnos, sugerir propuestas, pero no como sus dueños, con una exclusiva otorgada por la Historia o la divinidad. Eso sí que sería plagiar, en prístino sentido. Aviado estaría yo si Menéndez Pidal me hubiera demandado por contradecirlo en mis *Anillos para una dama.* Como aviado estuve cuando Serrano Anguita se opuso a que yo escribiese sobre *la Petenera,* porque, según él, era *cosa suya* (*DO*, pp. 336-337).

Parece obvio... pero no lo es. Años después, Antonio Gala ha tenido que sufrir una demanda por presunto plagio (y una campaña periodística en contra, en el diario

ABC) por haber utilizado, en su libre creación literaria, los datos acarreados por una historiadora.

Al defenderse, por supuesto, Gala no se muerde la lengua:

> ... rasgarse las vestiduras porque el Cid quede, en *Anillos para una dama,* no malparado sino humanizado (apeado de un Olimpo al que convino empinarlo, ya para alentar la Reconquista, ya para simbolizar en él la resistencia a un poder real demasiado absorbente) es también una bobada. No hay que olvidar que don Ramón Menéndez Pidal (de quién, si no supiésemos de qué murió, podríamos pensar que había muerto de un infarto de miocid) aparecía como asesor histórico en la película americana sobre el Cid, que no puede ponerse como modelo de fidelidad histórica. De cualquier forma, yo aconsejaría a quienes han escrito algo contra mi visión de ciertos personajes, que se preocuparan más bien de lo que queda de ellos: labor no del todo ingrata en un país tan dado a traer y llevar a sus muertos como éste (*TP*, p. 276).

Uno de los aspectos más llamativos de la obra, y más fácilmente criticable, son los anacronismos. Gala defendía así su empleo, en un coloquio conmigo: "Como es una desmitificación, tiene que estar hecha en un tono más desenfadado, y admitiendo los anacronismos que acercan ese siglo XII al siglo XX (me divierten muchísimo desde *La venganza de don Mendo,* de Muñoz Seca), que Doña Jimena fume o tome café me hace mucha gracia, y creo que debe tomar café a todas horas." [44]

Muchos han denunciado, a propósito de esta obra, el escaso respeto por la Historia de España. Al defenderse, precisa Gala el género de su comedia:

> A mí el teatro estrictamente histórico por sí mismo no me interesa. Lo considero tan banal como el estrictamente bulevardiano o el estrictamente cómico. Contar una historia, por el solo hecho de contarla, creo que no vale la

[44] *Teatro español actual,* Madrid, Fundación Juan March-Ed. Cátedra, 1977, p. 129.

pena, haya sucedido ayer o hace mil años: el tiempo depura a los vinos, no a la Historia. Lo que me importa es que sirva para algo más que para entretener mientras se está escuchando.

No es teatro histórico lo que él quiere escribir, sino —notemos la inteligente fórmula— *teatro actual de referencia histórica*:

En un teatro actual con referencia histórica lo primero que debe quedar claro es que los personajes transformados en intocables no lo fueron en su época —eran de carne y sangre, no de bronce y mármol— y que la Historia no debe reducirse a lápidas conmemorativas ni a obeliscos, sino que se trata de vida palpitante que fue haciéndose —y el teatro nos permite asistir a ese "hacerse"— antes de que se estereotipara, se adornara o se manchara: se falseara, en definitiva, para un libro de texto, muchas veces más falaz y caprichoso que una pieza dramática.

Rasgarse las vestiduras —gesto que siempre es de mal gusto— por una versión personal de caracteres, figuras o monumentos históricos es casi siempre una bobada. Nuestro teatro clásico —por llamarlo de alguna manera— y el de otras literaturas está lleno de esas versiones, tan habituales como vestir a Pericles con ropa del siglo XVI o hacer hablar a San Hermenegildo con lenguaje del XVII. (Procedimiento, por otra parte, idéntico al de la escultura y la pintura del románico, el gótico, el renacimiento o el barroco (*TP*, p. 276).

Con el ejemplo de una ilustre espectadora, nos indica Gala la *naturalidad* con que debe ser vista su obra:

Ahora mismo regreso de saludar en el teatro donde se da mi pieza a la Condesa de Barcelona. Ha ido, como una espectadora más, acompañada de sus dos hijos y de un yerno. Estaba en la cuarta fila de butacas.

La infanta Margarita ha repetido tres o cuatro veces, con una deliciosa naturalidad, que tiene que volver a "ver" la comedia con su marido, que es paisano mío, y que en ella los personajes "dicen verdades como puños".

> La duquesa de Badajoz se ha interesado por el cansancio que debería sentir María Asquerino haciendo la proeza de dos funciones diarias y se reía cuando su marido bromeaba con Bódalo, que hace de rey, porque se sentía muy cómodo y a gusto ante la realeza. (A otra infanta, hija de Alfonso XIII, que ya estuvo viendo los *Anillos,* alguien le había advertido previamente que Alfonso VI no quedaba muy bien parado, y ella le contestó tranquilizándolo: "Mientras sólo sea el Sexto").

Y no pierde la ocasión de lanzar una pulla contra los censores asustadizos, que intentan protegernos de peligros sólo imaginados por ellos:

> ... una nutrida representación de la familia real española ha acudido a sacar sus entradas a un teatro donde se presenta una comedia desmitificadora de tanto nolimetángere, de tanto trapo negro, de tanta monotonía, de tanto aburrimiento como hay en esa Historia de España que han querido enseñarnos y en la que hemos vivido. Una comedia a la que la censura detuvo con un *stop* precautorio demasiado cargante y, como se demuestra dos veces cada día, completamente fuera de lugar (*TP*, páginas 124-125).

Frente a la interpretación puramente individualista y sentimental de la obra, insiste Gala en su conexión con el momento político español: "Cuando se estrenó *Anillos,* la muerte del caudillo vivo era más inminente y las posturas a adoptar urgían. Dos meses después ascendió Carrero Blanco al cielo. *De Madrid, al cielo*: qué verdad."

Según él, el tiempo hace ver más claro este aspecto:

> Cuando el otro día se repuso *Anillos* —cuyas representaciones duraron cuatro años, y ha tenido éxito en mayor número de países que cualquier otra comedia mía— los críticos ya sí habían hablado de caudillos muertos y de anticipaciones. Jimena sí es ya España. Por fin han comprendido. Qué gratitud les guardo. Un dato hay alarmante, a pesar de ello: el éxito, tan ruidosamente similar al de hace nueve años. Los jóvenes de hoy acogen *Anillos* con el mismo fervor que los de ayer. ¿Es que nada se ha

mudado, o es que el arte es susceptible de distintas lecturas, u ocurren las dos cosas? (*PM*, p. 293).

De la autocrítica del autor sacamos tres ideas básicas:

a) El tema de un pueblo sin guía: "¿Qué sucede en un pueblo cuando la muerte le arrebata a quien lo guía? ¿Se tolerará a los que lo rodeaban apearse del pedestal que con él compartieron? ¿Qué será de Jimena sin el Cid?"

b) Aspecto intemporal: "*Anillos* tiene adrede un aspecto intemporal: es más real así."

c) El carácter de la protagonista: "Jimena, aquí, sabe bien lo que quiere: ser ella misma."

Con motivo del estreno, por último, el autor, en las habituales declaraciones, precisa tres aspectos importantes:

a) Carácter del lenguaje: "He perseguido la intemporalidad con el lenguaje intencionadamente acrónico, entre lo épico y lo coloquial (una experiencia teatralmente interesante para mí, que soy un apasionado de los ensayos de lenguaje)."

b) La causa del atractivo que para él posee este personaje: "Para protagonista he elegido a un personaje histórico español, muy español: el de Doña Jimena. Pero una Jimena viuda ya del Cid... Por dos razones: una, porque me parece dramáticamente atractivo tratar, aislado, un personaje que siempre ha formado pareja con otro; la segunda, porque es apasionante estudiar la psicología de 'esposas de mitos', de estos 'mitos consortes' que, en el fondo, deben estar de grandes gestos y de posar para la Historia hasta la coronilla. Y a quienes, por otra parte, no se tolera que se 'apeen' del pedestal y se les exige que sigan, de por vida, atados a un cadáver. Hay muchas ocasiones, alguna muy reciente, de comprobarlo."

c) Y, en conclusión, como resumen auténtico, el sentido de la obra: "*Anillos* es una comedia en que se trata de una rebeldía y de una coacción; de la violación, por razones políticas, de uno de los derechos esenciales del ser humano: la libertad de enamorarse y de realizar un amor justo".[45] Así lo dijo en aquel momento, antes de que se produjeran interpretaciones críticas, su propio autor.

3. *La crítica del estreno y la posterior*

La crítica reflejó el éxito de la obra y lo justificó, señalando sus méritos. A Adolfo Prego, en *ABC, Anillos* le recuerda, según los momentos, a Ionesco, a Corneille, a Arniches... La palabra es el factor de la unidad artística que él advierte:

> Que una obra que es fundamentalmente diálogo tenga tal vivacidad, tan dinámica acción, sea a un tiempo divertida, profunda y emocionante, prueba que la palabra es todavía la única posibilidad real de que el teatro sobreviva a los innumerables pigmeos que hacen todo lo posible por desterrarla... y enterrarla.

En *Arriba,* Carlos Luis Álvarez se confiesa deslumbrado y sitúa la obra en una perspectiva filosófica humorística:

> Cuando alguien se desnuda sale de la Historia, como le dijo Moravia a Claudia Cardinale. Si los caballeros de El Greco se hubieran desnudado quizá habrían podido ser felices. El drama de Jimena es que desea huir de la Historia...

En la revista *Ínsula,*[46] Ángel Fernández Santos publicó una crítica larga y bien meditada; tanto es así, que pasó luego a editarse como prólogo de la obra, en la edición de Júcar. Es un texto lleno de interesantes sugerencias, de las que sólo recordaré alguna.

Para Fernández Santos, esta vez "el dramaturgo Gala está a la altura del literato Gala", porque la obra posee "una teatralidad descarada". Señala la presencia constante

[45] *ABC,* Madrid, 28 septiembre 1973.
[46] Número 325, Madrid, 1973.

de un subtexto dramático, "una verdad silenciosa agazapada bajo la palabra", y lo acerca al final de *Tío Vania,* de Chejov, porque la obra de Gala "es la historia de un hermoso circunloquio alrededor del vacío". Además, opina que a Jimena no la mueve sólo el amor, sino que encarna un grito de libertad, y su drama amoroso es, ante todo, un drama político.

Menos positiva es la crítica de Fernando Lázaro Carreter:[47] "Lo que pudo haber sido un original drama político se transmuta en la crónica de un amor irrealizable." El profesor y dramaturgo censura que Gala "se ha decidido esta vez por caminos fáciles (...) mediante procedimientos que rozan la parodia".

Desde presupuestos ideológicos y políticos muy rígidos, Fernando Herrero[48] realiza una descalificación tajante de la obra: "No existen enfrentamientos ideológicos, concienciación de los intereses de clase (de hecho, éstos tampoco se ven representados) sino simplemente una querella casi doméstica en torno a la utilización del mito." El único héroe, para este crítico, es Jimena: una figura reaccionaria, que representa solamente a su libertad personal, no la del pueblo. La conclusión es dura: "una mera comedia de bellas palabras, de bellos sentimientos, pero inane y superficial, cuando no reaccionaria en sus motivaciones más profundas".

En una línea semejante, pero mucho más comedida, se muestra Florencio Segura:[49]

> Gala deja el planteamiento político en una simple promesa, en un texto que no llega a elaborar [...] La obra deriva fuertemente hacia el problema de la viuda, dejando prácticamente intacto el de España.

Pasemos ya a las críticas posteriores, en revistas y libros. Ante todo, dos estudiosas norteamericanas que

[47] *Gaceta Ilustrada,* Madrid, 28 octubre 1973.
[48] *Primer Acto,* Madrid, núm. 162, noviembre 1973.
[49] *Reseña,* Madrid, núm. 70, diciembre 1973.

defienden la obra, frente a los reparos que acabamos de recordar. Para Hazel Cazorla,[50] "la obra cobra una vitalidad contemporánea si la consideramos como una alegoría de la España actual que intenta sacudir los mitos que la mantienen atada e inmóvil, reclamando una libertad de acción para buscar la verdad íntima de su ser, para conocerse y darse a conocer de una vez para siempre". Según esto, al final de la obra Jimena sufre un cambio de actitud porque "se identifica con el símbolo político, tomando el camino de abnegación y de lealtad al mito". El personaje, en definitiva, posee dos niveles: "el psicológico-personal y el simbólico-nacional".

Por su parte, Phyllis Zatlin Boring[51] se adhiere también a esta tesis política. Opina que la perspectiva de Gala sobre la situación de la mujer "cabe perfectamente bien dentro de las teorías feministas actuales". La conclusión a la que llega es que "trasladando la situación a los años 70, Gala parece decir que el franquismo no terminará con la muerte de Franco. La lucha de 'la otra España', la que quiere cambiar, fracasará contra la inercia, el miedo y los intereses personales".

Al estudiar uno de los personajes secundarios, Ana Padilla Mangas señala cómo Constanza, al reaparecer en el segundo acto, ya no habla con su espontaneidad popular, sino que "toma el mismo vocabulario hipócrita de la clase dominante".[52]

En su amplio estudio, Fausto Díaz Padilla sitúa al Cid como ejemplo de mito alienante, dentro del sistema mental de Gala:

[50] "Antonio Gala y la desmitificación de España: los valores alegóricos de *Anillos para una dama*", en *Estreno,* núm. 2, otoño 1978, pp. 13-16.

[51] En la "Introducción" citada a su edición de Ed. Cátedra, página 56.

[52] Ana Padilla Mangas, *Tipología dramática en la obra de Antonio Gala,* col. Libros de Bolsillo, Publicaciones de la Excma. Diputación Provincial, Universidad de Córdoba, 1985, p. 117.

> El mito es, pues, el anti-ideal, tanto por su origen como por sus resultados: su fuente no es colectiva sino individual; sus resultados son negativos: no realizan al hombre ya que es un camino que está muy por encima de las posibilidades de la normalidad, por eso "gracias a los dioses, el hombre no es un dios"... Se impone precisamente la necesidad de rechazarlo, porque, si no, aniquilaría la vida de cuantos pretendiesen seguirlo, como el Cid y Ulises destruyeron las de sus respectivas esposas.[53]

Francisco López Estrada, por último, realizó un detenido cotejo de la comedia con sus fuentes. El ilustre medievalista demuestra que Gala parte ya de una visión poética, no de la Historia. En su opinión, lo que queda en la mente del espectador, después de la obra, es "el drama de la frustración: una tragedia poética, con asunto medieval, que produce el efecto clásico de la catarsis y nos obliga a una reflexión sobre los mitos y la libertad humana".[54]

4. *Historia y literatura*

La materia argumental que utiliza Antonio Gala en esta obra requiere un cotejo con la realidad histórica, tal como hoy la conocemos, y con la versión literaria transmitida por el *Poema del Cid.* No se trata, por supuesto, de abrumar con datos eruditos sino de ofrecer al lector aquellos que pueden servirle para que entienda lo que ha tomado Gala y lo que ha variado o inventado.

Ante todo, unas mínimas precisiones cronológicas. La toma de Valencia por el Cid tuvo lugar el 15 de junio del año 1094; la muerte del héroe, cinco años después. "Murió el Cid prematuramente, cuando sólo contaría unos 56 años; murió en Valencia, la Meca de su conquista, un do-

[53] Fausto Díaz Padilla, "Prólogo" a las *Obras escogidas,* ed. cit., página CXXX.

[54] Francisco López Estrada, "El drama de Antonio Gala sobre la Jimena del Cid", en *Pliegos de cordel,* II, Instituto de España, Roma, 1983, pp. 31-51.

mingo 10 de julio de 1099." [55] Minaron su salud la grave enfermedad padecida en Daroca, la herida del cuello que recibió en Albarracín y otros accidentes guerreros.

En las primeras frases de la obra, dice el obispo don Jerónimo: "Hoy, hace dos años, Rodrigo de Vivar cerró los ojos..." Nos encontramos, pues, en el día 10 de julio de 1101.

Valencia caerá en poder de los moros en mayo de 1102. Así pues, Jimena logró mantener la ciudad tres años, desde la muerte de su marido.

En cuanto al otro protagonista, Minaya, la conclusión de Pidal es que, en la realidad histórica, "no vivió tan inseparablemente unido a las hazañas de su tío el Campeador". [56]

El resumen histórico de su vida que nos ofrece Pidal es el siguiente:

> *Alvar Fáñez que Çorita mandó* (v. 735) figura realmente como señor de Zorita en documentos de 1097 y 1107. Fue uno de los más notables caballeros de la corte de Alfonso VI, debelador de los almorávides y reconquistador de la Alcarria. En el reinado de doña Urraca, la hija de Alfonso VI, fue gobernador de Toledo de 1109 a 1114, fecha en que fue muerto por los de Segovia, defendiendo los derechos de su Reina contra los partidarios del rey aragonés Alfonso el Batallador. El *Cantar* llama a Alvar Fáñez *sobrino* del Cid (v. 2858-3438), parentesco confirmado por la carta de arras de doña Jimena, del año 1074, y supone que el Cid le tiene siempre a su lado, *nos le parte de so braço* (1244). No obstante, las vidas del tío y del sobrino corrieron más apartadas de lo que el *Cantar* supone, tanto, que la Historia latina del héroe pudo escribirse sin nombrar una sola vez a Alvar Fáñez. Este pudo salir con su tío al destierro, según dice el poeta, pues su firma falta por esos años en los documentos de Castilla, y sólo reaparece entre 1085 y 1087, poco más

[55] Ramón Menéndez Pidal, *El Cid Campeador,* 3.ª ed., Madrid, Ed. Espasa-Calpe, col. Austral, 1955, p. 268.

[56] *Cantar de Mio Cid,* edición de Menéndez Pidal, Madrid, Ed. Espasa-Calpe, 1946, p. 439.

> o menos cuando se repatría el Cid; en este tiempo es cuando Alfonso VI encargó a Alvar Fáñez de entronizar en Valencia a Alcadir, el rey moro desposeído de Toledo (1085-1086). Después, de 1090 a 1095, vuelve a figurar en los documentos reales, cuando el Cid andaba ocupado en la conquista del reino de Valencia. Luego, pudo estar Alvar Fáñez con su tío en Valencia; pero en 1099, poco antes de morir el Cid, Alvaro peleaba separadamente contra los almorávides y era derrotado en Cuenca.[57]

Más tajante es otro reciente editor del *Poema,* Colin Smith: "aunque pudo acompañar brevemente al Cid al principio del destierro, tuvo, no obstante, poco que ver con él y no fue su mano derecha, ni su consejero militar ni su embajador y constante compañero del Cid, que presenta el *Poema*".[58]

Luego hablaremos más de este personaje. Volvamos ahora a la escena inicial de la obra. En el año 1098, el Cid hizo restaurar la antigua diócesis y consiguió que el Metropolitano de Toledo ordenara Obispo de Valencia al clérigo francés don Jerónimo de Périgord.

La oración fúnebre por el héroe tiene lugar "en la Iglesia Mayor de Santa María de Valencia". No podía ser en otro lugar:

> En el año 1098, después de la ocupación de Murviedro, se dedicó el Cid a reformar magníficamente la mezquita mayor de Valencia, cristianizada en 1096, para hacerla iglesia catedral con advocación de Santa María, destinándola al clérigo francés. En esta iglesia fue don Jerónimo elegido por el clero y el pueblo, aclamado canónicamente obispo, según los usos de entonces. Ordenado después por el papa Urbano II con especiales exenciones, celebró en la mezquita-iglesia la misa episcopal.[59]

[57] Menéndez Pidal, "Introducción" a su edición del *Poema del Cid,* Madrid, Ed. Espasa-Calpe, col. Clásicos Castellanos, 9.ª ed., 1960, pp. 17-18.

[58] *Poema de Mio Cid,* edición de Colin Smith, Madrid, Ed. Cátedra, 1972, p. 342.

[59] Menéndez Pidal, *El Cid Campeador,* ed. cit., p. 251.

Podemos pisar, hoy, este escenario. La actual Catedral de Valencia "ocupa, al menos en parte, el solar de la mezquita mayor. Don Jaime I de Aragón, en 1238, mandó purificar el templo árabe y destinarlo provisionalmente a templo cristiano. La primera piedra para el definitivo se colocó en 1262. Y la nueva iglesia puede considerarse terminada en 1356 ó 1376..." [60]

En su sermón, Jerónimo emplea grandes ponderaciones: "... murió el más grande guerrero y el más grande caudillo de que queda memoria. Nunca, desde Alejandro, hubo un hombre tan grande... A mí, que lo enterré, me pareció mentira que tan alta montaña cupiera en tan humildes parihuelas."

No es una exageración del escritor actual, sino que responde al ambiente de la época:

> Las señales de duelo entre los deudos y vasallos por la muerte de su señor eran estruendosas y crueles [...] El cronicón del monasterio de Maillezais, en el Poitu, en el centro de Francia, nos atestigua cómo la muerte del Cid tuvo la resonancia de los grandes acontecimientos humanos; suceso que emocionaba a dos orbes históricos: "En España, dentro de Valencia, falleció el conde Rodrigo, y su muerte causó el más grave duelo en la cristiandad y gozo grande entre los enemigos musulmanes". [61]

Jimena interrumpe cínicamente el sermón: "Será en la huerta que mi marido le regaló en Juballa." Así fue: "El Cid acogió bien, desde luego, a don Jerónimo y le hizo alguna donación personal: sabemos que le dio una almunia o huerta en el territorio de Juballa." [62]

Evoca Jerónimo al Cid en la época en que "se presentó ante los muros de Valencia, a solas, sin recursos, sin rey y sin ejército y sin bandera por la que luchar, hubiera parecido un insensato si no fuese el héroe solitario, el mito, la encarnación de la gloria de España".

[60] Francisco Almela y Vives, *Valencia,* León, Ed. Everest, 1975, página 50.

[61] Menéndez Pidal, *El Cid Campeador,* ed. cit., p. 269.

[62] *Ibidem,* p. 251.

Para su estudioso, "éste es el momento en que el Cid aparece más claramente como hombre extraordinario en armas y en política. Por sí solo, sin el apoyo de ninguna organización estatal, al revés, perseguido y estorbado por la ira de su rey, vence a Berenguer, dueño de un gran condado, señor de los afamados caballeros barceloneses, y con prontitud increíble somete los reinados y señoríos moros del Levante". [63]

Evoca Jerónimo el destierro y la gloria del Cid, en la comedia: "Más poderoso que los reyes, repudió su destino de modesto hijodalgo, salió a ganar su pan afuera de Castilla. Desterrado, hizo y deshizo reyes con su dedo meñique... Jugaba al ajedrez sobre los anchos campos..." Pidal titula así, exactamente, una de las partes de su biografía: "El Emperador, oscurecido por el Cid." [64]

Alaba Jerónimo, en el teatro, "su gesto majestuoso, su mesura". Es algo en lo que insiste el *Poema* desde su comienzo: "Fabló mio Çid bien e tan mesurado" (v. 7). Como ha señalado Ermanno Caldera, hay que poner en relación esto con la manera de hablar reconocida por la Retórica medieval. [65] Comenta López Estrada: "De esta manera, hablando en la justa medida, el Cid asegura su heroicidad en el plano civil." [66]

Recuerda Jerónimo, en la obra dramática, "su barba nazarena, hecha un nudo como su corazón por volver a Castilla". Es un tema bien conocido, mencionado varias veces en el *Poema*. Las barbas del Cid representan su voluntad de servicio al Rey:

> por amor de rey Alfonsso, que de tierra me a echado
> nin entrarié en ella tigera, ni un pelo non avrié tajado
>
> (v. 1240-1241)

[63] *Ibidem*, p. 156.

[64] *Ibidem*, p. 173.

[65] Ermanno Caldera, "L'oratoria nel *Poema de Mio Cid*", en *Miscellanea di Studi Ispanici*, 10, Pisa, Universidad, pp. 5-29.

[66] Francisco López Estrada, *Panorama crítico sobre el "Poema del Cid"*, Madrid, Ed. Castalia, col. Literatura y Sociedad, 1982, página 115.

Tras la ofensa de Corpes, le sirven para anunciar su venganza:

par aquesta barba que nadi non messó,
assís irán vengando don Elvira e doña Sol
(v. 3186-3187)

Por eso, algún estudioso considera que estas barbas simbolizan el honor del héroe castellano.[67] "Barba vellida" llega a ser el apelativo del Cid en varias ocasiones (v. 274, 930 y 2192). El juglar exclama, con entusiasmo:

Andava mio Çid sobre so buen cavallo,
la cofia fronzida. ¡Dios, cómmo es bien barbado!
(v. 788-9)

No es extraño que la barba se haya convertido en motivo habitual de las representaciones modernas del Cid: por ejemplo, en el monumento de Burgos, esculpido por Juan Cristóbal.

La hija del Cid, María, es la esposa de Ramón Berenguer, conde de Barcelona. Aquí, Gala sigue la Historia más que el *Poema,* que la llama doña Sol, quizá como "resultado de una necesidad poética".[68]

Según Jerónimo, en la obra teatral, "Doña Jimena, viuda y fiel, que se separó de él como se arranca la uña de la carne..." Reproduce Gala el conocido verso 375 del *Poema,* unánimemente elogiado por la crítica: "assis parten unos d'otros commo la uña de la carne". Y el comentario humorístico de Jimena, típico del estilo de Gala, no destruye el lirismo de la comparación: "¡Qué dentera!"

Recurre Jerónimo, sobre las tablas, a la frase proverbial: *Nemo propheta acceptus est in patria sua.* Es curioso comprobar que ya la había utilizado, como título de un capitulillo, Menéndez Pidal.[69]

67 J. R. Burt, "Honor and the Cid's Beard", en *La Corónica,* 1, 2, pp. 132-137.
68 Colin Smith, *op. cit.,* p. 340.
69 Menéndez Pidal, *El Cid Campeador,* ed. cit., p. 283.

Pasemos ya a la escena siguiente. Evocan Constanza y Jimena la boda de ésta con el Cid, "un mes de julio como éste... —¡Pero en Oviedo!—" Los datos que menciona la comedia responden, en lo básico, a la realidad histórica: la boda tuvo lugar en el 1074 y firmaron las actas los personajes que aquí se citan, incluido Minaya.

Leemos en Menéndez Pidal:

> Conservamos la carta de las arras que el Campeador dio a Jimena el 19 de julio de 1074, fecha sin duda de la celebración del matrimonio. El Cid tenía entonces unos treinta y un años. Eran las arras una donación que el esposo hacía a la esposa. Alguna vez eran como compra del cuerpo de la novia, "comparatio corporis". Por lo común se daban expresando alguna consideración afectuosa: en honra a la pureza de la mujer, "propter honorem virginitatis tue"; por amor a su belleza o a su dulzura, "propter honorem et amorem pulchritudinis tue", "dulcedinis tue". La carta del Cid a Jimena reúne dos expresiones: "por decoro de su hermosura y por el virginal connubio". [70]

Y un motivo de gran importancia para el mundo sentimental de la comedia: con estas bodas, quiso el Rey amistar a los castellanos, representados por Rodrigo, con los leoneses, que lo estaban por Jimena. [71] Responde, pues, a la realidad el diálogo de Jimena con el Rey, al final de la Primera Parte:

> JIMENA. *(Lentamente).* ¿Por qué, entonces, me casaste con él?
>
> ALFONSO. Razón de Estado, hija.

A partir del dato histórico, real, el dramaturgo ha imaginado la soledad sentimental de esta mujer y su posible y frustrado amor.

[70] *Ibidem,* pp. 54-55.

[71] Menéndez Pidal, *La España del Cid,* 7.ª ed., Madrid, Ed. Espasa-Calpe, 1969, pp. 211 y 721-726.

Quedamos, pues, en que, en la fecha de la boda, 1074, el Cid tenía "unos 31 años". ¿Y Jimena? Según López Estrada, "si se casaron en el año 1074 (y el documento que lo probaría es discutible), en 1102 habían transcurrido treinta y ocho años, y por más joven que fuese Jimena hay que añadirle unos pocos más. Pero esto no importa, la Jimena de Gala es la mujer que ha llegado a su madurez y se da cuenta de que está en el último tramo de su vida, tanto física como espiritual".[72]

Ateniéndonos a la letra de la comedia, Jimena dice que tenía, entonces, catorce años. Como, desde aquel momento, han pasado treinta y ocho, ahora debería tener cincuenta y dos años. No es extraño que la coquetería femenina intente rebajarlo —y que el autor, galantemente, deje el tema en una cierta nebulosa—:

> JIMENA. Pronto tendré cuarenta años, Minaya.
> MINAYA. Los tienes ya, Jimena. *(Jimena ríe de haberse visto descubierta).*

En la obra teatral, Jimena se muestra orgullosa de una sola joya, el ceñidor de la sultana: "El verdadero tesoro del rey Alcadir." Menéndez Pidal nos ha dado abundantes datos sobre esta joya:

> Cuando se repartió entre los cristianos el ingente montón de riquezas que el ajusticiado había reunido con regicidio y exacciones, correspondieron al Cid las alhajas personales del difunto Alcadir; por lo menos aquel sartal, prodigio de la joyería asiática, que en las fiestas de Bagdad rodeó con la sensual belleza de sus cambiantes el cuerpo de la sultana Zobeida, hubo de servir en Valencia ahora para halagar los momentos de vanidad femenina de Jimena, la noble asturiana. Más tarde, cuando Jimena abandonó la ciudad del Mediterráneo, llevó consigo a Castilla la famosa joya.

[72] López Estrada, "El drama de Antonio Gala...", *art. cit.*, páginas 37-38.

Años después, ésta atrajo al Condestable don Álvaro de Luna. Al ser degollado, encontró el Rey Juan II, en medio de dos pilares del Alcázar de Madrid, el tesoro de los reyes viejos de Castilla, del que formaba parte, según la *Cuarta Crónica General,* "la cinta de caderas, toda de oro e de perlas e piedras preciosas que fue del Cid Ruy Díaz.[73]

No es raro que evoque Gala esta joya, un motivo poético que, a la vez, tiene conexión con la psicología femenina de su protagonista.

Para defender Valencia, contó Jimena, primero, con cierta ayuda de Ramón Berenguer. Después, tuvo que enfrentarse con un temible enemigo. Tal como le dice su respondona hija, en la comedia, "sabes perfectamente que Mazdalí, el mejor general almorávide, viene a sitiar Valencia".

El cerco de Valencia por Mazdalí comenzó a fines de agosto de 1101 —notemos cómo avanza la cronología interna de la comedia— y duró seis meses. Jimena se vio obligada a pedir ayuda al Rey, que rompió el cerco y permaneció en Valencia todo el mes de abril de 1102. Es el salto cronológico que se produce en la última escena de la Primera Parte de la comedia, cuando aparece Alfonso con varios personajes.

Volvamos atrás, a la escena entre Minaya y Jimena. Para imaginar su relación sentimental, utiliza Gala muchos datos históricos. Veamos algunos.

Se queja Jimena de que el Cid "me mandaba a San Pedro de Cardeña contigo sus regalos". Es lo que narra el *Poema* en los versos 820-826:

Evades aquí oro e plata fina,
una uesa lleña, que nada nol mingua;
en Santa María de Burgos quitedes mill missas;
lo que romaneçiere daldo a mi mugier e a mis fijas,
que rueguen por mí las noches e los días;
si les yo visquiero, serán dueñas ricas.

[73] Menéndez Pidal, *El Cid Campeador*, ed. cit., p. 263.

Recuerda Jimena que "el Cid te hizo padrino en las primeras bodas de Cristina y María". También lo cuenta el *Poema*: el Cid no quiere entregar él a sus hijas y el Rey elige a Minaya como representante:

"Yo vos pido merced a vos, rey natural;
pues que casades mis fijas, así commo a vos plaz,
dad manera a qui las dé, quando vos las tomades;
non gelas daré yo con mi mano, nin dend non se alabarán".
Respondió el rey: "afé aquí Albar Fáñez;
prendellas con vuestras manos e daldas a los ifantes,
assí commo yo las prendo daquent, commo si fosse delant,
sed padrino dellas a tod el velar;
quando vos juntáredes comigo quem digades la verdat".
Dixo Albar Fáñez: "señor, afé que me plaz".

El Cid encargó a Minaya que trajera a Jimena a Valencia, desde Burgos (*Poema,* versos 1385 y ss.). A partir de aquí fantasea el dramaturgo sobre la relación sentimental que pudo nacer —o consolidarse— en ese viaje, esos "quince largos días a caballo": juego de cañas, el alcalde Abengalbón... Según López Estrada, "cuanto Gala cuenta sobre las incidencias de este viaje es una paráfrasis interpretativa del *Poema*". Y, después de recordar los distintos tipos de amor que eran habituales en la cultura medieval, concluye algo que me parece muy importante: esta relación sentimental "pudo haber existido con dignidad en razón de la cultura del amor medieval". [74]

De la seca y árida comprobación del dato histórico hemos pasado a algo que debe importarnos mucho más: la verosimilitud estética. La intuición del dramaturgo se pone de manifiesto en la selección de los datos —históricos o poéticos— que permiten un desarrollo y una reelaboración actuales, porque pueden seguir afectando al espectador de hoy.

La evocación histórica implica también un cierto arcaísmo en el lenguaje, que evoque una atmósfera, sin caer en el *pastiche.* Como es sabido, el estilo épico incluye el uso

[74] López Estrada, *art. cit.,* pp. 39 y 41.

abundante de ciertas fórmulas. Alguna de ellas utiliza Gala. En los recuerdos de Minaya aparece una, bien conocida: "la sangre me ha chorreado desde el codo". Varias veces aparece en el *Poema,* con referencia incluso al propio Minaya:

espada tajador, sangriento trae el braço,
por el cobdo ayuso la sangre destellando
(v. 780-781)

Comentemos un poco más sobre este personaje. Muchos críticos han estudiado su figura como deuteragonista o segundo héroe de la obra, fiel vasallo y colaborador del Cid. Para algunos, la pareja Cid-Alvar Fáñez reproduce, en cierto sentido, la de Roldán-Oliveros. Aubrun, incluso, apunta que el *Poema* pudo haber sido encargado por un miembro de la familia de Alvar Fáñez, para que su antepasado apareciese con papel destacado en las gestas.[75]

Al imaginar una relación erótica entre Minaya y Jimena, sigue Antonio Gala, como ya señaló López Estrada, el camino de María Teresa León, en su biografía de la heroína.[76] Lo que importa subrayar ahora es que la invención poética de Gala rima bien con la imagen creada por el *Poema.*

En la comedia, Minaya se caracteriza, psicológicamente, por la contención, el continuo freno que pone (*el amor es un potro desbocado,* titulaba una obra Luis Escobar) a su pasión. No disuena esto con la música del *Poema.* Al estudiar la caracterización psicológica de sus personajes, comentaba Dámaso Alonso algo muy similar: "Minaya, en quien lo que, por el corazón, es aliento e ímpetu, es, en su razón luminosa, refreno y cautela."[77]

75 Charles V. Aubrun, "Le *Poema de Mio Cid,* alors et à jamais", *Philological Quarterly,* 51, 1972, p. 15.

76 María Teresa León, *Doña Jimena Díaz de Vivar. Gran señora de todos los deberes,* 2.ª ed., Madrid, Biblioteca Nueva, 1968.

77 Dámaso Alonso, "Una versión moderna del *Poema del Cid*", en *De los siglos oscuros al de Oro,* 2.ª ed., Madrid, Ed. Gredos, col. Campo Abierto, 1964, p. 47.

Recordando aquel viaje, que los unió sentimentalmente, evocan los dos personajes un detalle mínimo, pero muy poético:

JIMENA. Recuerdo el chaparrón que nos cogió a las puertas de Burgos... Tú me prestaste tu sombrero y se quedó que daba pena verlo.

MINAYA. Lo estrenaba aquel día...

JIMENA. Siento la tentación de descalzarme y salir a la lluvia...

Este olor a lluvia, que orea de pronto la comedia, también procede del *Poema...*, aunque no se refiera a Alvar Fáñez. Los lectores del viejo texto medieval lo reconocerán en seguida: es el sombrero con el que el joven Félez Muñoz auxilia a sus primas en el episodio de la afrenta de Corpes:

Con un sombrero que tiene Félez Muñoz,
nuevo era e fresco, que de Valencial sacó,
cogió del agua en elle e a sus primas dio
(v. 2799-2801)

Se trata, como dice López Estrada, del personaje preferido por los críticos que han valorado los rasgos poéticos de la obra. Así, Damaso Alonso, en el artículo que acabo de citar, elogia al "delicado y sensible Félez Muñoz, exquisita figura, pronta a la piedad". Y E. de Chasca estudia este sombrero como un objeto simbólico: "nuevo y limpio, corresponde al alma cándida del rescatador". Con certera intuición, toma Gala este motivo y lo traslada al galante Minaya.

Concluye la escena de los dos enamorados y pasamos a oír la voz de Jimena, arengando a sus soldados: "desde el alcázar veis desbordar y extenderse como un río dorado la ciudad de Valencia... *(Entra Constanza, que prende una lamparilla ante una imagen y reza arrodillada).* Y si volvéis los ojos, veis los pulsos del mar con que soñó Castilla, y veis la verde huerta, frondosa y ondulando. Alzad las manos y agradeced a Dios tanta riqueza..."

Ha utilizado Gala otra de las escenas más *artísticas* del *Poema,* aquella en que Mio Cid hace subir a sus hijas al Alcázar de Valencia para enseñarles, con legítimo orgullo, la ciudad que ha conquistado:

> miran Valencia cómmo yaze la çibdad,
> e del otra parte a ojo han el mar,
> miran la huerta, espessa es e grand,
> e todas las otras cosas que eran de solaz;
> alçan las manos pora Dios rogar,
> desta ganançia cómmo es buena e grand
>
> (v. 1613-1618)

La arenga de Jimena reproduce, desde luego, las palabras del Cid. Habla ella, en la obra de Antonio Gala: "Aquellos atambores que oís, mañana mismo los traeréis a Valencia, entre canciones, y los daremos al obispo Jerónimo a fin de que los cuelgue en la iglesia de Santa María..."

Y el héroe, en el *Poema*:

> antes destos quinze días, si ploguiere al Criador,
> abremos a ganar aquellos atamores;
> a vos los pondrán delant e veredes quáls son,
> desí an a seer del obispo don Jerome,
> colgar los han en Santa María madre del Criador
>
> (v. 1665-1668)

Los grandes tambores almorávides jamás se habían oído en España, antes de la batalla de Sagrajas, e iban unidos, según Menéndez Pidal, a una táctica militar nueva:

> Ese estruendoso tañido de los tambores, que por primera vez sorprendía a los cristianos, creo nos revela por sí sólo una nueva táctica de masas, compactas, disciplinadas en la acción concorde, regulada y persistente, bajo precisas señales de mando.[78]

[78] Menéndez Pidal, *El Cid Campeador,* ed. cit., p. 119.

El autor del *Poema* refleja varias veces esta terrible novedad:

> ante roído de atamores la tierra querié quebrar
> (v. 696)

La llegada del rey Alfonso supone, como ya he señalado, un salto temporal. Estamos ya en abril de 1102 y el Rey ha logrado romper el cerco de Mazdalí, que se ha retirado a Cullera.

Evoca ahora el obispo Jerónimo sus habituales prédicas, antes de las batallas. Lo que introduce Gala es una paráfrasis de lo que el *Poema* narra antes de la batalla con Yúçef, en la huerta de Valencia:

> "El que aquí muriere lidiando de cara,
> préndol yo los pecados, e Dios le abrá el alma.
> A vos Çid don Rodrigo, en buena çinxiestes espada,
> yo vos canté la missa por aquesta mañana;
> pídovos una dona e seam presentada:
> las feridas primeras que las aya yo otorgadas".
> Dixo el Campeador: "desaquí vos sean mandadas".
> (v. 1704-1710)

Desmonta irónicamente Alfonso la frase tópica, que ha servido de fundamento al mito del Cid, mencionada ya en el comienzo del *Poema,* cuando el héroe entra en Burgos:

> Dios, qué buen vassallo, si oviesse buen señore!
> (v. 20)

Para atacar al Rey, María, la joven insolente, se refiere a sus derrotas ante los almorávides, a la jura de Santa Gadea y al segundo destierro del Cid y prisión de Jimena. Las tres cosas tienen su fundamento en la Historia, pero son desmitificadas humorísticamente por el razonador Alfonso, que invoca la razón de Estado; es algo cercano a la versión humorística de un personaje de Anouilh *(Antígona)* o Sartre *(Las manos sucias).* Igual fundamento histórico-legendario, por supuesto, poseen el reparto de sus reinos que hace Fernando I y la visión de Doña Urraca.

Volvamos a la protagonista. Para subrayar su soledad, evoca Gala a Diego, el hijo muerto: "Tres polluelos tuve: pollos de águila los tres... Y al que más quise, me lo mataron a cuchilladas... ¡Qué vida, Dios! Cómo era Diego, ¿eh? Con veinte años. No le sirvió de nada..."

La conclusión es muy clara: así viven las guerras —y las paces diplomáticas— las madres, por debajo de la verdad oficial.

Llegamos al final de la comedia, que resulta ser un verdadero drama. Nos hace sentir Gala una de las vivencias más universales de la literatura: *las ilusiones perdidas;* en términos de tango, *lo que pudo haber sido y no fue;* o de canción francesa, *Le temps passé...*

Volvemos, otra vez, a aquel viaje en el que cuajó todo —¿qué fue todo?— y era preciso concretar un poquito más, dentro de la deseable ambigüedad. Recurro una vez más a la fórmula tópica, porque me parece que responde a la realidad: la intuición de Gala le hace fijarse en un elemento (la noche de Molina) y elegirlo como núcleo poético de la evocación sentimental.

Al expresar su frustración, a ese recuerdo vuelve, una y otra vez, Jimena: "De lo que tengo ganas es de sentarme al lado de Minaya, alguna noche, bajo las estrellas, en un jardín que hay cerca de Molina. Y cantar."

A lo mismo vuelve Minaya, en la fatal despedida: "Ayúdame, Jimena, por Dios vivo. Ayúdame o no podré decirte adiós. *(La rodea.)* Así, no. Así, no... Alza la cara. Que yo te vea sonreír, como en Molina aquella noche. (JIMENA *niega*). Que te recuerde siempre sonriendo, Jimena..."

No es arbitraria, una vez más, la invención poética de Gala. El *Poema* menciona esa noche:

> Dixo Avengalvón: "fer lo he de veluntad".
> Essa noch conducho les dio grand.
>
> (v. 1487-1488)

Nada más, nada menos. Una noche, en medio de un viaje. Una noche suspendida en el aire, como un paréntesis entre el monasterio y la vida *oficial,* junto al héroe-esposo. Una noche en un pueblecito castellano, al margen de la fama, de la Historia, de los deberes morales y patrióticos, de las grandes historias. Una buena cena, un amigo, un rato, quizá, de felicidad. Nada más. ¿Basta eso para alegrar toda una vida? Quizá, si no ha habido una luz más fuerte que la iluminara. Con su evocación de esa noche en Molina ha demostrado Antonio Gala, una vez más, su intuición poética.

La historia llega a su término: la individual y la colectiva. Habrá que abandonar Valencia, el sueño del Cid. Todos los cristianos salieron de la ciudad, con el ejército de Alfonso, entre los días 1 al 4 de mayo de 1102. Al marcharse, Alfonso mandó quemar la ciudad. Quedaban, allí, muchos sueños, convertidos en cenizas.

Los moros ocuparon de nuevo las ruinas carbonizadas. Menéndez Pidal nos transmite el comentario del viejo exrey de Murcia, Ben Táhir: "La bella ciudad ha sido cubierta por los politeístas con los negros vestidos del incendio; su corazón late dolorido entre carbones ardientes." [79] Son las luces rojas del desengaño que, desde el fondo del escenario, iluminan trágicamente la definitiva soledad de Jimena.

5. *El desarrollo escénico*

Dejemos ya la Historia, las fuentes literarias, y vayamos a la escena. ¿Con qué se encontró el espectador que asistió al estreno, una noche de septiembre de 1973? ¿Qué atrajo a los miles de espectadores que convirtieron esta obra en una de las populares del teatro español contemporáneo?

Ante todo, una idea básica: nada de guardarropía histórica. En general, tendemos a identificar el tema históri-

[79] *Ibidem,* p. 273.

co con algo solemne, polvoriento, con las barbas y trajes que se han usado mil veces, en obras semejantes, y que nosotros mismos podemos alquilar para una fiesta de disfraces.

Quedan todavía algunas tiendas tradicionales dedicadas a este género, en la zona del viejo Madrid. Sus clientes suelen ser fijos, sólo aparecen nuevos con motivo del Carnaval o de una fiesta académica, para la que necesitan una toga... Es un espectáculo ver las hileras de trajes *de época*: dalmáticas, capas, armaduras, casullas, jubones, levitas, calzas, gregüescos, puñetas, birretes, golillas... Es fácil salir de allí convertido en un caballero de la Corte de Felipe II, un bandido de la serranía rondeña o un indio de la época de Colón. Pese al tinte y al planchado, todo respira un aire polvoriento, ajado, mil veces repetido en funciones de aficionado o "superproducciones" nacionales de módico presupuesto.

La obra de Gala se define, ante todo, de modo negativo, por oposición a este modelo tradicional: nada de guardarropía, con todo lo que eso implica de atmósfera sentimental. Se trata de la Historia como algo vivo, cotidiano, actual, vista desde hoy y para hoy, con personajes que se angustian o se emocionan por razones idénticas a las que pueden trastornar la vida de sus espectadores.

Todo eso se traduce en algunos puntos muy concretos: el escenario y los trajes parecen estar fuera del tiempo preciso; son sencillos, simbólicos y, a la vez, elegantes: una figura plástica sugestiva. (De los trajes se ocupó un conocido modista, Elio Berhanyer).

No olvidemos que, en el momento de escribir esta obra, dominaba ya Gala la técnica televisiva, para lo histórico; es decir, de recrear temas tradicionales, haciéndolos vivos, para el gran público de hoy. No me cabe duda de que este *entrenamiento* le resultó muy útil, a la hora de escribir *Anillos para una dama.*

Elemento básico de su técnica será el contraste: de voces, de escenarios, de lenguaje culto y popular, de planos, tratados casi cinematográficamente. Todo eso no es más que la traducción externa de un básico contrapunto: por un lado está la Historia oficial, la que todos podemos conocer, que todavía puede conmovernos, sin duda, si nos la cuentan bien, pero que corre el grave riesgo de la retórica. Por debajo de ella está lo que Gala ha elegido: la historia real, cotidiana, vivida por los individuos concretos.

Al margen del talento mayor o menor con que lo haga, no cabe duda de que la opción de Gala es perfectamente defendible y rima bien con tendencias absolutamente vigentes. En el momento en que escribo, catorce años después del estreno de la obra, éste es uno de los géneros de mayor auge en la literatura occidental; incluso, diría yo, uno de los que, lógicamente, tiene más futuro en nuestro país, al que todavía no ha llegado del todo.

¿Cuáles serían las claves de esta "nueva historia", que triunfa de modo arrollador en culturas tan cercanas a la nuestra como la francesa? Creo que dos:

a) La historia de *la vida cotidiana* (así se llama una popular colección francesa, editada por Hachette).

b) La historia *contada,* narrada, revivida, desde su personal óptica, por un escritor.

Poco nos interesan ya las batallas, los reyes, los tratados de paz, pero tampoco suele resultar extremadamente apasionante la estadística del consumo de cereales en una región determinada durante la Baja Edad Media. El sujeto de la historia, decía mi maestro Américo Castro, no puede ser un accidente geográfico o la "loi du nombre".

Nos interesa la historia vivida por el individuo: cómo se vestía, qué comía, cómo era su casa, por qué se enamoraba, qué hacia un día cualquiera de su vida, cómo se divertía, qué motivos le hacían sufrir o emocionarse, reír o llorar... En esta línea de la historia individual, humana —no superestructural, ni económica, ni demográfica, ni...— se sitúa la obra de Antonio Gala.

El escenario de *Anillos para una dama* es múltiple. Sólo la luz marcará los distintos ámbitos. ¿Es un recuerdo del teatro medieval, por la época en que se sitúa la acción, o una influencia del cine? Probablemente, las dos cosas.

El mobiliario debe ser sólo el imprescindible. El vestuario —señala el autor— "al principio es de época, aunque no muy marcado, luego va modernizándose". No importa la reconstrucción arqueológica, sino lanzar puentes que unan el pasado con el presente; puentes por los que nos movamos con comodidad, con naturalidad, en una y otra dirección, yendo y viniendo: de nuestra época a la del Cid, de Jimena y Minaya a los hombres y mujeres de hoy.

El mismo criterio se ha adoptado para el lenguaje: nada más lejos de la *fabla* artificiosa, seudohistórica, de los románticos y casticistas. "Es de hoy, lo entendemos, pero tiene no sé qué aroma ajeno al lenguaje estrictamente de hoy." Interesa, una vez más, vivir la continuidad, no situar con exactitud en una fecha pretérita.

De ahí la utilización frecuente del anacronismo. Notemos esta acotación: *"(La ropa interior de Jimena es absolutamente actual)."* El presupuesto implícito es obvio: "por los terrenos de dentro", diría un taurino, ¿es muy distinta esta mujer, Jimena, de las actuales?

El anacronismo, así pues, es una forma gráfica, teatralmente expresiva, de subrayar la actualidad permanente de lo que contemplamos. Luego, por supuesto, la gracia juguetona, andaluza, del escritor le conduce, en ocasiones, al puro chiste.

Pasamos de la Iglesia a una cámara del Alcázar valenciano, del sermón del obispo a una escena doméstica. Charla Jimena con su vieja criada. Antes de nada, para ofrecer al espectador los antecedentes de la historia: la boda, el monasterio, la relación física y sentimental con el Cid...

Por debajo de toda la anécdota, el subtexto dramático es muy claro: el paso del tiempo, la vida que se ha escapado de entre las manos... Como a todas las personas, claro, pero además, en este caso, sin alegría, sin placer, sin reconocerla como propia: "¿Seré yo aquella misma Jimena de otro tiempo u otra que ha nacido ya vieja?... Se acabó para siempre. Me han prestado esta vida que no me gusta. Se han llevado la mía."

No es un problema teórico, racional. Es mucho más: una carencia que se siente, una mella que nuestra lengua comprueba, una y otra vez. Por eso, el buen escritor que es Antonio Gala acumula ejemplos vitales, tangibles: las manzanas de Asturias, esperando el diente que desee morderlas; la tibieza del clima, el olor de la tierra valenciana. El amor conyugal —o su ausencia— se evocan también en términos sensuales, concretísimos: los ojos de alguien que ya no se recuerda; la cintura del Cid; la carne de Jimena, que se resiste a envejecer. Más adelante, será el simbólico café: solo, un poco amargo, de fuerte aroma... No asistimos a grandes hechos históricos. Poco importan, ya, las honras fúnebres por el héroe o el cerco de Valencia por los moros. Estamos viviendo una situación cotidiana, doméstica, con la que cualquier espectadora puede identificarse: por debajo de la vida "pública", más o menos feliz, el drama humano de la mujer insatisfecha. Oficialmente, no tiene de qué quejarse; en lo íntimo, no acaba de resignarse a renunciar, definitivamente, a todos los sueños que la vida le ha negado.

La lección que Jimena da a su hija —a ella misma— es uno de los temas eternos de la literatura: "Agarra con los dientes tu vida, la que creas que es tu vida, y que te maten antes de soltarla... ¡Vive, María, vive!" En otro tiempo hubiera dicho: *Carpe diem* o *Collige, virgo, rosas*... Pero lo importante no es decirlo más o menos bonito, sino transmitir esa angustia, ese dolor casi animal. Hablando con el aya y con su hija, Jimena ha planteado ya los dos temas básicos de la obra:

a) La historia cotidiana, por debajo de la Historia oficial.

b) La insatisfacción profunda de una mujer, aunque sea la viuda de un héroe famoso.

Si el espectador ha sentido ya las dos cosas, puede aparecer Minaya. Su corta conversación con María sirve para ampliar la información sobre la situación histórica y mostrarnos dos puntos de vista sobre el amor. La forma de hablar de Jimena, con su desgarro frívolo, sirve de brillante contrapunto.

Llegamos ya a la larga escena entre Jimena y Minaya, la primera escena "de amor", esperada por los espectadores. Recordemos que la obra está estructurada de un modo simétrico: cada una de las dos Partes se centra en una escena sentimental, de aspiración a la libertad (Jimena y Minaya) y otra escena para mostrar cómo el peso social impide la felicidad del individuo (Jimena y el rey).

En la primera Parte, la escena con Minaya es —podemos resumir— la de su declaración de amor; en la segunda, la esperada escena de amor resulta ser la de la despedida.

No se trata, realmente, de un amor contrariado, sino de algo mucho más amplio. Minaya nos da, ahora, la definición auténtica de Jimena: "Siempre me sorprendió tu pasión por la vida, tu habilidad para sacarle jugo a todo: a un clavel, al calor, a un abanico, a un terrón de azúcar..."

Aquí, no cabe duda, el personaje merece todas las simpatías del dramaturgo. A partir de ahora, Jimena es ya, sin duda, un personaje totalmente positivo. Frente al Cid, "héroe oficial", ella sí es la verdadera *heroína.* Y el escritor hará todo lo posible para que los espectadores compartan con él esta visión del personaje.

El tono de la escena va pasando de la queja al recuerdo y de éste al lirismo, que estalla en la canción... Pero no se nos da sólo una lamentación por el tiempo perdido, sino, también, algo mucho más positivo, una lección concreta: la vida no nos la dan hecha —más bien, deshecha, diría Gala—, tenemos que ganarla.

Como recurso escénico utiliza Gala los repetidos paralelismos entre los sentimientos de los personajes y lo externo: el calor, la sensualidad; el bochorno, que anuncia la tormenta; la aparición de los primeros nubarrones; el café, que se ha quedado frío...

Al final de la escena, esto sucede de modo expreso: "Ha empezado a llover... ¿o son mis ojos?" No será difícil recordar a Verlaine: "Il pleut sur mon coeur..."

La escena sentimental da lugar a otra, guerrera, alternando sabiamente lo que habla Jimena con su voz en *off*. Una vez más, se trata de poner en escena las dos historias: en *off*, la arenga oficial; en presente, la historia auténtica, irónica, desmitificadora. Así, con estos dos monólogos, alternados, dialogan las dos porciones en que Jimena se desgarra.

Nueva escena, esta vez colectiva: ha llegado Alfonso, con todos los personajes que representan los estamentos de la Corte. El rey nos da la visión *burguesa* de la Historia, opuesta a la romántica y sentimental de Jimena, pues las dos, unidas, forman el reverso auténtico de la Historia oficial.

Jimena es —mejor dicho: intenta ser— el elemento activo de la comedia. Por eso, es ella —y no Minaya— la que proclama su intención de casarse por amor. Supondría eso destrozar todo el complicado mecanismo montado por mitos, intereses, egoísmos y mentiras. Con sus *razones del corazón,* Jimena, verdaderamente, pretende actuar como un elefante que entra en la cacharrería de la Historia. Si la dejan...

La Parte primera concluye de manera brillante, teatral. La discusión entre razón de Estado y libertad individual se termina con un golpe de efecto, en la línea de los paralelismos que antes señalé: "No es que la Historia esté llamando a la puerta, rey Alfonso; lo que tú oyes son los latidos de mi corazón." Sobre esta réplica, digna de un diálogo de Humphrey Bogart y Lauren Bacall, que se repite triunfalmente, *in crescendo,* cae el telón.

La Parte segunda se abre con dos diálogos de Jimena que insisten y desarrollan la misma situación. Constanza, la vieja criada, es ahora la enviada por el Poder para corromperla. María, la hija, el personaje más antipático de toda la obra, representa la perduración de los prejuicios sociales. Para contrapesarlo, recurre Gala a chistes más o menos fáciles: Valencia y los petardos, por ejemplo. Insiste Jimena en su visión íntima, desmitificadora del Cid: su miedo, su asma... (Algo parecido a lo que hará, en una obra posterior, con Ulises).

Llegamos a la escena tercera, la del enfrentamiento con el rey. Esta es la escena básica de la segunda Parte —y de toda la obra—. Por boca de Jimena, Gala puede hacer un irónico recorrido desmitologizador por nuestra Historia. Nos da ella, también, una expresión vital —no oficial— de lo que es la patria:

> Cuando decís Dios, o cuando decís patria, es que vais a pedir algo terrible. Vais a pedir la vida... Y sin la vida no hay ni Dios ni patria... Si ese Dios y esa patria no nos hacen felices, ¿de qué nos sirven?

Son nociones que Gala ha repetido muchas veces, en su enfrentamiento con los poderes políticos y religiosos *(Las dos espadas)* que impiden la felicidad del individuo.

Frente a tantas razones y razones, Jimena opone sólo su personal razón, su explosión lírica: "¡Amo a Minaya! ¡Oídlo, amo a Minaya! No tengo yo más patria que a Minaya. Amo a Minaya." En el fondo, quizá se sugiere algo que no molestará, ciertamente, a las espectadoras: frente al hombre, que tiende a transigir con la realidad, la mujer está más cerca de la auténtica vida.

La esperada escena de amor con Minaya se convierte en escena de despedida; la comedia, en un drama; o, mejor dicho, en una verdadera tragedia, porque triunfa un destino fatal: "El destino no se puede cambiar. Y nuestro destino, lo queramos o no, se llama Cid y estará entre nosotros, hasta el final, como una espada fría..."

Por si esto fuera poco, se suma una nueva y mayor tragedia. El tiempo traerá, además de la muerte, el olvido: "Seremos olvidados por el mundo." El rey ha impuesto la historia oficial. Habrá que abandonar Valencia, que era, como Orleáns, la tierra prometida.

El paraíso no existe, al menos en este mundo, mientras no lleguemos a *Los verdes campos del Edén*:

> JIMENA. ¡Dios mío! ¡Entonces es verdad que nada había existido! Va a quemarse la tierra prometida... Va a raerse su recuerdo del mundo...
>
> ALFONSO. El paraíso siempre acaba perdiéndose.

Recapitulemos un poco. A partir de la muerte del héroe, del guía, plantea el autor las consecuencias que se deducen: para el pueblo y para el individuo.

Antes que mujer enamorada, Jimena quiere ser ella misma: el ser humano que no acepta convertirse en un personaje. Por eso, es una rebelde, un individuo activo, transgresor, Minaya, en cambio, es resignado —en el fondo, cobarde—: por ser fiel al pasado, no puede transformar el futuro.

Triunfan, en definitiva, los dos poderes: el político y el religioso. Para Gala, siempre actúan unidos, aun cuando parecen pelearse. A los dos les interesa lo mismo: seguir mandando.

Son ellos los que dominan, hoy, en la Historia. Lo verdaderamente trágico es la aterradora vaguedad de ese "hoy". ¿Hasta cuándo va a durar? Se resigna, en fin, Jimena a su derrota; sólo mantiene una brizna de esperanza en un futuro mejor, en el que el individuo pueda, de veras, desarrollarse libremente.

La obra posee, claramente, dos planos: el más evidente, la desventura de un amor prohibido. Por debajo, se vea o no, Gala sugiere que hay algo más, algo que se refiere también a nuestro destino colectivo. Y la Historia es sólo un aroma, no una realidad escénica básica.

Nos enseña Jimena —a cada uno de nosotros, no sólo a su hija— que hemos de agarrar con los dientes, cada uno, nuestra propia vida. Si no la sabemos ganar, nadie nos la regalará. En una línea vagamente existencial, hemos de defender nuestro "yo" auténtico frente al "yo" histórico, a la máscara social que a todos nos ponen.

Frente a las abstracciones y las grandes palabras, proclama Jimena que la vida está por encima de todo. Se opone frontalmente a los arreglos, a los compromisos: si nos convencen, nos vencen; si nos obligan, no.

Una y otra vez, con tenacidad animal, insiste, pide, reclama, llora, exige: "¡Lo que quiero es vivir!" De poco le sirve.

Minaya pretende consolarla con una vaga alusión a "despertar" en otra vida: "Cuando despiertes de verdad, me volverás a ver... Ya para siempre." Pero la única vida que ella conoce es ésta, la que siente que se le acaba.

Pierde Jimena el paraíso, su paraíso, su propia vida. Le queda, solamente, una vaga esperanza en el futuro: "Cuando se hable de esto, quizá llenen España la paz y la sonrisa y los hombres nos recordarán con gratitud porque hicimos posible su dicha. Y las mujeres podrán enamorarse libremente y admirarán mi luto interminable..."

Quizá. El escritor no se ha atrevido a expresar con más seguridad su deseo, la necesidad absoluta que se desprende de toda esta obra.

Viene luego una referencia al que contará, en el futuro, su historia: "Pero yo os aseguro que algún día remoto, alguien, que a su vez también será olvidado, contará mi dolor, esta pequeña historia mía."

En un juego de espejos, un salto imaginario al futuro; también, un guiño irónico más. Me parece ver un eco de otro escritor cordobés, "ingenioso y verídico", don Juan Valera, que concluye así una de sus obras más importantes —aunque menos conocida—, *Asclepigenia*: "después que pasen trece o catorce siglos, contando desde el día de la fecha, aparecerá en la risueña y fértil Bética, cuna de la dinastía reinante y patria de tu abuelo político el gran Teodosio y de otra infinidad de personas eminentísimas, cierto escritor ingenioso y verídico, el cual ha de componer sobre los sucesos de esta noche un diálogo...". [80]

Se califica Valera de "ingenioso", como andaluz, pero también —en ello insiste siempre— de "verídico": no con la verdad histórica de lo que cuenta, sí con la verdad poética, porque pudo suceder así. Y, sobre todo, porque da la verdad esencial, básica, de los problemas humanos, tal como los ve su autor. ¿No es exactamente aplicable todo esto a Antonio Gala y sus *Anillos para una dama*? Su historia de Jimena pudo ser verdad, pero, sobre todo, es verdad poética, humana, universal, que nos afecta a todos. Tiene un final trágico, desde luego, pero algo espe-

[80] Juan Valera, *Asclepigenia,* en *Obras completas,* I, 5.ª ed., Madrid, Ed. Aguilar, 1966, p. 1281.

ranzado: impuesto, pero en parte asumido, aceptado. La verdadera tragedia no supone la desesperación.

Ha fracasado Jimena en su rebelión, pero ha asumido su papel de *heroína trágica*: "Y yo creí que no era una heroína. Sí lo soy. Esta es mi pobre heroicidad: ser para siempre el despojo de un héroe para que el héroe lo pueda seguir siendo..."

Al final de la obra, Jimena sufre, pierde su paraíso, sin ser culpable. Por eso su historia —como la tragedia clásica— nos conmueve, puede producir la catarsis.

¿Qué dioses injustos la han condenado? No cabe duda: la unión —por interés— del poder político y el poder religioso. Esos dioses no forman parte de una Historia pretérita; de hecho, siguen entre nosotros, aunque no sean, como los de la mitología, inmortales.

De la historia de Jimena (historia viva, individual, con minúscula) podemos sacar una conclusión muy clara: se puede luchar contra esos crueles diosecillos. Luchar a favor del individuo: no del excepcional, del héroe, sino de cualquiera que esté vivo. De cualquier espectador. De ti, lector. De mí. Para que no nos sea, a todos, tan difícil estar vivos, vivir de verdad. Como a Jimena...

ANDRÉS AMORÓS

NOTICIA BIBLIOGRÁFICA

Ediciones de "Los buenos días perdidos"

1. *Primer Acto,* núm. 150, Madrid, noviembre 1972.
2. Madrid, eds. Alfil, col. Teatro, 1973.
3. En *Teatro español 1972-1973,* con prólogo, notas y apéndice por Federico Carlos Sainz de Robles, Madrid, ed. Aguilar, 1974.
4. Madrid, ed. Espasa-Calpe, col. Austral, 1975.
5. Adaptación de Miguel Rubio, Madrid, Carmen Moreno imp., 1975.
6. Edición y estudio de Álvaro Custodio y Ángeles Cardona de Gibert, Tarragona, eds. Tarraco, col. Arbolí, 1976.
7. En *Años difíciles. Tres testimonios del teatro español contemporáneo,* con prólogo y notas de Ricard Salvat, Barcelona, ed. Bruguera, col. Libro Amigo, 1977.
8. En *Obras Escogidas,* con prólogo de Fausto Díaz Padilla, Madrid, ed. Aguilar, col. Biblioteca de Autores Modernos, 1980.

Ediciones de "Anillos para una dama"

1. Con introducción de Ángel Fernández Santos, Madrid, eds. Júcar, col. Biblioteca Júcar, 1974.
2. En *Teatro español 1973-1974,* con prólogo, notas y apéndice por Federico Carlos Sainz de Robles, Madrid, ed. Aguilar, 1975.
3. Madrid, eds. MK, col. Escena, 1982.
4. Y en la edición de *Obras Escogidas* citada arriba.

BIBLIOGRAFÍA SELECTA

1. Repertorios bibliográficos

Halsey, Martha: "La Generación Realista: A Selected Bibliography", *Estreno,* III, núm. 1, primavera 1977.

Valdivieso, L. Teresa: *España: Bibliografía de un teatro "silenciado",* Lincoln, Society of Spanish and Spanish-American Studies, 1979.

Labandeira Fernández, Amancio: "Bibliografía teatral de Antonio Gala", *Boletín Millares Carlo,* II, núm. 4, Madrid, 1981.

También incluyen bibliografías las ediciones anotadas por Phyllis Zatlin Boring, José Romera...

2. Obras dramáticas de Antonio Gala

a) Ediciones sueltas (primeras ediciones)

Los verdes campos del Edén, Madrid, ed. Alfil, col. Teatro, 1964.

El caracol en el espejo, en el volumen de Taurus, 1970.

El sol en el hormiguero, Madrid, eds. MK, col. Escena, 1983.

Noviembre y un poco de yerba, en *Primer Acto,* núm. 94, Madrid, marzo 1968.

Los buenos días perdidos, en *Primer Acto,* núm. 150, Madrid, noviembre 1972.

Anillos para una dama, Madrid, eds. Júcar, col. Biblioteca Júcar, 1974.

Las cítaras colgadas de los árboles, prólogo de Enrique Llovet, Madrid, ed. Espasa-Calpe, col. Selecciones Austral, 1977.

¿Por qué corres, Ulises?, prólogo de Enrique Llovet, Madrid, ed. Espasa-Calpe, col. Selecciones Austral, 1977.

Petra Regalada, Madrid, eds. MK, col. Escena, 1980.

La vieja señorita del Paraíso, Madrid, eds. MK, col. Escena, 1981.

El cementerio de los pájaros, Madrid, eds. MK, col. Escena, 1982.

Samarkanda y *El hotelito,* prólogo de Carmen Díaz Castañón, Madrid, ed. Espasa-Calpe, col. Selecciones Austral, 1985.

Séneca o el beneficio de la duda, prólogos de José María de Areilza y Javier Sádaba, Madrid, ed. Espasa-Calpe, col. Austral, 1987.

b) Otras ediciones con prólogo o notas

Los verdes campos del Edén, prólogo, notas y apéndice por Federico Carlos Sainz de Robles, en *Teatro español 1963-1964,* Madrid, ed. Aguilar, 1965.

Los verdes campos del Edén, edición de Hazel Cazorla, Salamanca, eds. Almar, 1983.

Los verdes campos del Edén y *El cementerio de los pájaros,* edición de José Romera Castillo, Barcelona, ed. Plaza & Janés, col. Clásicos, 1986.

Noviembre y un poco de yerba y *Petra Regalada,* edición de Phyllis Zatlin Boring, Madrid, eds. Cátedra, col. Letras Hispánicas, 1981.

Los buenos días perdidos, en *Teatro español 1972-1973,* prólogo, notas y apéndice por Federico Carlos Sainz de Robles, Madrid, ed. Aguilar, 1974.

Los buenos días perdidos, edición de Álvaro Custodio y Ángeles Cardona de Gibert, Tarragona, eds. Tarraco, col. Arbolí, 1976.

Los buenos días perdidos, en *Años difíciles. Tres testimonios del teatro español contemporáneo,* prólogo de Ricard Salvat, Barcelona, ed. Bruguera, col. Libro Amigo, 1977.

Anillos para una dama, en *Teatro español 1973-1974,* prólogo, notas y apéndice por Federico Carlos Sainz de Robles, Madrid, ed. Aguilar, 1975.

Trilogía de la libertad (Petra Regalada, La vieja señorita del Paraíso y El cementerio de los pájaros), estudio preliminar y notas de Carmen Díaz Castañón, Madrid, ed. Espasa-Calpe, col. Selecciones Austral, 1983.

c) Recopilaciones

Gala, Antonio: *El caracol en el espejo, El sol en el hormiguero, Noviembre y un poco de yerba,* edición de José Monleón, Madrid, ed. Taurus, col. El Mirlo Blanco, 1970. (Incluye también varias críticas).

Gala, Antonio: *Obras Escogidas,* prólogo de Fausto Díaz Padilla, Madrid, ed. Aguilar, col. Biblioteca de Autores Modernos, 1980. (Incluye las siguientes obras: *Los verdes campos del Edén, El caracol en el espejo, El sol en el hormiguero, Noviembre y un poco de yerba, Spain's strip-tease, Los buenos días perdidos, Anillos para una dama, Las cítaras colgadas de los árboles, ¡Suerte, campeón!, ¿Por qué corres, Ulises?, Pedra Regalada* y *La vieja señorita del Paraíso*).

3. Recopilaciones de artículos periodísticos de Antonio Gala

Texto y Pretexto, Madrid, eds. Sedmay, 1977.

Charlas con Troylo, prólogo de Andrés Amorós, Madrid, ed. Espasa-Calpe, col. Selecciones Austral, 1981.

En propia mano, prólogo de Juan Cueto, Madrid, ed. Espasa-Calpe, col. Selecciones Austral, 1983 .

Cuaderno de la Dama de Otoño, Madrid, eds. El País, 1985.

4. Crítica sobre el teatro de Antonio Gala

Álvaro, Francisco: serie de volúmenes anuales *El Espectador y la Crítica.*

Amorós, Andrés: "Prólogo" a Antonio Gala: *Charlas con Troylo,* ed. citada.

——: *Diario cultural,* Madrid, ed. Espasa-Calpe, col. Selecciones Austral, 1983.

Anderson, Farris: "From Protest to Resignation", *Estreno,* I, 2, otoño 1976.

Aragonés, Juan Emilio: *Teatro español de posguerra,* Madrid, Publicaciones Españolas, col. Temas Españoles, 1971.

Cañizal de la Fuente, Luis: "Antonio Gala trasplanta una situación de *La Regenta*", *Ínsula,* núm. 406, Madrid, septiembre 1980.

Capdevielle, Ernesto: *Estudio temático del teatro de Antonio Gala: el juego, la guerra, la religión y el amor,* Memoria de Licenciatura inédita, Madrid, Universidad Complutense, Facultad de Filología, 1985.

Cazorla, Hazel: "Introducción" a Antonio Gala: *Los verdes campos del Edén,* ed. citada.

——: "Antonio Gala y la desmitificación de España: Los valores alegóricos de *Anillos para una dama*", *Estreno,* IV, 2, otoño 1978.

Cueto, Juan: "Prólogo" a Antonio Gala: *En propia mano,* ed. citada.

Custodio, Álvaro, y Cardona de Gibert, Ángeles: "Prólogo" a Antonio Gala: *Los buenos días perdidos,* ed. citada.

Díaz Castañón, Carmen: "Acercamiento al teatro político de Antonio Gala", *Los Cuadernos del Norte,* III, 12, marzo-abril 1982.

——: "Prólogo" a Antonio Gala: *Trilogía de la libertad,* ed. citada.

——: "Prólogo" a *Samarkanda* y *El hotelito,* de Antonio Gala, ed. citada.

Díaz Padilla, Fausto: *El teatro de Antonio Gala,* Oviedo, Universidad, 1975.

——: "Prólogo" a Antonio Gala: *Obras Escogidas,* ed. citada.

——: *El habla coloquial en el teatro de Antonio Gala,* Oviedo, Universidad, 1985.

Doménech, Ricardo: "El teatro desde 1936", en *Historia de la literatura española. El siglo XX,* ed. de José María Díez Borque, Madrid, ed. Taurus, 1980.

Fernández Santos, Ángel: "Prólogo" a Antonio Gala: *Anillos para una dama,* ed. citada.

García Lorenzo, Luciano: *El teatro español hoy,* Barcelona, ed. Planeta, 1975.

——: *Documentos sobre el teatro español contemporáneo,* Madrid, SGEL, 1980.

García Lorenzo, Luciano: "El teatro", en *Historia y crítica de la literatura española,* edición de Francisco Rico, tomo *Époc contemporánea* a cargo de Domingo Ynduráin, Barcelona, ed. Crítica, 1981.

—— y Vilches dc Frutos, María Francisca: serie de volúmenes anuales *La temporada teatral española.*

García Templado, José: *Literatura de la postguerra: el teatro,* Madrid, ed. Cincel, 1981.

Holt, Marion P., *The Contemporary Spanish Theater (1949-1972),* Boston, Twayne, 1975.

Huertas, Eduardo: "Antonio Gala, el intento autónomo de la realización humana", en Antonio Gala: *Cantar del Santiago para todos,* Madrid, eds. MK, 1974.

Infante, José: "Antonio Gala", en *Gran Enciclopedia de Andalucía,* tomo IV, Sevilla, eds. Anel, 1979.

Kirsner, David M.: "The Theater and Politics of Antonio Gala", en el volumen colectivo *Hispanic Literature and Politics,* Indiana, Univ. of. Pennsylvania, 1976.

——: "The Function of Children in Three Representative Plays by A. Gala", en el volumen colectivo *El niño en las literaturas hispánicas,* Indiana, Univ. of Pennsylvania, 1978.

López Estrada, Francisco: "El drama de Antonio Gala sobre la Jimena del Cid", *Pliegos de Cordel,* Roma, Instituto Español de Cultura, II, 1983.

Llovet, Enrique: "Prólogo" a Antonio Gala: *Las cítaras colgadas de los árboles* y *¿Por qué corres, Ulises?,* ed. citada.

Medina, Miguel A.: *El teatro español en el banquillo,* Valencia, ed. Fernando Torres, 1976.

Miralles, Alberto: *Nuevo teatro español: una alternativa social,* Madrid, eds. Villalar, 1977.

Molero Manglano, Luis: *Teatro español contemporáneo,* Madrid, ed. Nacional, 1974.

Monleón, José: "Prólogo" al volumen de obras de Antonio Gala en ed. Taurus, citado.

O'Connor, Patricia, y Pasquariello, Anthony M.: "Conversaciones con la generación realista", *Estreno,* II, 2, otoño 1976.

Oliva, César: *Cuatro dramaturgos realistas: sus contradicciones estéticas,* Murcia, Universidad, 1978.

——: *Disidentes de la generación realista,* Murcia, Universidad, 1979.

Padilla Mangas, Ana María: *Tipología en la obra dramática de Antonio Gala,* Córdoba, Diputación-Universidad, 1985.

Pérez-Stansfield, María Pilar: *Direcciones del teatro español de posguerra: ruptura con el teatro burgués y radicalismo contestatario,* Madrid, ed. José Porrúa Turanzas, 1983.

Romera Castillo, José: "*Rosalía de Castro* (una figura en su paisaje) de Antonio Gala", en *Actas* del Congreso *Rosalía de Castro e o seu tempo,* Santiago de Compostela, 1985.

——: "Prólogo" a Antonio Gala: *Los verdes campos del Edén* y *El cementerio de los pájaros,* ed citada.

Ruiz Ramón, Francisco: *Historia del teatro español. Siglo XX,* 3.ª edición, Madrid, ed. Cátedra, 1977.

——: *Estudios sobre teatro español clásico y contemporáneo,* Madrid, Fundación Juan March-ed. Cátedra, 1978.

Sainz de Robles, Federico Carlos: "Prólogos" a los volúmenes de la serie *Teatro español,* ed. citada.

Salvat, Ricard: "Prólogo" a Antonio Gala: *Los buenos días perdidos,* ed. citada.

Sanz Villanueva, Santos: *Historia de la literatura española: Literatura actual,* Barcelona, ed. Ariel, 1984.

Suárez Radillo, Carlos Miguel: "El teatro de ingenio y la riqueza verbal de Antonio Gala, *Los verdes campos del Edén",* en *Itinerario temático y estilístico del teatro contemporáneo español,* Madrid, ed. Playor, 1976.

Varios autores: *Teatro español actual,* Madrid, Fundación Juan March-ed. Cátedra, 1977.

Zatlin Boring, Phyllis: "Prólogo" a Antonio Gala: *Noviembre y un poco de yerba* y *Petra Regalada,* ed. citada.

——: "The Theater of Antonio Gala: In Search of Paradise", *Kentucky Romance Quarterly,* 24, 1977.

——: "Encuesta sobre el teatro madrileño de los años 70", *Estreno,* VI, 1, primavera 1980.

SIGLAS EMPLEADAS

CT: *Charlas con Troylo.*

DO: *Cuadernos de la Dama de Otoño.*

FJM: *Teatro Español Actual.*

PM: *En propia mano.*

TP: *Texto y Pretexto.*

DRAE: Real Academia Española: *Diccionario de la Lengua Española,* 20.ª edición, Madrid, 1984.

Alcalá: Antonio Alcalá Venceslada: *Vocabulario andaluz,* Madrid, ed. Gredos, 1980.

NOTA PREVIA

HE ELEGIDO como base para esta edición el texto que me parece más fiable, una vez cotejados los demás: el de las *Obras selectas* (Madrid, Ed. Aguilar, 1980).

Dentro de la seriedad académica que impone la incorporación de Antonio Gala a una colección tan prestigiosa como ésta, he procurado frenar mi tendencia a las notas. En todo caso, algunas me han parecido inevitables: correspondencias con otras obras del autor, fuentes o coincidencias con otros escritores, aportaciones concretas de algún crítico...

Bastantes notas se refieren al léxico, pues el de Gala —culto y popular, andaluz y esteticista— merece especial atención. Aunque me base en diccionarios bien conocidos, espero que sean útiles al lector medio de esta colección. Y, alguna vez, no he podido reprimir la tentación de subrayar o comentar libremente algún pasaje: sin estas licencias, el oficio crítico sería demasiado árido...

Deseo, en todo caso, que mis notas no estorben demasiado para el contacto personal de cada lector con el teatro vital y poético de Antonio Gala.

A. A.

LOS BUENOS DIAS PERDIDOS

Historia española en dos partes, dividida en cuatro cuadros

(Premio Nacional de Literatura 1972)

REPARTO

CONSUELO	Amparo Baró.
HORTENSIA	Mary Carrillo.
CLEOFÁS	Manuel Galiana.
LORENZO	Juan Luis Galiardo
DON JENARO. *(No habla.)* ...	R. R. R.

En la noche del día 10 de octubre de 1972 se estrenó en el Teatro Lara, de Madrid, con escenografía de Francisco Nieva, bajo la dirección de José Luis Alonso

NOTA PRELIMINAR

He escrito *Los buenos días perdidos* con voluntad de contar una historia española. Sus personajes y su anécdota pertenecen al censo de nuestra tradición... Doña Hortensia, sincera y falsa, empeñada en vivir a toda costa. Consuelito, manejable y volandera, equivocada igual que su destino. Cleofás, débil y, por tanto, turbio, que decide el remedio —su remedio—, ¡ay!, demasiado tarde. Lorenzo, explotador del carrusel ajeno, y causante de un daño mucho mayor que él mismo... Sus oficios, su idioma son los tradicionales. Y el extraño lugar en el que riñen la menuda batalla de su vida.

Pero sobre esa realidad se alza —tal como suele— el deseo de huirla. Y ocurre —también tal como suele— que la verdad y el dolor, por crueles que sean, nunca nos asesinan. Nos asesinan los inventados sueños y el engaño. De ahí que acaben mal, cuando dejamos que se pierdan, los buenos días verdaderos.

Al escribir la pieza pensé siempre en que el espectador la completase: que añadiera a lo que dice lo que le da a entender, que desarrollara las toleradas sugerencias. No se trata, en definitiva, de una obra simbólica: se trata, más que nada, de una obra que solicita ser rectamente entendida.

ESCENARIO

La antigua capilla de Santo Tomé,[1] situada en el ala derecha del crucero de una iglesia del siglo XVI. La edificación ha sido torpemente adaptada para vivienda.

A la izquierda, la puerta de dos alcobas. En el primer término de ese lado, el arranque de una escalera que lleva al campanario. A la derecha, una puerta que comunica con la iglesia. Un mueble-cama, un pequeño baúl, etc. En el muro, una lápida sepulcral.

Al fondo, la entrada desde la calle, de un ojival dudoso. Una breve instalación de barbería, con un sillón giratorio, unas repisas, un espejo. La puerta de un cuartito de aseo que avanza hacia la embocadura. Y, en el rincón izquierdo, un espacio destinado a cocina, cubierto con una cortina.

Aquí y allá, muebles de serie, modernos y de mal gusto. Un frigorífico. Una mesa camilla. Y mucho plástico y mucha formica y mucha mediocridad.

El contraste entre la primitiva construcción y las adherencias posteriores debe ser violento y casi chirriante. Sólo el verlo debe producir dentera.

[1] Tienen el nombre de *Santo Tomé* bastantes pueblos españoles, en las provincias de Jaén, Coruña, Lugo, Orense, Pontevedra, Salamanca, Segovia y Ávila. Quizá Gala se acuerda de la iglesia toledana donde está *El entierro del conde de Orgaz,* del Greco.

PARTE PRIMERA

CUADRO PRIMERO

CONSUELITO, *sentada en una silla baja de anea, que es su sillita, escarcha estrellas de cartón. Tiene a su lado una caja llena y está rodeada de todo lo necesario para tan dulce operación. De cuando en cuando se limpia las manos, manchadas de plata, en el pelo. Canturrea:*

CONSUELITO. A la Mariblanca
la ha pillao el toro,
le ha metido el cuerno
por el chirimbolo.[2]
A la Mariblanca
la ha vuelto a pillar,
le ha metido el cuerno,
le ha metido el cuerno
por el delantal.

(Por la puerta de la calle entra LORENZO, *con una maleta en la mano, mira a* CONSUELITO *un minuto; deja la maleta en el suelo; de puntillas cruza hacia la puerta que*

[2] *chirimbolo*: no sirve aquí la definición que da la Academia: 'utensilio, vasija o cosa análoga'. Como anotan Álvaro Custodio y Ángeles Cardona, "en este caso adquiere un valor escatológico" que es, a la vez, popular y humorístico.

lleva al campanario y desaparece. En seguida se oye tocar el ángelus.[3] *Medio distraída,* CONSUELITO *murmura:)* "El Ángel del Señor anunció a María y Ella concibió por obra y gracia del Espíritu Santo..." *(De repente cae en la cuenta de lo insólito del toque de campanas. Se levanta mirando hacia arriba sobresaltada. Deja sobre la silla la estrella que escarchaba. Cesa el ángelus. Baja* LORENZO. *Se miran.* LORENZO *se va acercando a* CONSUELITO.*)*

LORENZO. Buenos días. (CONSUELITO *responde con un sonido vago y asustado, y se deja caer sobre su silla.* LORENZO, *para tranquilizarla, inicia un gesto de apoyar la mano en la cabeza semiplateada de* CONSUELITO. *Ella se encoge de hombros, como quien espera un golpe.* LORENZO *aparta la mano.)*

CONSUELITO. No; no quite usted la mano todavía. *(Pausita.)* Ya puede. Gracias.

LORENZO. ¿Qué hace?

CONSUELITO. *(Todavía nerviosa.)* Estrellas... ¿O no parecen estrellas?

LORENZO. *(Con la mano en la oreja derecha.)* ¿Cómo?

CONSUELITO. De Navidad.

LORENZO. Pero si ya estamos en enero.

CONSUELITO. Son para la que viene.

LORENZO. ¿Qué? Yo soy un poco duro de este oído.

CONSUELITO. *(Congraciándose.)* Hace usted muy requetebién. Los lunes, miércoles y viernes, mi padre también oía fatal.[4] *(Busca la estrella que estaba haciendo.)*

LORENZO. Su padre, ¿quién es?

CONSUELITO. Un sinvergüenza.

LORENZO. ¿Son para la parroquia?

CONSUELITO. No, señor. Para el público en general. Las más grandes, a doce. Las otras, a tres.

[3] También suena el Ángelus para anunciar la llegada de Lázaro, en *Las cítaras colgadas de los árboles* (*Obras selectas,* p. 542).

[4] Álvaro Custodio y Ángeles Cardona recuerdan el antecedente de otro campanero que oía mal, Quasimodo, en *Nuestra Señora de París,* de Víctor Hugo, Limitando su dolencia a tres días a la semana, Gala parece estar en la línea del humor absurdo, codornicesco.

LORENZO. ¿Cuántas tiene ya?

CONSUELITO. Doscientas veinticinco. *(Sacándose de debajo la extraviada.)* Bueno, doscientas veinticuatro.

LORENZO. ¿Me vende una de las pequeñas?

CONSUELITO. ¿Al por menor?

LORENZO. Si compro dos, ¿criarían de aquí a diciembre?

CONSUELITO. No, señor; qué más quisiera yo. Las estrellas son como los mulos: estériles. Tome usted ésta que está muy terminadita...[5] *(Va tomando confianza en medio de su nerviosismo.)* Antes hacía pelucas. Pero me salían así, un poco raras de este lado. Y doña Hortensia decía que estropeaba mucho pelo echándolo en la sopa..., pero el de la sopa era pelo de cliente. *(Señala al sillón de barbero.)* No de mis pelucas... Esto de la escarcha es más limpio.

LORENZO. Trabaja usted muy deprisa.

CONSUELITO. A ver, la costumbre. Tengo una gana de que llegue otra vez Navidad. En Navidad está la casa tan despejada, sin una estrella... Da gusto verla.

LORENZO. Tiene usted un pelo precioso.

CONSUELITO. ¡Huy, precioso! Pero qué dicharachero es usted... Como no me compran aguarrás, me tengo que limpiar las manos en la cabeza. Pareceré una fulana a lo mejor.

LORENZO. ¿Cómo?

CONSUELITO. Una fulana, una zurriburri.[6]

LORENZO. ¿Quién?

CONSUELITO. Yo.

LORENZO. ¿Que es usted una fulana?

CONSUELITO. Hijo, usted no tiene un poco duro el oído...

LORENZO. Si lo sabré yo...

[5] El uso del diminutivo para un participio recuerda el título de la obra de Miguel Mihura y Álvaro de Laiglesia, *El caso de la mujer asesinadita.*

[6] *zurriburri*: 'sujeto vil, despreciable y de muy baja esfera' *(DRAE).* 'Confusión, trapatiesta' (Alcalá).

CONSUELITO. A usted lo que le pasa es que está como una tapia... Y, a todo esto, ¿usted quién es?

LORENZO. El que ha tocado el ángelus.

CONSUELITO. Pero ¿por dónde ha llegado usted al campanario? Si no hay más escalera que ésta...

LORENZO. He bajado del cielo.

CONSUELITO. Pues ha hecho usted muy mal. Porque lo que es aquí... *(Hace una pedorreta despectiva.)*

LORENZO. *(Con la mano en el oído.)* ¿Qué?

CONSUELITO. Que... *(Vuelve a hacer la pedorreta.)* ¡Ay, qué sordera más tonta...! Ahora, hay que ver lo bien que toca usted. Claro que no será de oído, porque... Cuánta compañía hacen las campanas, ¿verdad? Yo, de chica, quería ser cigüeña. Desde que llegué aquí lo tengo dicho: esta parroquia, sin campanero, no hace carrera... Las cosas necesitan...

LORENZO. *(Interrumpiéndola.)* ¿Usted no es de aquí?

CONSUELITO. Yo, no, señor. Qué asco. *(A lo suyo.)* Las cosas necesitan su publicidad. Ya ve usted: es el circo que, ¿a quién no le gusta el circo?, y hace su cabalgata. Cuanto más esto de la iglesia, que siempre es menos divertido... ¿No será usted de un circo? A mí, donde se ponga un charivari. Un buen funeral tampoco es feo, pero donde se ponga un charivari, [7] con su elefante, las mujeres medio en cueros, su malabarista...

LORENZO. ¿Usted de dónde es?

CONSUELITO. *(Ofendida.)* De ningún sitio. En mi familia todos hemos sido feriantes. Menos una tía-abuela que salió monja... ¿Y usted?

[7] *charivari*: recuérdese que así llama a un folleto primerizo Azorín y justifica de este modo su título: "Con notas de un diario, con críticas volanderas, con siluetas de maestros y esbozos de jóvenes he compuesto el presente librito. Mi propósito era escribir una especie de *Guía de avisos del literato novel en Madrid,* pero el tiempo apremia, no tengo humor... me marcho a mis montañas a ver árboles verdes y cielo azul, agua cristalina... y allá va *eso* tal como lo he escrito... apasionado, discordante, caótico. Por eso lo titulo *Charivari*" (*Charivari. Crítica discordante,* por J. Martínez Ruiz, Madrid, Imprenta Plaza del Dos de Mayo, 4, 1897, p. 5).

LORENZO. Mi padre era farero.

CONSUELITO. ¡Huy, qué mascabrevas! [8] Bueno, un faro y un campanario son casi iguales. Ya ve: ustedes, a pararse; nosotros, a pendonear; de pipirijaina [9] en pipirijaina... ¡La vida! *(A lo suyo.)* Al principio íbamos en una "troupe". Mi madre era Zoraida. La partían en cuatro, dentro de una caja, con una sierra. Mi padre era el que la partía: un hipnotizador buenísimo. Pero un día quiso partirla de verdad, y mi madre salió pegando gritos de la caja. A la mañana siguiente se había escapado con la domadora...

LORENZO. ¿Su madre?

CONSUELITO. ¡Mi padre! Tenía un cohete en el culo, por así decir.

LORENZO. ¿La domadora?

CONSUELITO. ¡Mi padre! Y lo seguirá teniendo, si no se lo han sacado.

LORENZO. Pero ¿quién le puso el cohete?

CONSUELITO. Hijo, es una manera de hablar. A ver qué se figura. Mi padre era muy hombre. Tan hombre, que hace quince años que llegamos aquí, y aquí nos quedamos. Mi madre y yo, se entiende; más plantadas que un pino. Entonces, mi madre cogió y se estableció de vidente. [10] Lo que ella decía: "Para adivinar el porvenir, lo mismo da un pueblo que otro." Lo que hay que saber es ponerse el turbante. Porque se ponía un turbante morado, mire usted, con un plumero aquí... Estaba de guapa...

LORENZO. Usted también es muy guapa.

CONSUELITO. ¡Qué disparate! A usted lo que le pasa es que es también artista.

LORENZO. Bueno... Yo la veo muy guapa.

CONSUELITO. Pues del oído, no sé. Pero lo que es de la vista, anda usted bueno.

[8] *mascabrevas*: 'persona simple, pazguata' (Alcalá).

[9] *pipirijaina*: 'compañía de cómicos de la legua' *(DRAE)*. Fue, en los años setenta, el título de una importante revista del nuevo teatro español.

[10] También se ganaba así la vida la madre de Paula, en *Noviembre y un poco de yerba* (*Obras selectas,* p. 235).

LORENZO. Y a usted, ¿le adivinó su madre el porvenir?

CONSUELITO. ¡Huy!, con los de la familia no daba una, fíjese. Con los clientes, como no los volvíamos a ver, vaya. Pero con los de la familia... Con decirle que, después de que mi padre nos abandonó, siguió poniendo tres platos en la mesa... Siete años, día por día, diciendo: "Hoy es. De hoy no pasa que vuelva." Y hasta que nos terminábamos el postre no me dejaba comerme la sopa de mi padre, que estaba ya más fría...

LORENZO. ¿Usted no era de la profesión?

CONSUELITO. Naturalmente. Contorsionista. Lo que pasa es que a los nueve años me di con la cabeza en un bordillo y perdí muchas luces... ¡Huy, cuántas cosas le estoy contando! Como usted es nuevo... En esta casa nadie me hace caso. Yo no hablo. Aquí es como si una se hubiese muerto. Como si una se hubiera dormido una noche y, por la mañana, quisiese despertarse y no pudiera. "Pero Consuelito, hija, si estás muerta", me digo muchas veces. Aquí no puede pasar nada de nada. Nada. Por eso estoy nerviosa... Yo no es que sea tonta a todas horas, es que soy muy nerviosa. Y he oído las campanas..., ya usted ve, una cosa de nada —dindón, dindón—; era lo que yo estaba esperando... Y además que me da mucha alegría que usted sea tan sordo, porque así puedo hablarle alto, que es lo que a mí me gusta. Yo quise ser campanera. Yo quise ser de todo. Pero doña Hortensia me quitó la ilusión: dice que *campanera* es nombre de vaca... *(Pausa.)* Me podía usted enseñar a tocar las campanas. *(Tendiéndole las manos, que él toma.)* ¿Serviría?

LORENZO. Sí... Consuelito.

CONSUELITO. Andá, pues ¿no sabe mi nombre? Qué artista es usted, hijo. Por agilidad no quedará: yo tengo todavía. *(*CONSUELITO *ha hecho descender dos maromas, de las que en otro tiempo colgarían dos lámparas.)* ¿Le hago una demostración?

LORENZO. ¿De qué?

CONSUELITO. De contorsionismo. No querrá usted que le ahorque... *(Deseando.)* ¿Se la hago?

LORENZO. Por mí... (LORENZO *afirma.* CONSUELITO *comienza a hacer un número un poco tonto, no muy difícil; y seguirá conforme al diálogo.)* ¡Qué bien!

CONSUELITO. Le gusta, ¿no?

LORENZO. Ya lo creo. Usted debía dedicarse a esto.

CONSUELITO. Como que Cleofás, al principio, decía que yo a la cama le echaba mucha alegría. Que parecía otra. Él no, él no parece otro. ¿Y el tambor? ¿Sabe usted tocar el tambor?

LORENZO. *(Disculpándose.)* No...

CONSUELITO. Porque este número resulta más vistoso con música de tambor. A mí que me den muchos saltos mortales y mucho pasar por el aro, que es lo mío. ¡Esto de las estrellas...! Señor, lo que yo digo: ¿por qué todas las criaturas tienen que estar haciendo lo que no les gusta? Cuatro días que vivimos y nos los tenemos que pasar bien *fotús..., ¡fotús!* [11] Yo estuve en Barcelona. Usted de viajar, nada, ¿no? Por su oficio, claro; no va a ir con las campanas de un sitio para otro.

LORENZO. Yo, en eso de viajar, siempre he tenido un sueño...

CONSUELITO. *(Asombrada.)* ¡Ay, un sueño! Yo, también. ¿Se lo cuento? Perdone usted que hable yo sola; pero, si no, a quién se lo voy a contar? Luego me cuenta usted el suyo. En el mío no salen ni doña Hortensia ni Cleofás... *(Comienza a mimar todo su relato.)* Sale una niña delante de muchos soldados vestidos de celeste. Lleva una melena muy larga, colorada, ¡qué lástima! Va nadando de pie, marcando el paso..., como si fuesen aspas de molino. Pero sólo la niña está viva. Y, de pronto, hay que correr con la ropa por la cintura. Correr, correr. *(Señalándose atrás.)* Yo, aquí, tengo hoyitos, como los niños. Y voy arrastrando la melena por el agua, como la cola de una cometa, y me echo a llorar, así... porque me he empapado los lazos de las trenzas.

[11] Aparece uno de los temas básicos de la obra y el autor disimula su trascendencia con una ironía lingüística.

LORENZO. Pero si lo que llevaba era una melena.

CONSUELITO. ¿Qué sabemos lo raro que es el pelo de las niñas? *(Cambio.)* Lleva una estrella. *(Desdén por las de cartón.)*, pero de mar, en la raya del pelo. Y está para comérsela. Sólo que nada sirve para nada. Por fin entra en el circo. Se da la vuelta y entra. Hay un chimpancé en pijama, que marca números de teléfono. ¡Es el hijo de la funambulista! ¡En el circo es que pasan unas cosas! Son costumbres libres, como dice Cleofás. Usted, que también sueña, quizá sepa algo de esto.

LORENZO. Lo mío es distinto. Mi sueño es otra cosa; un deseo que tengo, algo que necesito hacer antes de morirme...

CONSUELITO. ¡Ah, ya! Vivir. *(Desencantada.)* ¡Qué menuarria! [12] ¿Usted sabe que los galápagos hablan muchísimo de noche con las estrellas? (LORENZO *va negando, cada vez más acorralado. Ella le habla como un niño a otro: con la misma seriedad.)* ¿Usted sabe que cuando se toma una taza de caldo templado es muy fácil morirse de repente? ¿Usted sabe que cuando alguien hace lo que se le ocurre, terminan por ahorcarlo? Entonces, hijo, no le entiendo. ¿Usted qué puñeta quiere?

LORENZO. ¿Yo? Tocar las campanas de Orleáns. [13]

CONSUELITO. *(Ilusionada.)* Huy, eso es nuevo. ¿En dónde está Orleáns?

LORENZO. Lejos, fuera de aquí, en el extranjero.

CONSUELITO. Ahí no he estado, ya usted ve. Ni siquiera sabía que en el extranjero tuvieran campanas. Creí que eran peores. No se puede juzgar. *(Animándole a hablar.)* Siga, siga. ¿No le importa que yo dé tarambetas? [14] Es que una vez que cojo carrerilla.

[12] *menuarria*: 'el desperdicio de cualquier mercancía en que se ha ido seleccionando lo mejor' (Alcalá). Creo que equivale a *menuencia*.

[13] La catedral de Orleáns es del siglo XIII, posee una hermosa fachada gótica y unas torres de 100 metros de altura. La ciudad se vincula al recuerdo de "La doncella de Orleáns", Juana de Arco.

[14] *tarambeta*: 'trepolina, voltereta' (Alcalá).

LORENZO. *(Imitando a* CONSUELITO *en un juego consciente.)* ¿Usted sabe que si se sueña con campanas que menea el aire se tiene un accidente? (CONSUELITO *va negando casi sugestionada.)* ¿Y que si repican en el sueño es signo de calumnia? ¿Usted sabe que si vuelan lechuzas alrededor de un campanario está el párroco en peligro de muerte o va a cometerse un robo sacrílego?

CONSUELITO. *(Sigilosa.)* ¿Un robo sacrílego? ¡Ay, no...!

LORENZO. *(Como ella antes.)* Entonces, usted, ¿qué puñeta quiere?

CONSUELITO. ¿Yo? Que me siga usted hablando: pero, por favor, no miente usted aquí esa clase de robos...

LORENZO. Verá, Consuelito. Cuando mi padre me pegaba un tozolón,[15] yo decía: "No importa, tocaré las campanas de Orleáns y dejaré boquiabierto a todo el mundo." Cuando quería que aprendiera a ser farero, yo decía: "¿Para qué? Lo mío es llegar a Orleáns y tocar las campanas..." Cuando en el seminario...

CONSUELITO. ¿Usted estuvo también en el seminario?

LORENZO. Sí, con su marido; pero me suspendían. Entré por no seguir dentro del faro...

CONSUELITO. Pues salió usted de Málaga y se metió en Malagón.[16]

LORENZO. Hasta que me di cuenta de que ése no era el camino de Orleáns...

CONSUELITO. ¡Qué ha de ser! ¡Menudo es Orleáns!

LORENZO. Y me salí. Luego he ido tocando las cam-

[15] *tozolón, tozolada*: 'golpe que se da en el tozuelo'. Y éste: 'cerviz gruesa, carnosa y crasa de un animal' *(DRAE)*.

[16] Juego de palabas del habla popular: "Originado gracias a estar constituido el primer miembro de la gradación por el nombre de una ciudad, cuyas dos primeras sílabas tienen la misma forma que el adjetivo femenino *mala*, y al tener que ser el segundo miembro un nombre propio, a fin de seguir el paralelismo con el primero, aquél aparece intensificado por el sufijo aumentativo -ón." Un caso parecido: "saliste de Guatemala y te metiste en Guatapeor" (Fausto Díaz Padilla, *El habla coloquial en el teatro de Antonio Gala*, pp. 248-249).

panas... Por los pueblos sobre todo. En las fiestas de las Patronas, en las romerías...

CONSUELITO. Como los maletillas, ¡qué dolor de hijo!

LORENZO. Y me he ido olvidando de Orleáns. Se va andando caminos, cada vez más caminos, y cada vez sabe uno menos adónde va...

CONSUELITO. Es que lo importante es el camino, desengáñese usted. Usted, ¿cómo se llama? Bueno, a mí qué me importa. Llegar siempre es lo mismo. Los pueblos y la gente siempre son lo mismo... *(Concesiva.)* De Orleáns yo no hablo... Pero el camino, ¡ay, Dios! [17] Mi padre me decía: "Mira, Consuelito, qué trama tan espesa tienen estos olivos. ¡Virgen, qué buen año de aceite!" Eran encinas, claro, pero ¿qué más da? Estamos hechos para ir por ahí, con alguien que nos diga cosas del campo. Aunque sean mentiras. Porque el campo tampoco importa. Importamos nosotros, andando, y la otra persona, que nos pone la mano aquí *(En el hombro.)* y nos dice: "Oye, Consuelito, mira..." [18]

LORENZO. *(Poniéndole la mano en el hombro.)* Oye, Consuelito, mira. Hoy me he vuelto yo a acordar de Orleáns... Se nos va haciendo tarde tan pronto para todas las cosas por las que íbamos a vivir... *(Pausa.)*

CONSUELITO. Halá, qué mustio se me ha puesto. Pero si está usted en la flor de la edad. Si se parece usted a Jorgito, que era el hércules, y las tenía así... Que no me gusta que sea usted tan gilipuertas, hombre... *(*LORENZO *se deja consolar.)* ¡La vida! Que le frían dos huevos a la vida. Si ha entrado usted aquí como el rayo del sol por el cristal. Igual que el ángel del Señor.

[17] Jimena le dirá a Minaya, en *Anillos para una dama*: "Han estado soñando con su cena o con lo bien que se debe de estar siendo servidos. Y no es verdad. Ay de aquellos cuyos deseos se cumplen. Lo bueno es desear, echar de menos... Si tú supieras qué mal huele cuando se pudre un ideal" (*Obras selectas,* p. 451).

[18] Algo parecido dice Penélope en *¿Por qué corres, Ulises?*: "Le decía que una mujer precisa el hombro de un amigo: más un hombro que un hombre, donde recostarse y descansar" (*Obras Selectas,* p. 766).

LORENZO. Usted sí que es un ángel.

CONSUELITO. ¡Ay, que me meo! Si yo fuese un ángel, ¿qué porras iba a hacer en esta casa? Yo levantaría el vuelo así, así..., y me iría a Orleáns. *(*CONSUELITO *toma unas estrellas y evoluciona, hasta tropezar con* HORTENSIA, *que entra de la calle.)*

HORTENSIA. Detente.[19] Titiritera, saltimbanqui. ¡Guarra! *(Le da un pellizco, cosa que, por otra parte, hará a menudo.)*

CONSUELITO. ¡Ay! ¡Ay!... Si es que no podía pararme...

HORTENSIA. Ya te voy a parar yo. ¿Qué crees, que estás en una plaza de pueblo enseñando el ombligo, como cuando te recogimos? *(*HORTENSIA, *al ir a dejar la bolsa del mercado que trae en las manos, ve a* LORENZO. *Cambia el tono, fenómeno muy frecuente en ella.)* Un poco de respeto a este sagrado lugar, Consuelito, hija mía. ¿Has sido tú la que ha tocado el ángelus?

CONSUELITO.—No. Ha sido este señor.

HORTENSIA. *(A* LORENZO.*)* Mi hijo no tardará. Ha ido al Obispado. Espérelo. ¿Pelado o afeitado? Para ir calentando agua...

LORENZO. Usted debe de ser doña Hortensia. Yo soy Lorenzo, el compañero de Cleofás. Avisé que venía...

HORTENSIA. Ah, sí. Qué tonta, Lorenzo... *(Evidentemente impresionada.)* No sabía que era usted tan... alto. Perdone a esta inepta. Ya habrá comprendido que la pobre... *(Gesto de que* CONSUELITO *está loca.)* Una cruz que nos ha caído. La sobrellevamos, pero hay días... Cuando cambia el tiempo se pone. ¿Por qué no sigues escarchando estrellitas, rica? ¡Cómo ha tocado usted...! Estaba en el mercado y me parecía que estaba en el séptimo cielo.

[19] Puede haber un recuerdo irónico del *Detente*: 'recorte de tela con la imagen del Corazón de Jesús y la leyenda: 'Detente, bala'. Se usó en las guerras españolas de los siglos XIX y XX, prendido en la ropa sobre el pecho' *(DRAE)*. La ironía está en que un término tan tradicionalista y religioso aparezca en labios de Hortensia.

¡Como toque usted todo igual que las campanas...! *(*LORENZO *sonríe bobamente. Quizá no oye.* HORTENSIA *saca de la bolsa una botella de vino.)* Aquí no bebemos ninguno, pero ahora me obliga el *practicante* a tomar un vasito en las comidas. Estoy tan desganada. Y el caso es que me siento a la mesa con apetito; pero ir comiendo e irlo perdiendo, es todo uno. *(Modesta. Se quita el abrigo.* LORENZO *la ayuda y lo cuelga en la percha.)* ¿Desea una copita, y así espera con más tranquilidad? *(*CONSUELITO *hace gestos divertidos mientras tararea, porque sabe que* LORENZO *no se está enterando de nada.)* Yo le acompañaré por no desairarlo... ¡Que no cantes!

CONSUELITO. Sólo estoy tarareando.

HORTENSIA. Pues no tararees. ¿No ves que estamos departiendo [20] este señor y yo?

CONSUELITO. Sí, sí. Lo que es ese señor...

HORTENSIA. Es una plebeya. Menos mal que usted es como de la casa. Nos tenemos que andar con un cuidado. Ya ha visto usted qué barrio: todos ateos. Y los que no, como si lo fueran, porque no dan limosna a la parroquia... ¿Y de levantafalsos? No quiera usted saber.

CONSUELITO. *(Triunfal.)* Háblele usted más alto, que es sordo... De las campanas.

HORTENSIA. Podías haberlo dicho antes de que me embalara, merdellona. [21] *(A grito herido.)* Bueno, ¿y cómo por aquí?

LORENZO. *(Con cierta guasa en la cara, que nos hace pensar que no es tan sordo.)* Que solicité una plaza de guardia y me la han concedido. Me han dicho que este Ayuntamiento es muy pacífico... Y como aquí estaba Cleofás, pues...

HORTENSIA. Que sí, hijo, que sí. No faltaba más. Con la necesidad que tenemos de un buen amigo guardia. [22]

[20] Queriendo parecer refinada, Hortensia usa palabras librescas: *inepta, departiendo...*

[21] *merdellona*: 'criado o criada que sirve con desaseo' *(DRAE)*. 'Persona sucia y desaseada, sea o no criado o criada' (Alcalá).

[22] Según Gala, la historia de Occidente se explica por la unión y las luchas entre *Las dos espadas*: "Por eso, la vieja puta pro-

LORENZO. A sus órdenes, señora. *(Cómplice.)* Hoy por ti, mañana por mí..., ¿no?

HORTENSIA. *(Falsa.)* Eso es: todos somos hermanos. ¿Y esas campanas? ¿Las abandona usted?

LORENZO. A ver qué vida. Entre el poco sueldo, la gente que no está para músicas y los carillones electrónicos, se acabó el oficio. Ya no es lo que era. No hay vocación. Ahora tocan las campanas carboneros, fontaneros, albañiles, bomberos... Da igual; mucha luz de neón en las iglesias, mucha calefacción, mucho micrófono, mucha garambaina..., y a las campanas que les den morcilla. En toda España ya sólo quedamos dos buenos acordistas.[23] Y el otro es un borrachón que...

HORTENSIA. *(En voz más baja, como alguna vez que quiere ocultarle a* LORENZO *algún comentario.)* Pues pobres campanas: uno borracho y el otro sin tímpanos...

LORENZO. Está el arte tan mal remunerado...

HORTENSIA. Ya se sabe: todo es materia en el mundo en que vivimos. Yo no soy de esta época... Bueno, por mi edad sí. Quiero decir que soy diferente, más espiritual. En casa, de toda la vida, los hombres han pertenecido a la Iglesia o al Ejército. Por tradición, como debe ser. Y mi familia política, igual. Ya ve usted: mi marido...

CONSUELITO. ¿Era cura?

HORTENSIA. *(Bajo.)* Asquerosa. *(Alto.)* Era telegrafista. Pero muy religioso. Y mi primo Sabas —un superdotado—, al Ejército. Cómo sería que no le digo más que llegó a brigada. Ahora está en la Argentina. Precisamente me he enterado hoy. Por esta carta. *(La enseña. Se la pone por delante.)* Es de la Argentina, ¿eh? Se fue porque tuvo la desgracia de ser brigada, pero con los rojos. Una equivocación la tiene cualquiera. No se calcula bien y... Ha hecho una fortuna por lo que me dice... Yo soy muy de

---

tagonista de *Los buenos días perdidos* se siente tan segura entre sus dos columnas, las dos con uniforme..." (*PM*, p. 102).

[23] *acordista* viene de *acordar*: 'disponer o templar, según arte, los instrumentos músicos o las voces para que no disuenen entre sí' *(DRAE)*.

derechas, aunque sé perdonar.[24] Por mi aspecto usted comprenderá que yo no he vivido siempre así... ¿O no?

LORENZO. *(Guasón.)* A cien leguas, señora. Esa altivez, esas manos...

HORTENSIA. Usted sí que entiende. Pero ni sombra, amigo mío, de lo que fueron. Mi casa era una casa grande, de la alta burguesía como suele decirse hasta cuando es mentira. *(Dolida sonrisa.)* Allí entraban los salmones por su propio pie. ¡Qué gastos, cuánto capricho, cuánta chuchería! Y no es que lo eche de menos. Cada guaraguao tiene su pitirre, que decía un cubano amigo mío, muy parecido a usted, así... mimbreño, más morenito, quizá...

LORENZO. ¿Qué decía, señora?

HORTENSIA. Que cada guaraguao tiene su pitirre.

LORENZO. ¿Y eso qué significa?

HORTENSIA. Yo qué sé; pero lo decía mucho. Yo he sido siempre muy fiel a mis recuerdos. *(Suena el teléfono.)* Perdón. *(Lo coge.)* ¿Diga...? *(Muy seca.)* Por la tarde. Eso por la tarde antes del rosario. *(Cuelga.)* No sé adónde vamos a ir a parar. Un muerto de hambre de éstos, que pregunta, ¡por teléfono, nada menos!, si puede venir a cortarse el pelo. Le digo que este barrio... ¿Querrá usted creer que la mayoría hasta usa cepillos de dientes? Y los hijos, su bachillerato. Yo pienso que son todos comunistas... Ya ve usted si nos viene bien un guardia... ¡Menos pelarse y más limosnas, que es lo que aquí hace falta...! Es que mi Cleofás se ayuda con la barbería y con sus clases de latín. No da abasto la criatura. Yo habría preferido un bar, un barecito mono. Lo habría atendido yo misma. A mí no se me caen los anillos por eso. Y don Remigio, el párroco, estaba bien dispuesto. Pero Cleofás no se atrevió. Es tan fililí.[25] Dijo que la peluquería era

[24] Como he señalado en la Introducción, José Luis Alonso ha comentado el gran éxito cómico de esta frase.

[25] *fililí*: 'delicadeza, sutileza, primor de alguna cosa'. Aquí, referido a una persona, tiene claro valor peyorativo, referido a flojera. Por el sonido, recuerda *gilí, pitiminí,* cruzado con *finolis.* Para Alcalá, es 'persona delgada y endeble'.

más honesta. Como esto es el ala derecha del crucero... Antes fue la capilla de Santo Tomé, pero a fuerza de *rogativas,* fuimos consiguiendo de don Remigio ciertas ventajillas. ¡La lucha por la vida...! *(Por el enterramiento.)* ¿Ve usted? La fundadora. *(Leyendo la lápida.)* "Aquí descansa el cuerpo de doña Leonor Carrillo de Velasco, condesa de Albolafia...

LORENZO. ...que por mayor presteza aguarda en pie su resurrección."

CONSUELITO. *(En lo suyo.)* ¡Qué loca la tía!

HORTENSIA. Niña, tú a tus galaxias... *(Por la lápida, en que está esculpida la imagen de la condesa.)* Toda emperifollada. La gente con dinero siempre ha sido lo mismo: vive bien, pero lo que es morir..., muere mejor. Mire. ¡Qué derroche! ¡Qué lujo de sortijas y collares! *(Atenta a la reacción de* LORENZO.*)*

LORENZO. *(Listo como ella.)* Un desperdicio; sí, señora.

HORTENSIA. Tanto equipaje para una posada tan pequeña... Y, a propósito de posadas, ¿usted dónde se hospeda?

LORENZO. No lo sé todavía. Acabo de llegar. Tengo ahí mi maleta.

HORTENSIA. Pues quédese con nosotros. Le saldrá más barato y estará mejor atendido que en una pensión. Son todas tan siniestras y tan flojindangas... [26] *(*CONSUELITO *levanta los ojos hacia* LORENZO.*)*

LORENZO. No me atrevo, señora. Están aquí tan en familia... A lo mejor a Cleofás no le cae bien. Hace tanto tiempo que no nos vemos; habrá cambiado...

HORTENSIA. Qué disparate. Cleofás hará lo que yo diga, como siempre. Así podrá usted tocar, de cuando en cuando, las campanas. Más: yo influiré ante don Remigio para que le nombre oficialmente campanero. Tendrá usted un sueldecito. Modesto, pero...

LORENZO. Gracias, señora... Muchas gracias. Un millón de gracias. *(*LORENZO *le besa la mano, muy camas-*

[26] *flojindangas*: 'persona desaliñada en el vestir' (Alcalá).

trón. [27] HORTENSIA *suspira y le señala el divancillo. Pausita.)*

HORTENSIA. Esta es su cama. Aquí dormirá usted mejor que en la gloria... Es mucho más práctica que aquellas otras de mi casa... ¿Usted se acuerda?

LORENZO. No, no estuve.

HORTENSIA. *(Que ya lo ha calado, pero a la que le gusta.)* Con siete colchones de pluma y baldaquino, que parecían pasos de Semana Santa. Siéntese, siéntese. *(Se sienta ella.)*

LORENZO. Que conste que yo no quisiera ser un incordio en una casa tan bien avenida...

HORTENSIA. Nada de incordios. A mí me encantará poder hablar con alguien, educado, aunque sordo. ¿Se sienta o no? *(*LORENZO *lo hace. La cama cruje amenazadoramente.)* No se preocupe. *(Lo retiene porque va a levantarse.)* Ya lo arreglará Cleofás, que es tan mañoso. Seguro que su lecho se ha apresurado a darle la bienvenida. No me extraña, hijo. *(Suspira. Bebe.)* Pero beba... Yo me acuerdo de que cuando mi primer marido..., bueno, mi marido, se me declaró, le sonaron las tripas. Era ya maduro, un calvatrueno. [28] De Bilbao, figúrese. Y yo le dije: "No te hagas mala sangre, Paco: las tripas suenan siempre cuando se están haciendo corazón." *(Carcajada. Observa la seriedad de* LORENZO.*)* ¿No ha oído? Por lo de hacer de tripas corazón... [29] ¿O no entiende? ¡Ay, Jesús...! Pues beba por lo menos.

CONSUELITO. Que se va a ahogar... Claro, como usted tiene ya las meninges como tres bizcochos borrachos...

HORTENSIA. Calla, portal de Belén... [30] *(A* LORENZO.*)*

[27] *camastrón*: 'persona disimulada y doble que espera oportunidad para hacer o dejar de hacer cosas, según le conviene' *(DRAE)*.

[28] *calvatrueno*: 'Hombre alocado, atronado' *(DRAE)*.

[29] Juega con el significado literal de *hacer de tripas corazón*: "Frase figurada y familiar: 'esforzarse para disimular el miedo, dominarse, sobreponerse a las adversidades' " *(DRAE)*.

[30] Comenta Fausto Díaz Padilla: "Esta necesaria referencia a lo dicho o hecho por el interlocutor, tomando como pie las palabras previas de éste, da lugar a situaciones en las que el humor va mez-

Un censo. *(Suspira.)* Mientras llega Cleofás voy a hacer la comida... Parece que se me ha despertado el apetito, y no quiero dejar que se me duerma. Prescripción del practicante. Lo que es por mí, me dejaría morir por consunción. No puede imaginarse lo finísima que yo soy... *(A* CONSUELITO.*)* Tú, ¿echaste en agua los garbanzos? Mírela: espatarrancada, que parece un manchego... ¿Los echaste o no? *(Pellizco.)*

CONSUELITO. *(Temerosilla.)* No, señora... Se me pasó.

HORTENSIA. Mala puñalada te den.

CONSUELITO. Como a mí lo que me gusta es comer de tapas... A mí, croquetas y patatas fritas. En dando las nueve, mi padre siempre decía que el cocido tuvo la culpa de la guerra civil.

HORTENSIA. Querría yo saber quién fue tu padre.

CONSUELITO. Pues un hombre muy culto. Y muy vivido y muy de todo. La carrera de maestro la empezó dos veces, para que usted vea. Y era de la misma Pamplona.

HORTENSIA. Calla, papagaya.

CONSUELITO. ¡Huy, en verso!

HORTENSIA. *(A* LORENZO.*)* Hablábamos de problemas caseros. Un descuido de aquí. *(Por* CONSUELITO.*)* Menos mal que hoy, con tanto invento... Porque, eso sí, tenemos de todo, oiga usted... *(Bajo.)* Si es que puede, porque anda que... Nuestra olla exprés, nuestro *frigider,* nuestra lavadora-secadora, nuestro de todo.[31] Hoy se vive mucho mejor que antes. Bueno: yo no. La gentuza, se entiende. Para andar por alfombras hay que haberse hecho pis encima de ellos, y yo me he hecho cada pis que ¡vaya con Dios! Pero ¿se acuerda usted de aquellas mesas de pino? ¡Qué horror!

---

clado con la ironía, originados por la desproporción que existe entre los términos de la comparación" (p. 51).

[31] "La repetición del posesivo *nuestro* con todos y cada uno de los miembros de la enumeración, refuerzan el enlace de dependencia entre sí y con respecto a un todo, y a la fórmula conclusiva con respecto a ellos" (*Ibid.,* p. 258).

CONSUELITO. *(Casi traspuesta.)* Se fregaban con lejía y se quedaban con los nudos al aire. Como parientes viejecitos.

HORTENSIA. Ahora, formica, que es tan elegante y variopinta.

CONSUELITO. *(Triste.)* Aunque se quiera, no se puede manchar.

HORTENSIA. ¡Todo de plástico! Hoy, cualquier cacharro se lava y se estrena. Como los hombres de otros tiempos, ¡ay!... Tenemos la iglesia de flores que es un pensil, un vergel. Todo en plástico.

CONSUELITO. Da un reparo entrar... *(*CONSUELITO *va hacia el retrete.* HORTENSIA *se acerca a* LORENZO.*)*

HORTENSIA. Como la vida a mí ya sólo me ha dejado las flores y los cirios...

CONSUELITO. *(Desde el retrete.)* ¿Cuántas bragas echó usted esta semana, doña Hortensia? Yo no encuentro más que una...

HORTENSIA. *(Decapitado su farol, con un gesto de infinita resignación.)* ¡Verás cuando te pille! *(Por la iglesia.)* Voy a hacer la visita. Hasta ahora mismo, Lorenzo, y bien venido.

LORENZO. Bien hallada, señora.

HORTENSIA. *(A* CONSUELITO.*)* Que no te vea yo hablarle, mala pécora. [32] *(*HORTENSIA *sale por la iglesia.* CONSUELITO *y* LORENZO *se miran, se sonríen.)*

CONSUELITO. *(Al oído.)* ¿De verdad se va a quedar aquí?

LORENZO. *(Con la estrella del principio en la mano.)* Sí, Consuelito; parece que usted me dio la buena estrella. *(*LORENZO *pone su mano sobre la cabeza de* CONSUELITO, *a quien se le cae la estrella que había cogido para escarchar. La pobre suspira extrañamente. Entra* HORTENSIA *con una estación de Viacrucis bajo el brazo.* LORENZO, *al verla, se separa de* CONSUELITO.*)*

[32] *mala pécora*: 'persona astuta, taimada y viciosa' *(DRAE)*. También a Camacha se la califica de eso, en *Las cítaras colgadas de los árboles.*

HORTENSIA. Anda, guapa. Llévale esto a la Clotilde.

CONSUELITO. ¿Para pagar la compra?

HORTENSIA. No preguntes y llévaselo.

CONSUELITO. En lo que va de año nos hemos comido medio viacrucis.

HORTENSIA. Esta es una de las tres Caídas. *(A* LORENZO*, tanteándolo.)*

CONSUELITO. Menos mal que está *repe*... [33] Pero de aquí a nada, hacer un viacrucis en esta iglesia va a ser igual que ir en el Talgo, que no para en ninguna estación. *(*CONSUELITO *se está atusando en el pelo ante el espejo de la barbería.)*

HORTENSIA. Venga, venga. Si lo que le pasa a tu cara no se arregla peinándose. A la calle. ¡Ay, Señor!

CONSUELITO. *(Al mutis, a* LORENZO.*)* En esta casa no le diga usted a nadie eso de las campanas de Orleáns... Porque lo que es si se enteran... *(Gesto de robo.)* Como no toque usted las castañuelas... *(Sale* CONSUELITO. LORENZO *y* HORTENSIA *quedan mirándose frente a frente. Sonríen, entendiéndose.* CONSUELITO *asoma por la puerta y los ve.)*

OSCURO

[33] *repe*: apócope tomada del lenguaje infantil. "Por la ingenuidad e infantilismo de Consuelito, resulta completamente adecuada y caracterizadora de su psicología" (Fausto Díaz Padilla, p. 149).

CUADRO SEGUNDO

CLEOFÁS, *con un guardapolvo blanco, de barbero, termina de cortar el pelo a* DON JENARO, *que aprueba o niega, con la cabeza sólo, grave y solemnemente. Alrededor de la mesa camilla,* HORTENSIA *y* LORENZO. *En su silla, cerca,* CONSUELITO.

CLEOFÁS. Italia es un país que ha perdido la fe en sí mismo porque ha perdido la fe en la verdad. ¿Cierto, don Jenaro, cierto?

DON JENARO. *(Afirmación.)*

HORTENSIA. Cómo habla, Dios mío, cómo habla... Qué gran predicador hubiese hecho, o qué gran político; en el fondo es igual.

CLEOFÁS. Cuando los hombres no buscan ya ser libres, se ponen en manos de quienes les proporcionen un espejismo de seguridad... Un hombre que no es libre padece de espejismos, como en los desiertos... ¿Es así, don Jenaro?

DON JENARO. *(Afirmación.)*

CLEOFÁS. Hay pueblos que ya han perdido su dignidad de pueblos. Abdicaron. Viven de la limosna. Piden

El escenario en *Los buenos días perdidos*.

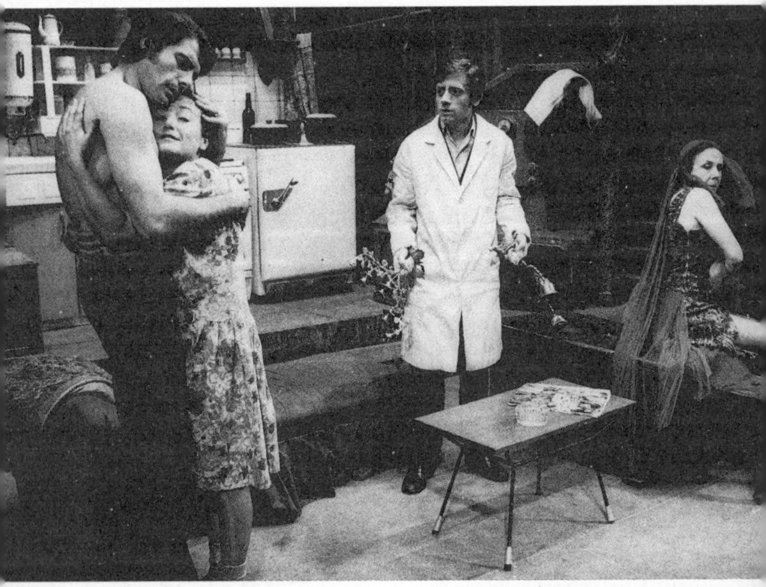

Una escena de la representación teatral de *Los buenos días perdidos*.

que los guíen, como mendigos ciegos,[34] no les importa adónde.

DON JENARO. *(Negación.)*

CLEOFÁS. Perdón, don Jenaro, perdón. *(Mostrándole su obra a través de un espejo de mano, por los dos lados.)* ¿Está bien así, eh?

DON JENARO. *(Afirmación.)*

CLEOFÁS. Le ha quedado un cuello precioso, don Jenaro. *(*DON JENARO *comienza a levantarse.)* Gracias a Dios, España ha recobrado su vocación de Imperio, y como aquella cabra de la Mitología, nominada Amaltea,[35] puede amamantar, si se me permite la expresión, puede amamantar otra vez mundos. *(Mientras, lo ha estado cepillando.)*

DON JENARO. *(Afirmación, dos veecs.)*

CLEOFÁS. Cuatro duritos, don Jenaro. *(Lo acompaña a la puerta.)* Buenas tardes, don Jenaro. A su disposición y hasta cuando quiera, don Jenaro. *(Sale el cliente.)* Consuelito, pasa el cepillo. *(*CLEOFÁS *se quita el guardapolvo.* CONSUELITO *va a obedecer.)*

LORENZO. Yo le ayudo.

HORTENSIA. *(Deteniéndolo.)* No faltaba más; que lo haga ella, que para eso está.

LORENZO. *(A* CLEOFÁS*)* ¿Ese don Jenaro es mudo?

HORTENSIA. Mudo, no. Un poquitín hijo de la gran no sé qué.[36]

[34] Puede haber aquí un recuerdo del famoso cuadro de Brueghel que está en el Museo del Louvre, en que un ciego guía —al abismo— a otros ciegos.

[35] *Amaltea* fue la nodriza de Júpiter, recién nacido, en Creta. Unas veces se la representó en forma de cabra, lo que le valió ser colocada entre los astros; otras, está representada por una ninfa, que le crió con leche de una cabra. Júpiter le regaló uno de los cuernos de esa cabra, con la promesa de que en él encontraría siempre todo cuanto desease. Este "cuerno de Amaltea" llegó a ser el símbolo de la abundancia.

[36] Gala usa también este eufemismo en *Noviembre y un poco de yerba.* Dice Paula: "Eres un cabestro, Diego. Y un calzonazos y un gallina. *(Sin saber qué decir).* ¡Granuja! ¡Hijo de la gran no sé qué!"

CLEOFÁS. Mamá... Lo que le sucede es que no habla nunca. Afirma o niega sólo con la cabeza.

LORENZO. Qué particular, ¿no?

CLEOFÁS. Es que dice que él es católico, pero anticlerical.

HORTENSIA. Ya ve usted. Como si Dios, con ser Dios, no fuera católico y clericalísimo. Lo que quiere ése, como otros muchos, es protegerse de las hordas en la religión y, además, no dar un céntimo para el culto y clero. Si lo sabré yo...

CLEOFÁS. Mamá.

HORTENSIA. Ni mamá, ni papá. En vez de cortarle el pelo, le deberías cortar de cuando en cuando la cabeza.

CONSUELITO. *(Mientras barre los pelos.)* Eso, con lo difícil que es recoger la sangre...

HORTENSIA. Barre y calla. Este es un matacuras disfrazado, como tantos otros. Que se levantase otra vez la veda y ya veríamos. Como yo le digo a éste *(Por* CLEOFÁS. *Le habla casi siempre a* LORENZO.*)* ¿Y tú, por qué le hablas? Que se vaya a pelar a una logia masónica o a una sinagoga o como sea...

CLEOFÁS. No se puede pelar a nadie sin hablarle, mamá. Es de mal gusto. *(A* LORENZO.*)* Ya como en la actualidad no se pueden tocar ni el fútbol ni los toros, porque se hieren muchas susceptibilidades... [37]

CONSUELITO. Sobre todo en los toros. ¡Hay cada marido...!

HORTENSIA. Qué sabrás tú. *(Va a salir* CONSUELITO.*)* Friega de paso el retrete, que está hecho una cochambre.

CONSUELITO. Pues yo no he ido en todo el día, de modo que... *(Sale.)*

LORENZO. Es muy buena tu mujer, tunante. Ya puedes estar contento.

CLEOFÁS. Sí que es buena la pobre, sí. ¡Qué le vamos a hacer!

[37] Broma de Gala sobre la censura y el ambiente a que da lugar: ya no se atreven a hablar ni siquiera de lo más intrascendente.

HORTENSIA. ¡Tonta! Si te hubieras casado con Antonia, que es la que tenía caudal...

CLEOFÁS. Mamá, si fuiste tú la que me aconsejaste que me decidiese por Consuelito.[38]

HORTENSIA. Fue un engaño, ¿sabe usted? Un verdadero timo... Siento como un mareo... ¡Ay, Señor! *(Abre una botella.)* A estas horas me han recetado un dedito de orujo. Me recuerda mi infancia, ¡ay! ¿Quiere usted?

LORENZO. Gracias; que siente bien.

HORTENSIA. Su madre era vidente. Y tan vidente, la tía fresca. Nos largó a este muerto haciéndonos creer que le tenía ahorrada una fortuna. Ya ve usted: deficiente mental y sin un duro; un bodorrio.

CLEOFÁS. Mamá, que era tu consuegra.

HORTENSIA. Mi com... pota... era... Este hijo mío es un San Luis. Pero Gonzaga...[39]

CLEOFÁS. A mí me gusta Consuelito, mamá. *(En este momento,* CONSUELITO *hace una pasada, sin frase.)*

HORTENSIA. Pues a mí, no. Ni niños, Lorenzo. No es capaz ni de tener niños. Esa cosa tan fácil, que se hace a oscuras. Claro que con un marido como éste, que es un azucenón de mayo, vaya usted a saber.

CLEOFÁS. Cómo eres, mamá. Qué dirá Lorenzo.

LORENZO. Yo, nada. A mí tu madre me hace mucha gracia.

HORTENSIA. Pues anda, hijo, que usted a mí... Más vale que me calle. ¿Por qué no echamos una partidita de cartas por parejas? Me ilusionaría tanto hacerme señas con Lorenzo...

[38] El matrimonio de Cleofás y Consuelito fue concertado, no decidido libremente por ellos. Igual que el de Jimena y el Cid: "Me casan sin comerlo ni beberlo... No me entero de que estoy casada."

[39] "Para intensificar el concepto de poco avispado, de corta inteligencia, que tiene de Cleofás, le compara con este santo, cuya virtud principal fue la inocencia. Esta cualidad, que Hortensia considera en sentido negativo al aplicarla a su hijo, es potenciada al máximo debido a la disociación del nombre completo del santo por la conjunción adversativa *pero,* introductora de una objeción. Es como si dijera: 'un San Luis, y *encima (para colmo)* Gonzaga' " (Fausto Díaz Padilla, p. 243).

CLEOFÁS. Mamá, ¿cartas aquí? Sabes que no me gustan. ¿Por qué no haces un jerseicito para el ropero de San Vicente?

HORTENSIA. Porque no me da la gana. Y porque me da vértigo fijar la vista. Este Cleofás lleva la santidad hasta un extremo que más me valdría irme a un convento de señoras de piso. Hijo de mi vida: un convento, comparado con esta casa, sería para mí Torremolinos. *(Ojos húmedos.)*

CLEOFÁS. *(Arrepentido.)* Es que tengo que corregir los ejercicios de latín, mamá...

LORENZO. Y yo tengo que ponerme el uniforme. Lo siento, pero a las ocho entro de retén. Como es el primer día...

HORTENSIA. ¡El uniforme! Lo que faltaba. *Desideravi desideratus,* como diría Cleo, que es tan espectacular. Para mí un hombre, de calle, pierde mucho. La Iglesia y el Ejército: ésos sí que saben lo que se hacen.

CLEOFÁS. *(Que ha sacado unos cuadernos de ejercicios.)* ¿Te acuerdas en el seminario, del segundo año de latín?

LORENZO. Del segundo año, sí. Del latín, ni pum.

CLEOFÁS. Yo, tampoco. He ido aprendiéndolo luego por correspondencia... Las fábulas de Fedro. Cuánto enseñan. Toda la vida es una fábula de Fedro. *(Cruza* CONSUELITO *con una sotana en las manos.)*

HORTENSIA. ¿Adónde vas?

CONSUELITO. A cepillarle la sotana a mi marido, ea.

HORTENSIA. Qué modales. Ve friendo los garbanzos que sobraron del almuerzo. Me chifla la ropa vieja.

CONSUELITO. Pues a su hijo no le chifla tanto. Más vale que le comprara usted una sotana, que ésta parece de lamé de plata con los brillos que tiene.

HORTENSIA. ¡Idiota, pero mala! Si te limpiaras bien la escarcha de las manos antes de cepillarla, no brillaría tanto.

CONSUELITO. Pues traiga usted aguarrás.

HORTENSIA. Vitriolo es lo que te traería, jigona.[40]

CONSUELITO. *(Dolida.)* A mí no me ponga usted en ridículo delante de ese hombre...

CLEOFÁS. Basta, basta... *(Levanta la cabeza apenas de su cuaderno.)*

HORTENSIA. Como que a ti hace falta ponerte, ¡renacuajo!

CONSUELITO. El día que me di con la cabeza en el bordillo, ojalá me hubiera muerto. Me gustaría morirme en este momento. Morirme y que al mismo tiempo se acabara el mundo.

HORTENSIA. ¿Lo veis? Qué egoísmo... *(Se levanta para echarla y lo consigue.)* Tráenos café con leche inmediatamente.

CLEOFÁS. *(Entretanto.) Introíbo ad altarem Dei.* Íbamos a subir al altar de Dios, Lorenzo. Y ahora, ¿qué? Como no sea por la puerta de servicio... Es un dolor del que apenas ni se da uno cuenta, pero que está calladito, guardado en lo más profundo de cada uno.

LORENZO. Yo nunca he servido para guardar nada... Y ahora, por mi mala cabeza, me veo de guardia, mira tú.

HORTENSIA. Qué gracia tiene el condenado.

LORENZO. Honor que usted me hace, señora.

CLEOFÁS. Cómo empieza este alumno a traducir la fábula quinta del libro primero: "Un burro, en un tímido prado, apacentaba a un viejo." Lo confunden todo. Ya no se estudia a los clásicos.

HORTENSIA. En eso la Iglesia es la primera. Con las misas en español ha organizado unas rebajas de saldo, que ya, ya...

CLEOFÁS. *In hostium clamore súbito territus...* ¿Comprendes?

LORENZO. Nada, chico.

[40] *jigona*: insulto semejante a *gilona,* aumentativo de *gilí.* "Insulto obsceno formado sobre el sustantivo *higo,* que en Andalucía y otras zonas se aplica para designar el sexo femenino" (Fausto Díaz Padilla, p. 61).

CLEOFÁS. Mira, hombre, mira. "Un humilde anciano apacentaba su asno en una pradera. Aterrado por la repentina proximidad de los enemigos, exhortó a huir al asno "para que no" los cautivasen. Oración final con *ne*. Pero el asno, sin apresurarse, le preguntó: "¿Piensas...?" ¿Lo ves?, en la interrogación, al final: "¿putas?".

HORTENSIA. Eso digo yo.

CLEOFÁS. Mamá... "¿Piensas que el vencedor me cargará con dos albardas? No: respondió el viejo. Entonces, ¿qué me importa a quién sirva, si en todo caso he de llevar mi albarda?" [41]

HORTENSIA. Qué verdad.

CLEOFÁS. Parece mentira que no lo recuerdes: *Nihil praeter domini nomen mutant pauperes*. Para los pobres sólo cambia el nombre de su amo. ¡Qué hermoso es el latín, qué hermoso es Fedro!

HORTENSIA. *(Extasiada.)* Qué hermoso es Lorenzo. [42]

LORENZO. *(Un poco por defenderse.)* Con permiso. Voy a ponerme el uniforme.

HORTENSIA. Ay, sí. *(Lo ve marchar.)*

CLEOFÁS. Mamá, quisiera hablar contigo seriamente.

HORTENSIA. Hijo, por cuatro piropillos que le haya echado a un chico que puede ser mi nieto... En fin, mi nieto...

CLEOFÁS. No se trata de eso, mamá. Traigo los peores informes del Obispado. Quería comunicártelos a solas.

HORTENSIA. Me asustas. Si te parece, hago ahora mismo ese jersey para los pobres; ahora mismo, ¿eh? Que era una broma...

[41] Comenta Fausto Díaz Padilla: "Cada hombre ha de plantear y vivir su vida prescindiendo de cualquier condicionamiento político o religioso, pues, al igual que el asno de la fábula de Fedro, ha de pensar: '¿qué me importa a quién sirva, si en todo caso he de llevar mi albarda?' " ("Prólogo" en *Obras Selectas*, p. CXVI).

[42] "El efecto intensificador... viene dado al contrastar una persona concreta y actual con un concepto abstracto —la lengua latina— y con una persona no real, en cierto sentido abstracta, ya que se refiere a su obra y que ha dejado de existir hace muchos siglos" (Fausto Díaz Padilla, p. 262).

CLEOFÁS. No, no; escúchame. Don Remigio tiene una edad provecta...

HORTENSIA. No lo dirás por mí.

CLEOFÁS. No; lo digo por don Remigio.

HORTENSIA. Quiero decir que su edad no es culpa mía. Yo, bien alimentado que lo tengo. Por cierto, que a pesar de estar tarumba tiene un hambre que se come los quiries...

CLEOFÁS. Sí. Si no se trata de él...

HORTENSIA. Y de ti, no digamos: lo has descargado de todo. No lleva ni una albarda.

CLEOFÁS. Demasiado... En el Obispado tienen dudas sobre la administración de esta parroquia.

HORTENSIA. Más vale que tuvieran dudas sobre la administración del Obispado.

CLEOFÁS. Mamá, que nos perdemos...

HORTENSIA. Calla y atiende. Hay que aparentar más virtud de la que se tiene; de acuerdo. Pero de eso a no tener ni pan hay un abismo. Un santo muerto no sirve más que para que se le rece.

CLEOFÁS. Si te oyeran, mamá.

HORTENSIA. Si me oyeran, me callaría. Pero ahora no me oyen. Contesta: sin mí, ¿qué hubieras sido? Un tonto de pueblo. O peor: un minero. Y ahora, aquí, mírate: con tu hopalanda, que alegra las pajarillas sólo el verte... ¿Te fue bien en la vida dejándote llevar por mí en las cosas del mundo? Di, ¿te fue bien?

CLEOFÁS. Sí, mamá.

HORTENSIA. ¿Te saqué yo de la pobreza en que nos dejó sumidos tu padre, al que no llegaste ni a conocer? *(Se santigua.)* Mala peste se lo coma, si es que vive.

CLEOFÁS. Sí. Yo, madre, eternamente...

HORTENSIA. Déjate de eternidades. Y luego no me vengas con "tío, páseme usted el río". [43] Porque tú dime a mí: en total, ¿qué tenemos? ¿Somos siquiera obispos? ¿O gobernadores? ¿O caseros, por lo menos, como don Jenaro? Nada. Nada: cuatro electrodomésticos. Y a plazos. ¡Vaya

[43] *tío, páseme usted el río*: "Expresión figurada y familiar: 'no hay tu tía' " *(DRAE)*.

un tentebonete...! [44] Si vivimos a base de letras, Cleofás. Gente de letras somos, ¡quién nos lo iba a decir! Vivimos como todo el mundo. Como las personas decentes: sin una peseta ahorrada. Al día. Al día y sin esperanzas de mejora. No, hijo, no; yo no tengo intranquila la conciencia.

CLEOFÁS. Pero los remordimientos, mamá, de noche... Y este desorden...

HORTENSIA. El que no sepa vivir, el que no sepa cerrar los ojos a tiempo, que se ahorque, Cleofás. Yo he pasado mucha hambre. A los diez años lo único que tenía mío era una perra gorda enterrada en un agujero del corral. De repente, a los quince, una noche me pusieron en la mano diez duros. Diez duros en la mano y otra cosa en otro sitio. Apreté los dientes y dije: "Ya está."

CLEOFÁS. No sé a qué te refieres.

HORTENSIA. Sí lo sabes, pero no importa. Agua pasada no mueve molino... Si hubiera sido hombre, me hubiera hecho cura. En cuanto tú naciste vi el cielo abierto: ¡cura! Sin dar golpe, limpio, respetado, alternando. Con tu sotana. Con tus manípulos. Con tus charreteras...

CLEOFÁS. Esos son los almirantes, mamá.

HORTENSIA. Con tus estolas de visón...

CLEOFÁS. Eso son las señoras.

HORTENSIA. Con tus casullas briscadas... [45] ¿O tampoco eso es de curas?

CLEOFÁS. Sí... Pero los tiempos han cambiado.

HORTENSIA. Dímelo a mí. Los tiempos y nosotros. Pero por eso no vamos a dejarnos morir... No pudiste ser cura... *(Va a hablar* CLEOFÁS.*)* Porque eras medio tonto, ya lo sé. La de trabajos que he tenido que hacer para pagarte tu Seminario. Y ahora, aquí, ¿qué? No puedo disfrutar ni de

[44] *tentebonete*: Alcalá registra *a tentebonete*: 'a tutiplén, a ¿qué quieres boca?' Y cita a Muñoz y Pabón: "se daba un blanqueo de polvos a tentebonete" (*Paco Góngora,* 2.ª edición, p. 73).

[45] *briscado*: 'se dice del hilo de oro o plata, rizado, escarchado o retorcido, y a propósito para emplearse entre seda, en el tejido de ciertas telas' *(DRAE)*.

cuatro vainadas[46] que se pudren de risa ahí en la iglesia. Que se hinchen bien sus panzas las carcomas, pero nosotros, con la tripa vacía... Que no, Cleofás, que no. Que eso Dios no lo manda. (CLEOFÁS, *a* CONSUELITO, *que entra muy alterada con los cafés.*)

CLEOFÁS. ¿Qué te pasa? (CONSUELITO *no contesta.*) Qué sofocada estás.

CONSUELITO. De tanto cepillarte la sotana. (CLEOFÁS *va a acariciarla.*) ¡No me toques!

HORTENSIA. ¿Cómo que no te toque tu marido? Hará lo que le salga del traste, ¿no?

CLEOFÁS. Mamá: "Compañera te doy, que no sierva." *Amabilis ut Rachel, sapiens ut Rebeca, longaeva et fidelis ut Sara.*[47]

HORTENSIA. A mí déjame de tanto *ut.*

CLEOFÁS. Bien claro se dice en la ceremonia de la boda.

HORTENSIA. Como si los novios estuviesen en ese momento para enterarse de lo que se les dice. Ellos van a lo suyo. O a lo del otro, que es lo natural... Tú no te preocupes, Cleofás, que aquí tienes a tu madre.

CLEOFÁS. Y ¿qué?

HORTENSIA. ¿Cómo que "y qué"? Que aquí la tienes. Hay mucha gente huérfana, caramba. Claro, que para tener madres como las de algunas, más vale quedarse huérfana. (CONSUELITO *se echa a llorar.*)

CLEOFÁS. No le hagas caso, pobrecita.

CONSUELITO. Tener lástima de mí. Que tenga alguien lástima de mí... Yo estoy sola... Yo no tengo a nadie...

HORTENSIA. Eso, ponte de su lado, encima. Para que se suba de una vez a la parra.[48]

CONSUELITO. Qué más quisiera usted que me subiese a la parra, para que me cayera luego y me escachifollase.

[46] *Vaina* es 'tonto, simple'. Por lo tanto, *vainada* será 'tontería, simpleza'.

[47] 'Amable como Raquel, sabia como Rebeca, longeva y fiel como Sara.'

[48] *subirse a la parra*: "Ha tomado en sentido literal la expresión, cuyo sentido figurado es el de *engreírse*" (Fausto Díaz Padilla, p. 252).

HORTENSIA. Qué vocabulario se aprende yendo de feria en feria. *(Aparece* LORENZO *de uniforme.* CONSUELITO *lo mira y llora más.)* Ay, sí... Ay, no...

CLEOFÁS. Yo no entiendo nada.

HORTENSIA. (*Deslumbrada por* LORENZO.) Ni falta que te hace, hijo. Para eso tienes a tu madre.

LORENZO. *(Consciente de su efecto, exhibiéndose.)* ¿Toco al rosario?

HORTENSIA. Toca lo que quieras, abencerraje.[49] (LORENZO *sube al campanario.* CLEOFÁS *se reviste de sotana.* HORTENSIA *acaricia la gorra que ha dejado* LORENZO *sobre la mesa. Se escuchan las campanas.* CONSUELITO *deja de llorar y sorbe un poquito. Pausa.*) Tanto tiempo calladas, como si no existieran, y oídlas, oídlas, cantando como locas. Igualito que mi corazón.[50] *(Toma su café.)*

CLEOFÁS. Qué gozo, qué gozo tan enorme proporcionan esas lenguas de bronce. *Domine, labia mea aperies.*

HORTENSIA. *Et cum spiritu tuo.*[51]

CONSUELITO. A las campanas de Orleáns debe de dar gloria oírlas. Allí no habrá ánimas en pena. Allí no habrá penas. *(Suspira.)* Orleáns es el colmo.

HORTENSIA. Con este Lorenzo nos ha visitado Dios, Cleofás. Arriba el corazón.

CLEOFÁS. Que quiere decir: *Sursum corda.* (*Baja* LORENZO.)

HORTENSIA. Qué torpe he sido. Tengo una idea. Vamos a reunirnos todos como en las Cortes esas de que hablan los periódicos. Verás cómo tengo razón. Unas Cortes tomando café.

CLEOFÁS. *(Por la iglesia.)* Mamá, si van a empezar a llegar.

[49] *Abencerraje* equivale aquí a 'persona bien parecida'. Según Fausto Díaz Padilla, "en la situación en que se emplea responde a este significado de tipo amoroso, pero que en la lengua hablada puede tener sentido de 'bruto, necio' " (p. 45).

[50] Antecedente del final de la Parte Primera de *Anillos para una dama.*

[51] Queriendo parecer culta, Hortensia contesta equivocadamente.

HORTENSIA. Que esperen cinco minutos, no se les va a ir la Virgen. Lorenzo, guapo, usted es como uno de nosotros. Voy a llamarte de tú. Es más razonable, dado que vamos a ser tan buenos amigos.

LORENZO. Si usted gusta...

HORTENSIA. Gusto, gusto. A mi derecha. Tú representas a la autoridad que nos defiende. La que los contribuyentes pagamos para que nos administre y nos quite los piojos, entre otras muchas cosas. (*A* CLEOFÁS.) Tú, a mi izquierda. Representas los intereses de esta iglesia.

CLEOFÁS. ¿Y tú?

HORTENSIA. Yo me represento a mí, a todos los que entran en las Cortes.

CONSUELITO. ¿Y yo?

HORTENSIA. Tú eres de los que no entran. Para lo que vas a opinar... Quédate ahí, y procura, como siempre has hecho, ver, oír y callar. Lo tuyo no es más que decir sí a todo. No será nada malo que tengamos un público que obedezca, como el burro ese de Pedro.

CLEOFÁS. De Fedro, mamá.

HORTENSIA. Es igual. *(Pidiendo que se la acerquen.)* Yo me sentaré sobre esa arca, que contiene las reliquias de mis antepasados. Ya empiezan los del cine... Me encuentro más segura. Sobre ellos y entre estos dos pilares. (*Por* LORENZO *y* CLEOFÁS.) ¡Ay, qué pilares! Si alguna vez me he separado de ellos, bien sabe Dios que ha sido por su bien. Los uniformes son siempre bonitos, pero no siempre son inteligentes. Si lo sabré yo, que los adoro... Se empieza. Cleofás, cuéntanos. Lo del Obispado y eso. (*Va a hablar* CLEOFÁS.) De pie a las cosas hay que darles importancia, si no, no se las cree nadie.

CLEOFÁS. *(Señala alrededor.)* Antes de todo esto, el párroco, más que párroco era un pastor.

HORTENSIA. Si don Remigio era pastor o perito agrónomo, no nos interesa. Al grano, al grano.

CLEOFÁS. Un pastor de almas, mamá.

HORTENSIA. Ah, siendo así...

CLEOFÁS. Pero descuidaba la parte administrativa. Descansó de ella en mí. Yo he sido... (*Mira a* HORTENSIA.)

hemos sido los verdaderos administradores. Sobre todo desde que él hace unos meses... Don Remigio es un anciano. Tiene una edad...

HORTENSIA. *(Cortando.)* Sí, provecta... Quiere decir que está gagá.

CLEOFÁS. Entonces empezó a tener con nosotros ciertas delicadezas, que parece que no han sido bien interpretadas. La intención del obispo está bien clara: de aquí a nada nombrará un nuevo párroco.

HORTENSIA. Ese cambio está muy lejos de favorecernos. Dilo, dilo.

LORENZO. Ni a mí. Está claro: se han hecho ciertas ventas, ciertas enajenaciones de adornos superfluos...

HORTENSIA. Pero con pleno consentimiento de don Remigio. Para decir que sí, él siempre ha tenido la mente muy clara. Es como un borrego.

CLEOFÁS. Un cordero, mamá.

HORTENSIA. El producto se destinó a reparar deterioros del edificio, a adecentar nuestra humilde vivienda...

CLEOFÁS. Sí, mamá, pero la cúpula sigue hundiéndose.

HORTENSIA. Porque los siglos no pasan en balde. Ya ves: el mismo don Remigio, que no llega ni a un siglo y es buenísimo, está hecho un asco. Mi padre, que era terrateniente, decía a menudo: "Una parroquia dura más que un párroco; un olivar dura más que un ministro." Porque nada hay eterno, Cleofás, te pongas como te pongas. ¿No te lo enseñaron en el Seminario?

CONSUELITO. ¡Qué harta me tienen!

CLEOFÁS. Es preciso reponer lo robado, mamá.

HORTENSIA. Lo prestado, será.

CLEOFÁS. Por ejemplo, el cuadro que hace tres meses mandaste a restaurar. Las cornucopias del sagrario, que dijiste que debían dorarse de nuevo...

HORTENSIA. Yo no tengo la culpa de que los doradores y los restauradores se vayan a Alemania y los que quedan sean unos informales. Déjate de minucias. Caray con el Obispado.

CLEOFÁS. Mamá, pero ¿de dónde sale tanto electrodoméstico?

HORTENSIA. De nuestro esfuerzo, hijo. Hoy en día todo el mundo los tiene. El nivel de vida. O ¿no lees los periódicos? "Paz y lavadoras." Ese es nuestro lema.

CLEOFÁS. Se comenta, mamá. Se dice por las calles, en las tabernas, en los descansos del cine...

HORTENSIA. Pero ¿quééééé...?

CLEOFÁS. Que nos merendamos la parroquia. Que entramos aquí desnudos y nos hemos puesto morados...

LORENZO. Será en adviento, Cleo.

CLEOFÁS. Que arramplamos con el oro y el moro, que vendemos la cera, que vaciamos el cepillo de San Pancracio...[52]

HORTENSIA. Pues mejor harían callándose los que hablan, porque de la iglesia todos han sacado tajada. Lo que pasa es que unos mean en lana y otros en lata. Muchas bocas tengo yo tapadas con oropel de altares. Tú, ni caso.

CLEOFÁS. Doña Rufa, Soledad la del cabo, Remedios la lechera, todos... Que si don Remigio es un fantoche en nuestras manos. Que si tú lo tienes agarrado por todas partes...

HORTENSIA. *(Saltando.)* ¿Ves? ¡Eso ya es una ordinariez de mala uva!

CLEOFÁS. Es preciso obtener dinero; recuperar los cuadros, la cruz parroquial de plata con su manguilla, mamá; todo. La iglesia está desmantelada.

HORTENSIA. Los siglos. Hablas de una manera... No parece sino que hemos entrado a saco en ella.

CLEOFÁS. No me pongas nervioso. Don Remigio, en un mes, o se muere o lo jubilan. Yo soy el responsable de todo. Hay un inventario. En el Obispado tienen copia. Mamá, por Dios, ¿qué hacemos?

HORTENSIA. Qué histérico, Cleofás. Tú nunca has sido así. ¿Para qué tenemos este uniforme a nuestro lado? ¿Qué opinas, guardia mío?

[52] En Andalucía, *San Pancracio* es devoción muy popular, como abogado del trabajo. Para que su marido lo tenga, las mujeres sevillanas acuden, por tradición, a su iglesia, al lado de la Casa de Pilatos, a ofrecerle limosnas —y perejil.

LORENZO. Un viejo proverbio chino dice así: "Hay treinta y seis maneras de escapar de un peligro: la mejor de todas es salir corriendo." Se podía pedir el traslado a otra parroquia antes del cambio.

CLEOFÁS. ¡Huir!

HORTENSIA. Qué opinión tan típica de una autoridad... No nos iríamos lo bastante lejos. Y habría que hacer regalitos... que distrajeran las memorias. No está Noé para chubascos.

CLEOFÁS. Dinero, dinero, dinero, dinero...

HORTENSIA. No seas sórdido ni apegado a los bienes terrenales. No te va. Déjame eso a mí. ¡Además, todo está arreglado! ¿No has leído esta carta de América? Tu tío Sabas está enfermísimo. Cómo será que ha tenido que escribirle la carta una monja de la clínica. Y se acuerda de mí a la hora de su muerte. Porque ése la hinca. Dios, en su infinita misericordia, recogerá a mi primo Sabas antes que a don Remigio. Yo, para eso de las muertes, tengo un ojo...

CONSUELITO. Pues debía haberse hecho médica...

HORTENSIA. ¡Inconfesa! La suerte se nos ha entrado por las puertas. Un tío en América, Cleofás: el sueño de treinta y un millones de españoles. Y a lo mejor se está muriendo ahora mismo, gracias a Dios, naturalmente.

CLEOFÁS. *Requiem aeternam dona eis, dómine.*

HORTENSIA. *Et lux perpetua luceat ei.* [53] Qué tarde tan divertida tienes, hijo... Entre tanto, haremos lo que hemos hecho siempre: comprar cupones de los ciegos, rellenar quinielas, jugar a la lotería... [54]

LORENZO. Ir a los toros...

CLEOFÁS. No, no y no. Llevamos muchos años viviendo de mentiras, que no nos creemos ya ni nosotros. Hemos de

[53] 'Dales, Señor, el descanso eterno. Y que le ilumine la luz perpetua.'

[54] En *El caracol en el espejo,* el marido "ha venido sustrayendo cinco duros semanales para invertirlos en lotería. Y eso durante quince años. Si los hubiera guardado, tendrían ustedes ahora una fortunita. Pero ya sabe usted cómo funciona la lotería" (*Obras Selectas,* p. 125).

devolver la parroquia al primitivo estado en que nos la encontramos. Basta de ilusiones. Basta de milagros laicos. Hay que poner los pies en tierra firme. Seamos realistas: lo primero es hacer una novena a Santa Rita, abogada de los imposibles.[55]

LORENZO. O un triduo a San Antonio, abogado de los objetos perdidos.

CONSUELITO. *(Subiéndose a su sillita.)*

Si buscas milagros, mira
muerte y error desterrados,
miseria y demonio huidos,
leprosos y enfermos sanos.

HORTENSIA. A mí no me des voces.

CONSUELITO. *(Como en éxtasis.)*

El peligro se retira,
los pobres van remediados,
díganlo los peregrinos
cuéntenlo los paduanos.[56]

HORTENSIA. *(A* CLEOFÁS.*)* Tú que la entiendes, párala.

CONSUELITO. *(Ya disparada.)*

Ay, sepultura mía,
qué olvidada que te tengo.
Cuántos se acuestan de noche
y a la mañana están muertos.

HORTENSIA. Párala o no respondo.

[55] Quizá haya aquí un eco, españolizado e irónico, degradado, del famoso lema del mayo del 68 francés: "Seamos realistas: pidamos lo imposible."

[56] Utiliza Gala las letanías populares. "Paduano" era San Antonio: "En el mismo día de sus exequias, trajeron a su sepulcro multitud de enfermos, quienes, con sólo tocarlo, recobraron la salud. Los que no pudieron acercarse al sepulcro quedaron sanos a la vista de la muchudumbre. Extendióse por todo el mundo la fama de los milagros de San Antonio. De todas partes acudieron ordenadas romerías. Parroquias enteras venían con banderas desplegadas y pies descalzos a venerar al Santo" (*El santo de cada día,* Zaragoza, ed. Edelvives, 1947, p. 450).

CONSUELITO. Yo de mis culpas me acuso.
Y mis pecados confieso.
Dadme vuestra bendición
y los santos Sacramentos.

HORTENSIA. Llamad a la Guardia Civil y que la mate a tiros...

CONSUELITO. *(Agotada.)*

Santa Rita y San Antonio
todo resplandece en vos.
Gracias a Dios, gracias a Dios.

(Con gran naturalidad.) ¡Lo solté! *(Se baja de la silla.)* Es el devotísimo responsorio. Lo rezaba mi madre cuando se le extraviaba algo. *(Durante las invocaciones anteriores de* CONSUELITO, LORENZO *no ha cesado de reír y* CLEOFÁS *se ha entregado a sus rezos; ambas cosas, hasta el momento de la frase final de* CONSUELITO: *"¡Lo solté!" Aquí, silencio absoluto.)*

HORTENSIA. Pues vaya porquería de vidente que era tu madre. Calla, malvada, y escarcha estrellas.

CONSUELITO. ¡Ya está! Me han iluminado. Deprisa, vamos...

HORTENSIA. ¡Ay, que le da otra vez!

CONSUELITO. ¡Una tómbola! Hay que poner en la calle una tómbola de caridad.

HORTENSIA. ¡Ay, la tonta! Con razón dicen que Dios habla por boca de los simples. Pero qué barbaridad. Pero qué bien pensado.

CLEOFÁS. Habéis perdido la razón.

HORTENSIA. Una tómbola, mientras se arreglan los papeles de la herencia de mi primo el indiano...

CLEOFÁS. ¿Pero qué vamos a sortear en una tómbola?

HORTENSIA. Todo. Cualquier cosa: los cuatro doraditos que quedan en la iglesia, dos o tres muñecas, cinco cubos de basura. *(Animándose.)* Con una sabanilla de altar nos puede salir un par de mantelerías monísimas. Y además, ponemos a trabajar a las tías locas del ropero, que es lo que están deseando. Un negociazo, hijo. *(Se oye un ruido infernal en la iglesia.)* Alguna devota está impacientándose.

CLEOFÁS. No sé. Me convencéis. Siempre me convencéis. Esperemos que todo sea para bien. *(Sale. Pronto se oirá rumor de rezos.)*

HORTENSIA. (*A* CONSUELITO.) Tú, a lo tuyo. Y no creas que por haber tenido una idea en tu vida te vas a liberar. (*Sale* CONSUELITO. *A* LORENZO.) Creo que estarás conforme conmigo en todo, ¿verdad? *En todo.* Tú, como encargado de mantener el orden, te haces cargo, ¿a que sí?

LORENZO. Sí, señora, ¿no he de hacérmelo?

HORTENSIA. Delante de Cleofás no pueden decirse ciertas cosas, pero tú eres más humano. Tengo en reserva alguna puertecita de cuarterones, algún trocito de retablo...

LORENZO. Alguna campana, porque las seis, ¡qué falta hacen...! A uno le gusta ser campanero, pero no tanto... No tanto...

HORTENSIA. Necesitaba un hombre para entrar y salir, para darme fuerzas. Soy tan femenina... *(Otro tono.)* Yo conozco anticuarios. *(El de antes.)* Hasta después, cómplice, Lorencillo.

LORENZO. Hasta después, doña Hortensia.

HORTENSIA. *(Poniéndose el velo.)* No le pongas tratamiento a una flor. Llámame Hortensia a secas.

LORENZO. ¿A secas una flor?

HORTENSIA. Ay, con razón me he entendido siempre bien con el último que ha llegado. (HORTENSIA *sale riéndose por la puerta de la iglesia. En seguida, por el foro, entra* CONSUELITO, *bajos los ojos.*)

LORENZO. Consuelo, ¿por qué antes no me quisiste hablar ahí dentro? *(Le levanta la barbilla.)*

CONSUELITO. ¿Por qué ha venido usted?

LORENZO. Aquí no eres feliz.

CONSUELITO. Lo fui antes, cuando iba por los pueblos pegando saltos como las monas.[57] Sin nadie que me dije-

[57] Comparación frecuente en la obra de Gala: se da también en *Anillos para una dama*: unas veces se refiere a la vida alegre y despreocupada; otras, más estrictamente, a los titiriteros.

ra: "Calla, siéntate, friega ese retrete." Ya me iba acostumbrando a no ser más feliz. De pronto llega usted y me mira y estoy todo el rato oyendo campanas sin saber de dónde.

LORENZO. De Orleáns... Te quiero, Consuelito.

CONSUELITO. Sí. *(Con el dedo en el ojo.)* Sópleme usted aquí. Lo que son los artistas.

LORENZO. Tú también lo eres. Ellos, no.

CONSUELITO. Ni yo. Tengo unas agujetas de los saltos de esta mañana... Las coyunturas se desentrenan mucho. Váyase usted, déjenos como estábamos y no se pare hasta llegar a Orleáns: no haga usted lo que yo...

LORENZO. Tú puedes ayudarme.

CONSUELITO. ¿Cómo?

LORENZO. Ya te lo iré diciendo...

CONSUELITO. A su disposición. Usted será feliz dentro de poco. Yo leo el porvenir: más que mi madre, creo.

LORENZO. Háblame al oído para no distraer a los del rosario...

CONSUELITO. Que digo que usted tocará en Orleáns. Y cuando se consigue lo que más se quiere, se consigue al mismo tiempo todo.

LORENZO. ¿Y a ti? ¿Qué te gustaría conseguir a ti? ¿Cómo te puedo conseguir a ti?

CONSUELITO. ¿A mí. *(Él comienza a besarla, aprovechando que ella le habla al oído.)* Lorenzo, ¿qué hace usted? Yo estoy casada. Muy mal, pero casada... Lorenzo, que se me clava el correaje, hombre... *(Se refiere al del uniforme.)*

LORENZO. Consuelito... Vente conmigo a Orleáns.

CONSUELITO. ¿Orleáns? *(Ella suspira, abandonándose. Él murmura: "Tonta, tonta, tonta" mientras la besa.)* Me pierdo. Estoy perdiéndome... Pero ¿qué voy a hacerle si soy tonta? Ay, qué alegría más grande. (*Rezos y...*

TELÓN LENTO)

PARTE SEGUNDA

CUADRO PRIMERO

Es de noche. LORENZO *se sienta en el sillón de la barbería.* CLEOFÁS *prepara lo necesario para afeitarlo, cosa que hace, si no bien del todo, sobre el siguiente diálogo. De tiempo en tiempo, aprovechando que* CLEOFÁS *está de espaldas, asoma por la puerta de la calle la extraña aparición de* CONSUELITO *vestida con traje de hebrea y tocada con enorme turbante morado. Aparece para tirar a* LORENZO *montones de besos apasionados.*

LORENZO. ¿Quién demonios te mandó dedicarte a esto de la barbería? Porque tú, de tomar una decisión, nada.

CLEOFÁS. Ni yo ni nadie. La vida es quien decide. Soñábamos, ¿te acuerdas?, en aquel cuarto del Seminario. Tú, con tocar el alba en Orleáns. Yo, en convertir moros. No sabía a qué ni de qué, pero convertirlos.

LORENZO. Lo nuestro siempre ha sido convertir moros o matarlos.

CLEOFÁS. Soñábamos...

LORENZO. A mí me despertaron a empujones: me echaron...

CLEOFÁS. Hombre...

LORENZO. Yo estaba deseando irme, pero me echaron. Me cogieron mandando recaditos a todas las hermanas de los seminaristas... Trece novias tenía. Cuando pasábamos en fila, aquello era un escándalo. Me saludaban desde los balcones. Yo era un sanguíneo y me echaron: lo normal. Pero a ti, que eras tan pavisoso, ¿qué te pasó?

CLEOFÁS. El tiempo me pasó. Los chicos que iban entrando me pasaron. Si me subían de un curso a otro es porque no cabía en las bancas. Siempre fui un badulaque. (*Aparición de* CONSUELITO.) Al final me llamaban *Papá Toro*... Para no ser una carga, para que me tuvieran lástima —que es lo único que he sabido hacer bien—, ayudaba en la barbería. Y acabé por aprender el oficio.

LORENZO. O sea, ¿que a ti también te echaron?

CLEOFÁS. De una casa no se echa a un cenicero. Y eso era yo. No me hubieran echado. Pero un día llegó mi madre... Ay, Lorenzo, ¡qué madre! (*Movimiento de* LORENZO. *Es que ha aparecido otra vez* CONSUELITO.) ¿Está muy caliente?

LORENZO. No, sigue; ha sido un calambrito.

CLEOFÁS. Llegó mi madre... Ella tenía una pensión...

LORENZO. ¿Del Estado?

CLEOFÁS. No, de señoritas.

LORENZO. Ah, ya. *(Ríe.)*

CLEOFÁS. No sé por qué la tuvo que cerrar. Fue en el cincuenta y seis.

LORENZO. Y ¿por el mes de marzo?

CLEOFÁS. Sí, por Semana Santa... [58] Llegó y me sacó de allí. No quería seguir viviendo sola. No estaba ya en edad de trabajar...

LORENZO. Claro, qué va a estar en edad. Figúrate.

CLEOFÁS. Y se le había pasado la ilusión de tener un hijo cura. Barbero tampoco lo quería. Me obligó a hacer oposiciones al Ministerio de Obras Públicas. Pero yo ya te-

[58] La Referencia del Consejo de Ministros del 4 de marzo de 1956 dice textualmente así: "Por un Decreto-Ley de la Presidencia del Gobierno, que publicará mañana el *Boletín Oficial del Estado,* quedan abolidos los centros de tolerancia y la prostitución" (Carlos Fernández: *Antología de cuarenta años,* La Coruña, Libros de las Hespérides, eds. de Castro, 1983, p. 290).

nía la cabeza cansada. Y como ella tiene muchas amistades, me colocaron de sacristán aquí.

LORENZO. A ti lo que siempre te ha gustado es meter la cabeza bajo el ala y que otros te vivan la vida, ¿no? Pues eso es lo que tienes...

CLEOFÁS. Como esos que quisieron ser toreros... y ahora son peones de otro. O peor, monosabios.

LORENZO. Pero tienes compensaciones...

CLEOFÁS. *(Vago.)* Quizá sí. Quizá estoy haciéndome el mártir. Porque mi vida no podía terminar de otra forma. No me iban a traer a la sacristía el Premio Nobel... Ni siquiera se puede decir que sea un fracasado. Fracasado es el que intenta algo y no le sale. Yo nunca he intentado nada... Yo lo único que he hecho ha sido darles a todos la razón... Claro que tengo a Consuelito.

LORENZO. ¿La quieres mucho?

CLEOFÁS. Es lo único mío que tengo. *(Aparición de* CONSUELITO. *Vuelve a tirar besos.)*

LORENZO. Y a tu madre.

CLEOFÁS. No. Es ella quien me tiene a mí. No se da cuenta, pero en el fondo es eso. Consuelito es igual que yo: tontucia. Se llama así y lo es: mi consuelito. Lo que me gusta es verla escarchando estrellas mientras yo limpio los dorados. Es igual que un pajarito.

LORENZO. ¿Y no le habréis atado mucho, entre todos, la patita?

CLEOFÁS. No... Está tan hecha a su jaula, que aunque abrieran la puerta no se iría. Seguro.

LORENZO. ¿Ella sabe que la quieres?

CLEOFÁS. Sí, se lo dije un día; cuando me declaré.

LORENZO. Pero ¿se lo dijiste tú o tu madre?

CLEOFÁS. De eso ya no me acuerdo. Pero lo sabe.

LORENZO. ¿Y no se lo has vuelto a decir?

CLEOFÁS. ¿Para qué? Lo nuestro no es una gran pasión...

LORENZO. Pero, hombre, decirle que la quieres una vez al mes...

CLEOFÁS. Entre nosotros hablar de amor no estaría bien. Nos entraría la risa. El amor es cosa de los otros; de la gente importante, que tiene tiempo libre.[59] Nosotros bastante tenemos con ir viviendo juntos.[60]

LORENZO. Para una mujer eso es aburrido... y peligroso.

CLEOFÁS. Yo a las mujeres no las entiendo bien. Ya te puedes imaginar cómo son las que tratan con sacristanes: más bien carabineros.

LORENZO. Perdona que me meta, pero digo yo que por las noches...

CLEOFÁS. Por lo general estamos muy cansados. Y cuando no, ya sabes: eso dura tan poco...

LORENZO. Será a ti, que eres tonto...

CLEOFÁS. Además, como a la mañana siguiente no hablamos de eso..., es como si no hubiese pasado. *(Picarón.)* No te creas, al principio nos hacíamos timitos, carantoñas, nos dábamos cachetes y esas cosas. Hasta que un día mi madre nos dijo que ya estaba harta de presenciar cochinerías. *(Dan las once en el reloj de la iglesia.)* Y ahora, este cambio de párroco me tiene sin sueño. Sabe Dios si no nos veremos en la calle como titiriteros...

LORENZO. Hay que tener confianza, Cleofás.

CLEOFÁS. Sí. Y conciencia limpia. Yo he consentido demasiado, he sido débil: el *timor reverentialis* más que nada... (*Se oye la voz de* DON REMIGIO.)

VOZ DE DON REMIGIO. "Feligreses: Adán se comió la manzana, pero nos ha salido a todos el tiro por la culata. ¡Qué revolú[61] se armó...!"

CLEOFÁS. Ya está don Remigio. En cuanto oye las once, se cree que son de la mañana y se pone a predicar como si estuviese en misa mayor. Espera un momento que lo lleve a su casa, hombre... *(Sale por la puerta de la iglesia.)*

[59] Jimena dirá algo muy semejante, en la Parte Primera de *Anillos para una dama*: "Para amar hace falta mucho tiempo libre." Expresan los dos personajes una de las posibilidades del amor, según Gala: el que se basa en la amistad íntima y se manifiesta en los pequeños actos cotidianos.

[60] Como recojo en mi "Introducción", Gala ha comentado estas frases de su personaje en *Textos y pretextos* (pp. 171-172).

[61] *revolú* (popular, andaluz): 'jaleo, revolución'.

VOZ DE DON REMIGIO. "Dios es bueno. Sí, sí. Dios es bueno, pero no tonto. Y el día que se harte, ya veréis. Habéis querido meléroslo en un bolsillo. Muy bien: ya os explotará dentro. Y yo me alegraré, qué porra." *(Irrumpe* CONSUELITO, *abrazándose a* LORENZO, *que está sin terminar de afeitar, y manchándose de jabón.)*

LORENZO. Por favor, mujer, por favor.

CLEOFÁS. *(Sobre esto. Dentro.)* Baje usted del púlpito, don Remigio, que es de noche y no hay nadie. Vamos a la cama, que hay que descansar.

VOZ DE DON REMIGIO. "Qué cama ni qué niño muerto. Tengo la obligación de predicar la palabra de Dios, me oigan o no."

CLEOFÁS. *(Dentro.)* Sea usted buena persona. Vamos,

LORENZO. ¡Por favor!

CONSUELITO. ¿Nos vamos a ver cuando se acuesten?

LORENZO. Sí; por eso le he dicho a tu marido que me afeite, para no pincharte. Pero es que te tiras de un modo... Ni que yo fuese una piscina.

CONSUELITO. Te quiero, te quiero, te quiero.

LORENZO. ¿Otra vez? *(Ella tiene una náusea.)* Menudo lavado de estómago te estás haciendo.

CONSUELITO. No es por el jabón. Después te diré una cosita.

LORENZO. ¿Con qué letrita,[62] odalisca?[63]

CONSUELITO. No te burles de mí porque te quiera...

LORENZO. Si no me burlo. Es que tienes una pinta...

CONSUELITO. Yo tampoco me encuentro cómoda con este traje, qué te crees. Con el turbante, sí, porque es el de mi madre. Pero con el traje, no. Es de una de las Santas Mujeres del paso del Nazareno, y me da no sé qué llevarlo yo ahora..., con lo nuestro. Claro que, así vestida, soy un

[62] Alusión al juego infantil del *veo-veo*, también utilizado en *Spain's Strip-tease* (*Obras Selectas*, p. 321).

[63] *Odalisca* "no vale aquí su significado originario de 'esclava al servicio del harén del gran turco', sino que es una creación de Gala, como vocativo para expresar amor" (Fausto Díaz Padilla, p. 45).

reclamo. Acude mucha gente a la tómbola. A mirar, sobre todo.

LORENZO. No me extraña.

CONSUELITO. Porque lo que es jugar, no juegan casi. Esto es lo que he podido sisar hoy. Toma. *(Le da un puñado de monedas.)*

LORENZO. ¿Todo en pesetas?

CONSUELITO. A ver; los billetes se los lleva todos doña Hortensia... ¿Cuándo nos vamos a ir a Orleáns, Lorenzo? *(Él cuenta el dinero.)* No me gusta vivir como vivo, sin saber de quién soy. No va con mi carácter. Me parece a mí que yo no soy muy pindonga.

LORENZO. *(Guardando el dinero.)* Todavía no tenemos bastante.

CONSUELITO. Pues vámonos andando. Yo podía hacer números por los pueblos y tú pasabas la bandeja. Háblame de Orleáns.

LORENZO. Ya te he dicho todo lo que sabía.

CONSUELITO. ¿Tiene muchas torres o una sola muy grande?

LORENZO. Una muy grande y llena de campanas.

CONSUELITO. *(Alusiva.)* Y de cigüeñas. *(Lo abraza.)*

LORENZO. No te hartas, ¿eh?

CONSUELITO. No me harto, guapísimo, que me tienes loca. Vámonos a Orleáns ahora mismo. *(Tira de él.)*

LORENZO. Espera siquiera que me afeiten la otra media cara, ¿no? Y que ahorremos un poco más y que arreglemos los papeles... ¿Es que no lo pasas bien aquí conmigo?

CONSUELITO. Sí, pero necesito decir a todo el mundo que te quiero. No quererte a escondidas como el que roba peras.[64]

LORENZO. *(Que ha estado distraído.)* Oye, ¿qué guarda en este baúl tu suegra?

[64] Lo mismo desea Jimena, en *Anillos para una dama*: "Y que la gente pase y se sonría y se digan: 'Son Minaya y Jimena, que se aman'."

CONSUELITO. No me la nombres. Es una cerda. ¿Crees que no sé que te tira los tejos?

LORENZO. Podríamos descerrajarlo..., y si hubiera algo de valor, nos íbamos antes a Orleáns.

CONSUELITO. ¡No la quiere, qué bien, no la quiere! Esta noche, cuando hayamos terminado, lo abrimos. *(Abrazándose.)* ¡Ay, Señor!

HORTENSIA. *(Entrando de la calle.)* ¿Qué haces aquí? Sal otro rato tú, que yo esto muerta de los pies... ¿Y Cleo?

LORENZO. Ahora vuelve. Me estaba afeitando...

HORTENSIA. *(Sospechando.)* Ya lo veo, ya. Y tú, qué: ¿te estabas lavando la cara?

CONSUELITO. Sí; me he lavado porque tenía calor.

HORTENSIA. Y lo sigues teniendo, calentona.[65] Pero enjuágate bien. *(Le pasa con todas sus fuerzas una toalla por la cara.)*

CONSUELITO. Ay, ay...

HORTENSIA. El día que yo tire de la manta...

CONSUELITO. *(Desafío.)* Quien tira de la manta es quien no está debajo.

HORTENSIA. ¡Fuera! Que nos roban los regalos, mujer adúltera. (*Sale* CONSUELITO.) Esta hija de la tal por cual me va a hacer a mí perder la fe. Y tú, que estás más *liao* con ella que la pata un romano.

LORENZO. ¿Yo?

HORTENSIA. Anda, pon cara de susto debajo del merengue. Te lo advierto: Yo, cuando soy mala, soy malísima; pero cuando soy buena, soy peor.[66] Y tú me estás haciendo pasar el equinoccio.[67] Tres meses llevas hurtándome ese cuerpo, pero yo ya no me contengo... *(Se insinúa.)* A rebatiña están tocando ya... *(Es de advertir que ni aho-*

[65] *calentona*: 'persona libidinosa' (Alcalá).

[66] Juega Gala con la sorpresa del oyente, que espera otra cosa: "*peor* no se refiere a *mala* sino a su superlativo *malísima,* por lo que se puede afirmar que *peor,* en estas construcciones, es comparativo de un superlativo *malísima*; de ahí su extraordinaria fuerza enfática" (Fausto Díaz Padilla, p. 249).

[67] *el equinoccio*: uso metafórico del término astronómico.

ra ni después debe deducirse que HORTENSIA *esté enamorada de* LORENZO. HORTENSIA *está de vuelta de todo, hasta de sí misma. Bromea, ríe. Si puede, entre la broma, sacar algo, lo saca. Si no, mala suerte.* LORENZO *también bromea a veces. Otras, no, porque teme.)* No te malgastes con esa mosca muerta de mi nuera, Lorenzo; por tu bien te lo digo. Teniendo a la boticaria ahí, fresca todavía; y a doña Genoveva, tan metida en sus carnes... y siempre listas a darte buenos duros por jugar un ratito.

LORENZO. Señora, señora...

HORTENSIA. Sin exagerar... Con los beneficios que tú y yo podíamos sacarle a esta piel y a esta boca...

LORENZO. Que va a volver su hijo.

HORTENSIA. *(Entre risas.)* Que venga. ¿O es que él no sabe cómo fui su madre? ¿Me quedé yo preñada en un *ora pro nobis?* Ay, Lorenzo, que una sangre más gorda que la tuya no la he visto en mi vida. La mitad de lo que he sacado hoy de la tómbola. Toma. *(Le da un sobre.)*

LORENZO. Ya será menos.

HORTENSIA. Por mis muertos... Vaya idea que tuvo la gazapona[68] ésa... Y tú con miramientos todavía, sin querer organizarte como Dios manda... ¡Qué ruina!

LORENZO. ¿Es que no me acuesto con quien usted me manda?

HORTENSIA. Sí, pero sin convicción, con demasiado tiento... Lo que pasa es que tú no tienes vocación de chulo ni muchísimo menos... Ay, con tu cuerpo y mi cabeza adónde llegaríamos... En fin, ya se andará. A ver si la penuria te ablanda el corazón. Porque si no... Sin noticias de mi primo el de América. Sin noticias del Ministerio, y hace un mes que escribí a don Fulgencio...

LORENZO. Pero ¿usted cree que eso saldrá?

HORTENSIA. No me hables de usted, leche. ¿No ha de salir? Allí tengo vara alta. Don Fulgencio es director general. A Cleofás no pudo colocarle, porque escribía jaculatorias en los estadillos, por tú eres distinto. ¡Ay, barra-

[68] *gazapón,* aumentativo de *gazapo*: 'hombre astuto' *(DRAE).*

gana tuya hasta la muerte! Qué enfiteusis,[69] Señor. Qué maravilla, dejar este claustro y volver a poner piso como está mandado...

LORENZO. Ay, qué jaca[70] está usted hecha, doña Hortensia.

HORTENSIA. Que me llames de tú, Lorenzo. Que a la parrilla como al Santo te voy a comer. ¡Ay, qué locura!

CLEOFÁS. *(En la locura, entra.)* El pobre no quería irse a acostar. Dice que por qué tiene que predicar a horas fijas como si fuese el telediario. Que él predica cuando le peta. Está incapaz. No pasa de este mes.

HORTENSIA. A cada cerdo le llega su San Martín.[71]

CLEOFÁS. Mamá.

HORTENSIA. ¿Quéééé...?

CLEOFÁS. Nada, que eso mismo pensarán de nosotros. Presos terminaremos. En las cárceles de la Inquisición. Y excomulgados.

HORTENSIA. Jesús, cuánto achichirre.[72]

CLEOFÁS. He encontrado en la iglesia este papel. Lo habrán pasado por debajo de la puerta.

HORTENSIA. *(Poniéndose el parche.)* Por debajo de la pata es por donde me paso yo los anónimos éstos. Esta mañana echaron uno: la copia de una denuncia al Obispado. Denunciarnos, ¿de qué?, como digo yo... Los envidiosos...

CLEOFÁS. ¡Por fin! Por fin esa denuncia. Si tenía que ser así...

[69] *Qué enfiteusis*: uso metafórico del término jurídico, que significa algo muy distinto: 'cesión del dominio útil de un inmueble, mediante el pago anual de un canon'.

[70] *jaca*: 'mujer de fachenda, alta y guapetona' (Alcalá); 'persona que lleva una vida alegre y despreocupada, y un tanto alocada' (Fausto Díaz Padilla, p. 239).

[71] Refrán que aparece ya en el capítulo 62 de la Segunda Parte del *Quijote*. Comenta Correas, en su *Vocabulario*: "castiga a los que piensen que no les ha de venir su día, y llegar el pagadero. Por San Martín se matan los puercos, y de esto se toma a la semejanza, y conforma con el otro que dice: 'No hay plazo que no llegue' ".

[72] Alcalá registra *achichurre*: 'tabarra, lata, insistencia'.

HORTENSIA. Como si quieren ir con el cuento al nuncio ¡Qué espada de Demóstenes!

CLEOFÁS. De Damocles, mamá.

HORTENSIA. Es igual.

LORENZO. *(Señalando el papel.)* ¿Qué dice?

CLEOFÁS. Parece una coplita o algo así. *(Lee.)*

"La sacristana es de hojuelas,
y el campanero, de miel.[73]
Sólo nos falta la mula,
que ya tenemos el buey."

Sólo nos falta la mula, que ya tenemos el buey. No entiendo a qué se puede referir.

HORTENSIA. *(Con intención.)* No yo. ¿Y tú, Lorenzo?

LORENZO. No sé. ¿Yo de miel?

CLEOFÁS. Miel sobre hojuelas, ¿no?

HORTENSIA. Esta noche quedará todo claro.

CLEOFÁS. Con qué música lo cantarán, me pregunto yo...

HORTENSIA. Con la de la marcha real. Jesús, qué barrio. Qué lenguas. Tengo unas ganas de perderlos a todos de vista.

CLEOFÁS. Como Dios no lo remedie, ya lo creo que vamos a perderlos. Y de la peor forma. Porque lo que es don Remigio... *(Sigue afeitando a* LORENZO.)

HORTENSIA. Ay, qué machacón eres, hijo mío. Todo el día con el cambio de párroco a cuestas. Qué pronto se te viene el aparejo a la barriga. No se va a hundir el mundo por un párroco nuevo. Que tan nuevo no será como para no saber por qué lado hay que entrarle. He conocido a muchos en mi vida.

[73] *de hojuelas... de miel*: "recrea el dicho popular mediante la dislocación de sus miembros y los aplica por separado a personas o cosas diferentes pero relacionadas entre sí. De este modo, un dicho popular que debido a su constante empleo está ya osificado, convertido en mero cliché, cobra nueva vitalidad y fuerza expresiva" (Fausto Díaz Padilla, p. 245).

CLEOFÁS. Con la música de la marcha real no puede ser: no encaja.

HORTENSIA. Prueba entonces con la del *Himno de Riego.* O con la de *El gato montés,*[74] que puede que le vaya mejor. *(Tararea.)* Vaya horitas de afeitarse...

LORENZO. Es que tengo turno de noche y me pasan revista en el Ayuntamiento.

HORTENSIA. ¿A qué hora vuelves?

LORENZO. A las seis.

HORTENSIA. Pues me llamas, que tengo mucho que hacer. Y no te desayunes por ahí. Desayunamos juntos. *(Hacia fuera.)* ¡Consuelito! (*A* CLEOFÁS.) Vosotros, a la cama, que habéis tenido un día muy ajetreado. Yo todavía estaré un ratito en la tómbola... El santuario no se rinde...[75] Con el buen tiempo parece que esos puercos trasnochan algo más. *(Por la botella.)* Me llevo esto por si refresca o por si conviene convidar a alguien. Hay que entender las cosas del negocio. *(Bajo a* CONSUELITO, *que entra.)* Con que la sacristana es de hojuelas, ¿eh? *(Pellizco.)*

CONSUELITO. ¿No veis? Ya empieza.

HORTENSIA. Ha sido sin querer. *(Bajo.)* Ya te daré yo hojuelas, suripanta...[76] ¿Cómo es que vendes tan pocas pa-

[74] El *Himno de Riego* ha sido, desde el año 1820, el de la Revolución española y la República. La letra es obra de Evaristo San Miguel; la música que prevaleció, de José María Reart. Fue cantado por el mismo Riego y sus ayudantes en el Teatro del Príncipe al día siguiente de su llegada a Madrid y se convirtió en Himno Nacional por Decreto de 7 de abril de 1822 (José María Iribarren: *El porqué de los dichos,* Madrid, ed. Aguilar, 1955, pp. 657-659). Su estribillo es: "Soldados, la patria / nos llama a la lid; / juremos por ella / vencer o morir."

El gato montés (1917) es la ópera más famosa del maestro Manuel Penella (1880-1939), que llegó a presentarse con éxito en Nueva York. Hoy se recuerda solamente su pasodoble.

[75] *El santuario no se rinde* es el título de una película de exaltación patriótica, en la posguerra. La ironía de Gala se advierte en quién utiliza esa frase y en qué circunstancias.

[76] *suripanta*: 'mujer ruin, moralmente despreciable' *(DRAE).* Como es sabido, su origen está en una canción camelística de la zarzuela *El joven Telémaco,* de Eusebio Blasco y el maestro Rogel, puesta en escena por los Bufos de Arderíus el 22 de septiembre

peletas en la tómbola? En todo el día no has hecho más que veintisiete pesetas con cincuenta céntimos.

CONSUELITO. Pues ya he hecho más que uested, que sólo ha vendido cinco duros.

HORTENSIA. Pero yo no voy vestida de *Las mil y una noches.*

CONSUELITO. De las noches, mejor será no hablar, doña Hortensia: una está muy bien costeada.

HORTENSIA. ¡Bazofia! *(Mutis.)*

CLEOFÁS. Pero que mal os lleváis.

CONSUELITO. Si por mí fuera, ni bien ni mal. Es ella la que me busca las vueltas.

CLEOFÁS. Llevas tú una temporada que no necesitas que te las busquen.

CONSUELITO. Porque antes me teníais acomplejada entre tu madre y tú... y los niños del barrio, que son unos gamberros. Pero lo que es a la presente, tengo yo una seguridad en mi propia valía, que ya, ya...

CLEOFÁS. *(Por la ropa.)* Anda, anda, vete poniendo... natural, que es muy tarde.

CONSUELITO. Buenas noches, Lorenzo. Y buena guardia. *(Sale por su dormitorio.)*

CLEOFÁS. Qué inconscientes son las dos, Virgen Santa. No se dan cuenta de la gravedad de los asuntos. Son como niñas.

LORENZO. Sí: pero unas niñas que saben mucho para su edad.

CLEOFÁS. Sin hacerse cargo de la situación. A dos pasos de la cárcel, y mira: insultándose sin saber por qué.

LORENZO. A lo mejor ellas sí lo saben.

CLEOFÁS. Qué han de saber. Caprichos, repentes: como dos niñas pequeñas. Si no fuera por mí... y por ti, por supuesto...

LORENZO. Eso sí que es verdad.

CLEOFÁS. En fin, Lorenzo, hasta mañana. Me alegro de tener en casa un amigo tan fiel.

---

de 1866, que decía así: "Suri panta, la suri panta, / makatrupi de somatén, / sun faribún, sun faribén, / maka trúpiten sangarinén" (Roger Alier: *La zarzuela,* Barcelona, ed. Daimon, 1984, p. 54).

LORENZO. Nada, hombre, a mandar. Y que descanses, tú que puedes.

CLEOFÁS. ¿Poder yo? Sí, sí...

LORENZO. Porque lo que es para mí... *(Con intención.)* Esta noche va a ser toledana.[77]

CLEOFÁS. No hagas mucho estropicio con ese uniforme entre la gente que alborote esta noche. En este mundo todos somos buenos, ¿no te parece? Lo que pasa es que no sabemos bien lo que queremos.

LORENZO. Hay quien sí.

CLEOFÁS. Buenas noche, Lorenzo. *(Sale.)*

LORENZO. Adiós.

HORTENSIA. *(Que ha estado espiando, entra.)* Ay, qué cuerpo. Ay, qué todo, Señor.

LORENZO. Ay, qué petardo *(Hace gestos referidos a* CLEOFÁS.)

HORTENSIA. *(Muy alto.)* No había nadie y he cerrado. *(Con intensidad, hará que* LORENZO *la oiga.)* Tengo el estómago estragado de tanto aperitivo. Lampando[78] estoy por comerme una estupenda fabada. *(Le abraza.)*

LORENZO. Que no llego y el sargento me tiene muy mal modo.

HORTENSIA. Toma la llave y vuelve cuanto antes. *(Se la da. Él sale casi huyendo.)* Ay, qué manera más fría de despedirse de quien tanto lo quiere.

LORENZO. No me puedo olvidar de que es usted la madre de mi amigo...

HORTENSIA. Razón de más para hacerse favores. A la vuelta te olvidarás de esos remilgos. (LORENZO *consigue escaparse. Sale.* HORTENSIA *está un poco bebida.*) No le gusto. No le gusto... Sí le gusto, pero no se atreve. Ya te daré yo acobardamientos. Son muchos años ya sin taconeo, sin contoneo, sin cachondeo, ¡ay! (HORTENSIA *abre el baúl con una llave. A la botella*:) Dame confianza tú, compañera, que todas somos de la misma orden... *(Ante el baúl)*

[77] *noche toledana* (figurado y familiar): 'la que uno pasa sin dormir' *(DRAE)*.

[78] *Lampar*: 'tener ansiedad por el logro de una cosa' *(DRAE)*.

Qué hermosura. Qué brillo. *(Con un frasco.)* El perfume... se evaporó. Él, que enloqueció a tanta cabeza bien plantada. Mal presagio. No, no. Lo que enloquece es la pasión, Hortensia, no los perfumes... *(Va a la repisa de la barbería.)* Aquí hay colonias... Añeja. *(La huele. La deja.)* Y tan añeja, qué asco. Esta... Esta es más suave... Un poco por los sobacos... Así. Ahora, en el escote... Ay, qué frescor, mamá Concha... (*Por* LORENZO.) A la vuelta lo venden tinto. A ver quién gana ahora. *(Sale llevando unas ropas hacia su dormitorio. En cuanto desaparece* HORTENSIA *sale* CONSUELITO *de su dormitorio, ve abierto el baúl, lo mira brevemente y entra en el retrete. Seguidamente entra* LORENZO, *que cruza hacia el campanario. Por fin le toca el turno a* CLEOFÁS. *Cuando éste cierra su puerta del dormitorio, sale* CONSUELITO *del retrete y se dirige al dormitorio. Entonces baja* LORENZO, *con una campana mediana que transporta con esfuerzo. La deposita en el suelo. Del bolsillo saca palanqueta de hierro y un martillo. Se acerca a la tumba de* DOÑA LEONOR *y comienza a ahuecar sus junturas. Aparece cautelosa* HORTENSIA, *vestida de mujer alegre de los años treinta, con boquilla y a medios pelos. Al llegar a la altura de* LORENZO, *habla y le toca en el hombro.* LORENZO *se vuelve asustado, probablemente por la tumba.)* Soy doña Leonor, la fundadora.

LORENZO. Jesús, María y José.

HORTENSIA. ¿Qué tal, vida?

LORENZO. Ah, ¿pero es usted?

HORTENSIA. ¿Otra vez por aquí?

LORENZO. Me olvidé la gorra...

HORTENSIA. *(Dando un papirotazo en la campana.)* Qué gorra más extraña lleva la poli [79] ahora... *(Para tranquilizar a* LORENZO, *que tiene mucho por qué temer y lo sabe.)* La de pretextos que inventáis los hombres para caer en nuestros brazos... *(Los extiende.)* ¿Te parece que vaya-

[79] *la poli*: "apropiada la utilización del apócope por Hortensia, pues por su vida pasada ha de pensarse que no debía de estar en muy buenas relaciones con la ley; de ahí una expresión propia de las gentes del hampa" (Fausto Díaz Padilla, p. 149).

mos a medias en lo de la campana? *(Sin esperar contestación.)* Decídete, que se me están cansando. *(Lo dice por los brazos.)* ¿Qué hacías, mal amigo? ¿Pedir la blanca mano de doña Leonor? [80] *(En toda esta escena juega con* LORENZO *como con un ratón.)*

LORENZO. No. Yo... curioseando.

HORTENSIA. Con razón veía yo la argamasa removida cuando venía de noche a removerla yo... "Qué ratas tan amables", pensaba. ¡Chicas ratas! Un hijo como tú me hubiera tocado y sería ahora mismo reina de España... Si no me habías degollado antes, claro. La esperanza de mi vejez, y vienes tú, con tus manos lavadas, a llevarte los anillos.

LORENZO. Pero ¿no removía usted también la losa?

HORTENSIA. *(Sin contestar.)* Dándote comisión de todo lo que gano, y tú haciendo negocios a mi espalda. *(Señala la tumba y la campana.)*

LORENZO. Un momento. ¿No le dan a usted parte la boticaria y Genoveva y Dolores, y soy yo el que trabaja?

HORTENSIA. Yo te las busco. Si no fuera por mí, que te presento en bandeja de plata... *(Se sienta. Él va a hacerlo.)* Eh, sigue, violador de sepulturas. Vamos a desembarazar a doña Leonor, la pobre; así podrá esperar la resurrección mejor dispuesta... *(Medio soñadora, medio infame. Mientras* LORENZO *trabaja en la lápida.)* Yo también tengo historia, como ella. Empecé por ser Horty. [81] Mis veraneos en San Sebastián, mi marrasquino, [82] mis cresa-

[80] La frase proverbial es *renunciar a la mano de D.ª Leonor*: "Equivale a renunciar a lo que nos niegan, afectando desinterés y generosidad. Se trata de una excusa parecida a la de 'Están verdes' de la zorra, de la fábula de Esopo. Según Montoto, procede de la obra *Todo lo vence el amor o La pata de cabra,* de Juan de Grimaldi, muy famosa en el siglo XIX" (Iribarren, p. 423).

[81] *Horty*: "más que la afectividad, interviene el prurito de la moda de poseer un nombre que suene a raro, a extranjero, semejante al de la gente famosa de la pantalla" (Fausto Díaz Padilla, p. 148).

[82] *marrasquino*: 'licor hecho con cierta variedad de cerezas amargas y gran cantidad de azúcar' *(DRAE)*.

tenes.[83] Todo se fue al hoyo de pronto: la guerra nos dejó a todos con las patas colgando. Y eso que fue civil, que si llega a ser militar.[84] Entonces me llamaron *la Negocia.* Hubo que hacer a pelo y a pluma.[85] Hasta portar alijos de Gibraltar, que no sé por qué ahora se hace tanto ruido con ese pueblo: le tengo una manía... Pero sigue... Hacia el año cincuenta, mi nombre era *Hortensia, la Antibiótica...* Después ya fui *Madame Hortense,* con mi casa de niñas. Chist, no hagas ruido.

LORENZO. Cleo me dijo que usted tenía un pensionado de señoritas.

HORTENSIA. Y no te dijo que era un noviciado de ursulinas porque no le llega la imaginación. ¿A quién habrá salido este pazguato?

LORENZO. *(Riendo.)* A su padre, será.

HORTENSIA. Naturalmente que a su padre. Por eso me pregunto que a quién habrá salido... La casa no iba mal. Hasta el decreto despiadado, que nos hizo a todas decentes por ministerio de la ley. Una ruina... Yo perdí la alegría de vivir. Hay que ver el jaleo que forman los del cine... *(Es cierto que en esta escena se oye la banda sonora de un "western".)* Vas a coger el sueño y te descargan en plena sien una ametralladora. Qué ganas de matarse... *(Sigue el relato después de otro trago.)* Luego ya me convertí en esto: en doña Hortensia. Pero estaba hasta más arriba del moño, te lo juro. Y llegas tú, en pleno invierno... Y se me ha puesto de pie la juventud. De pie, como esa muerta... Bebe conmigo. *(Se acerca a él.)* Una vida sin esta peste a incienso: no aspiro a más.

LORENZO. *(Por la losa.)* Eso ya está, doña Hortensia. Écheme usted una mano. Aquí..., en la losa... Vamos. A la una, a las dos, a las tres. *(Pausa. Dejan vencerse la losa, tras la que cae una momia sin ataúd.* LORENZO *deja caer la losa y la enterrada.)*

[83] *cresatenes*: graciosa españolización del nombre francés de una tela lujosa, el *crepe satin.*

[84] Es un chiste que Gala ha repetido varias veces.

[85] Frase coloquial: 'de todo'.

Antonio Gala.

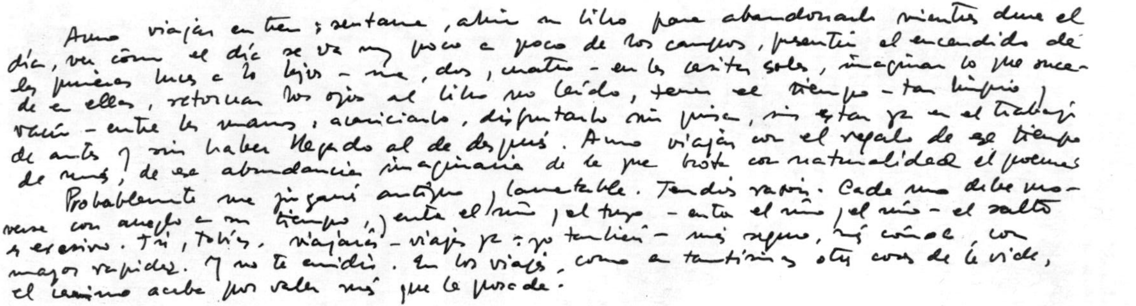

Amo viajar en tren; sentarme, abrir un libro para abandonarlo mientras dura el día, ver cómo el día se va muy poco a poco de los campos, presentir el encendido de las primeras luces a lo lejos – una, dos, cuatro – en las casitas solas, imaginar lo que sucede en ellas, retornar los ojos al libro no leído, tener el tiempo – tan limpio y vacío – entre las manos, acariciarlo, disfrutarlo sin prisa, sin estar ya en el trabajo de antes y sin haber llegado al de después. Amo viajar con el regalo de ese tiempo de más, de esa abundancia imaginaria de la que brota con naturalidad el poema.

Probablemente me juzgaréis antiguo y lamentable. Tendréis razón. Cada uno debe moverse con arreglo a su tiempo, y entre el suyo y el tuyo – entre el mío y el tuyo – el salto es excesivo. Tú, todos, viajaréis – viajáis ya; y yo también – más seguro, más cómodo, con mayor rapidez. Y no te envidio. En los viajes, como en tantísimas otras cosas de la vida, el camino acaba por valer más que la posada.

Texto autógrafo de un artículo (*Viajar*) de Antonio Gala,
escrito el 6 de mayo de 1987.

HORTENSIA. *(No sabemos si habla en serio o no.)* Ay, creí que me agarraba... ¡Qué susto! ¿Qué tiene? ¿Qué ves?

LORENZO. Nada.

HORTENSIA. *(Inclinándose.)* Huy, la condesa está deshecha; que manera de hundirse. Es que son muchos años... ¿Dónde están los collares?

LORENZO. Aquí no hay más que polvo y una correa de hábito.

HORTENSIA. Así era todo: por fuera las alhajas y por dentro la podre. De aquellos lodos vienen estos polvos...[86] ¿Y qué hacemos con tanta porquería?

LORENZO. Se podrían vender los huesos como santas reliquias.

HORTENSIA. Ya nadie quiere de eso. La lápida, sí... Hablaré con don Juanito, un marica anticuario. Tiene la casa como una sacristía, qué asco... Esconde la carroña.

LORENZO. *(Al hacerlo se inclina a recoger algo. Es un libro y un pliego que ha caído del mismo.)* Aquí hay un libro. Y un papel... con un verso.

HORTENSIA. Para versos estamos.

LORENZO. *(Lee.)*

"Muerte infeliz en Portugal arbola
tus castillos. Colón pasó los godos
al ignorado cerco de esta bola.
Y es más fácil, ¡oh España!, en muchos modos,
que lo que a todos les quitaste sola
te puedan a ti sola quitar todos."[87]

[86] Hortensia vuelve a equivocarse. La frase proverbial es al revés: "de aquellos polvos...".

[87] Se trata de los dos tercetos finales del soneto de Quevedo titulado "Advertencia a España de que ansí como se ha hecho señora de muchos, ansí será de tantos enemigos invidiada y perseguida, y necesita de continua prevención por esa causa". Los dos cuartetos dicen así:

"Un godo, que una cueva en la montaña
guardó, pudo cobrar las dos Castillas;
del Betis y Genil las dos orillas,
los herederos de tan grande hazaña.

HORTENSIA. Pues sí que a ti se te podía quitar nada, lucero: muerta más sosa... Y encima amenazando, ¿no te digo? Qué condesa más borde... Arza *pa* dentro otra vez, Leonor Carrillo, poquita cosa... A esperar que te llamen. *(Suben la losa. Pausa.)* Cuánto trabajo para nada. No dan de sí, no, las postrimerías. Cógeme, que me vuelve la tiritera... (LORENZO *la lleva con una mano sobre su hombro.*) ¿No tienes otro sitio donde poner las manos? Ay, esto es vida y nos los jubileos de las cuarenta horas... A mí la muerte me emborracha.

LORENZO. Y el orujo.

HORTENSIA. No he bebido nada... *(Invitándolo a besarla.)* ¿No ves que he cerrado los ojos? *(Se ríe.)* Para ti no es nada y para mí es mucho... *(Con los ojos cerrados.)* ¡Ay, que me va a dar algo! ¡Ay, que me va a dar algo! *(Aparece* CONSUELITO *en su puerta. Le tira a* HORTENSIA *una zapatilla.)*

CONSUELITO. ¡Le dio!

HORTENSIA. *(Abre los ojos. Disimula muy mal.)* Yo soy sonámbula. ¿No te lo crees? Sonambulísima... *(Por su traje.)* Y esto... es mi camisón...

CONSUELITO. Pues qué camisón más raro. Parece enteramente un traje de furcia del año la pera. [88]

HORTENSIA. *(A la descubierta.)* ¿Qué pintas tú aquí, cochambrosa, corroída de envidia? A tu marido se lo contaré. Lorenzo, expúlsala de nuestra alcoba. Yo soy libre, ¿te enteras? Viuda de toda la vida. Libre de ir y venir y de acostarme con quien se me antoje...

CONSUELITO. Si se deja. Eso no es cosa mía. Yo vengo a vomitar, que es lo mejor que una puede hacer en esta

---

A Navarra te dio justicia y maña,
y un casamiento, en Aragón, las sillas
con que a Sicilia y Nápoles humillas
y a quien Milán espléndida acompañas..."

(Francisco de Quevedo: *Obra poética,* edición de José Manuel Blecua, tomo I, Madrid, ed. Castalia, 1969, p. 218).

88 *del año la pera*: "se refiere a un suceso ocurrido en un tiempo pretérito, nebuloso en la mente del hablante y del que apenas si se tiene conocimiento o recuerdo alguno" (Fausto Díaz Padilla, p. 207).

casa. *(Al pasar, cubre la jaula del jilguero con un paño.)* Tú no mires, *Tarsicio. (Entra en el retrete.)*

HORTENSIA. Defiéndeme, Lorenzo. Estoy deshonrada. Di algo, que yo estoy oxidada: con la lengua que yo tenía, que daba horror oírme. Di algo. (HORTENSIA *se deja caer sobre* LORENZO, *pero él se retira y se da la gran costalada contra el diván.)* ¡Ay...!

LORENZO. ¿Se ha hecho usted daño?

HORTENSIA. Ay, qué mala me he puesto. Ay, qué mareo. Ay, qué sudores fríos... Dile a esa arpía que salga del retrete, que voy a pasar yo. Qué fin de fiesta.

LORENZO. Consuelito... *(Sale* CONSUELITO. *Se acerca* HORTENSIA, *pero va a pasar de largo.* CONSUELITO *la coge y la empuja adentro.)*

CONSUELITO. Por aquí, borrachona. *(Cierra la puerta con llave.)* De buena te he librado, amor de mis entrañas.

LORENZO. Vaya nochecita...

HORTENSIA. *(Dentro.)* ¡Ay...!

CONSUELITO. Si esa pelandusca [89] tiene un baúl, yo tengo una cajita. Nadie la ha visto, pero ya es hora de que te la enseñe. *(La busca por alguna parte.)* Todo lo mío está guardado aquí... Bueno, todo ya no. *(Enseña una foto.)* Mira: yo a los seis meses. *(Ante el silencio del otro.)* Qué graciosa...

LORENZO. *(Sin mucho interés, esa es la verdad.)* ¿Esto?

CONSUELITO. No; eso es el almohadón. Yo soy lo que hay encima desnudito. *(Cambiándose.)* Bueno, me pondré al otro lado porque con este oído no te enteras de nada y no vamos a ponernos a pregonar... A mí estas escenas de amor cuchicheadas no me gustan ni pizca, pero ya tendremos tiempo de gritar en Orleáns... Esta muñeca se llama Marga. La falta un ojo, pero lo tiene dentro. *(La sacude.)* ¿Lo oyes? Tú qué vas a oír... Mira: los lazos de mis trenzas. Te regalo uno.

LORENZO. *(Con cierto asco.)* ¿Para qué sirve esto?

89 *pelandusca*: 'prostituta, ramera' *(DRAE)*. Alcalá cita un ejemplo de Muñoz y Pabón: "te atrapará, el día en que yo falte, la primer pelandusca que te ponga los puntos" (*El buen paño,* p. 97).

CONSUELITO. Guárdalo. Traerá suerte...

HORTENSIA. *(Dentro.)* ¡Ay...!

CONSUELITO. El día que me las cortaron lloré mucho. Más que cuando me casé. Me dolían las puntas de las trenzas. Y ya no las tenía. Con estos papelitos de colores me pintaba la cara... Tenía la piel de color chochomona: [90] qué fea... Y me pintaba. Con el colorado, los carrillos; con el azul, los ojos. Estaba más bonita...

LORENZO. Parece que te estoy viendo.

CONSUELITO. En Orleáns no los necesitaré. *(Los tira por el aire. Le enseña una foto.)* Mira...

LORENZO. ¿Y este indio quién es?

CONSUELITO. Ese indio es mi madre vestida de pitonisa. Estas conchitas son de una vez que fuimos a comer a la playa...

HORTENSIA. *(Dentro.)* ¡Abridme!

CONSUELITO. ¡Silencio! Ibamos tan contentos los tres. Mi madre, mi padre y yo. De pronto, a la hora de comer, nos cayó el chaparrón más grande que he visto yo en mi vida. ¡Qué vergüenza! Con decirte que se nos deshizo la tortilla. Mi madre, en lo del tiempo, profetizaba mal. Me acuerdo que mi padre le fue pegando pescozones hasta que llegamos a techado. A la mañana siguiente amaneció él con pulmonía. Le estuvo bien: eso pasa por pegarle a una mujer.

LORENZO. Y... ¿no sería por el remojón?

CONSUELITO. Puede, ahora que lo dices... ¿Te aburres conmigo, Lorenzo?

LORENZO. Qué disparate. Estar contigo es como ir a la verbena.

CONSUELITO. Gracias... Mi saltador. *(Salta a la comba.)*

LORENZO. Chist. No hagas ruido.

CONSUELITO. Es verdad. *(Como una niña.)* Vámonos a Orleáns, Lorenzo, vámonos.

[90] *color chochomona*: *chocho* es 'altramuz' (Alcalá), pero también 'coño'. La palabra compuesta alude a un color rosa o desteñido, poco grato.

LORENZO. Sí, es el momento de irse... No se debe matar a la gallina de los huevos de oro...

CONSUELITO. ¿Qué huevos son ésos?

LORENZO. Nada. Mañana hay que salir.

CONSUELITO. *(Casi entristecida.)* ¿Mañana ya...? Si quieres, esperamos... Si lo haces por que yo salte a la comba... Ahora no debo hacer ejercicios violentos... *(Vuelve a sentarse.)* Ah, voy a decirte la sorpresita [91] de antes. ¿Sabes dónde la guardo? *(Señalándose el vientre.)* Aquí.

LORENZO. *(Horrorizado.)* ¿Qué?

CONSUELITO. Aquí, Lorenzo: vamos a ser padres.

LORENZO. ¿Tú y yo?

CONSUELITO. No. Yo, madre. Por eso andaba tan vomitona estos días. *(Pausa.)* ¿No te alegras? ¿Es que has perdido el habla?

LORENZO. Sí; he perdido absolutamente todo el habla.

CONSUELITO. Yo creí que lo ibas a tomar de otro modo. Claro, que de alegría hay mucha gente que se queda muda. Qué bien, ¿verdad? ¡Qué buen padre eres! *(Toma la mano de él, se la lleva a su vientre.)* Aquí tu padre. Entérate bien, luego no te armes líos... Aquí tu hijo, Lorenzo. Tiene los ojos más grandes, pero es clavado a ti... Nacerá en Orleáns. [92] Tú tocarás al alba y yo estaré dando a luz cerca de las campanas. El niño se asustará con tanto alboroto, [93] pero yo le diré *(Se ha quedado con el muñeco en los brazos)*: "Calla, calla; es tu padre que tiene esa manera de ponerse contento." Nos pasearemos del brazo em-

[91] "Lo que para el hablante constituye la más noble emoción, para el oyente es una cruel ironía" (Fausto Díaz Padilla, pp. 221-222).

[92] El nacimiento del niño va unido a la ilusión de la nueva vida, en Orleáns. Recuérdese lo que dice Lázaro, en *Las cítaras colgadas de los árboles*: "Cada vez que un niño nace, nace el mundo." Y el Joven, en *El caracol en el hormiguero*: "Los niños. Las rodillas, los ojos, las manitas. Casi redondos, como el mundo. Es que cuando nace un niño, nace el mundo."

[93] Este toque de campanas tiene valor simbólico para Consuelito, según Fausto Díaz Padilla: "presagia el comienzo de una vida muy diferente a como se la imaginaba y de su final trágico" ("Prólogo" en *Obras Selectas*, p. XXIV).

pujando el cochecito. Se llama Cleofás, si no te importa. Mi marido era bueno... De todas formas, por si te molesta, yo lo llamaré *Sultán*. Y va en el cochecito señalando las nubes, porque él quiere ser artista como su padre. Tú le irás enseñando... Como a mí... En Orleáns todo es distinto...

LORENZO. *(Con algo de ternura.)* ¡Pobre mujer!

CONSUELITO. Pobre, no. Me llevaré mi cajita. Me llevaré mi niño puesto... Pobre, no. (LORENZO *le pasa una mano por el hombro, compadecido o atraído. Al muñeco.)* "Calla, calla: que no es la guerra, tonto. Cállate." *(Ternísima, comienza a cantar una nana:)*

Campanero es tu padre;
yo, trapecista,
y sacristán tu tío,
que canta en misa.
¡Viva mi niño!
Con el toque del alba
se me ha dormido. [94]

(LORENZO, *vencido por ese algo especial de* CONSUELITO, *la abraza.)* Ahora no, Lorenzo; ahora, no. ¿No ves que acaba de quedarse dormido? *(Y dulce, ridícula, maravillosa, acunando al muñeco, ante el asombro de* LORENZO, *se introduce en el dormitorio de* CLEOFÁS.)

OSCURO

[94] Evidentemente, Gala ha compuesto esta nana —irónica y lírica, a la vez— aplicando elementos de su comedia a un esquema métrico y sintáctico habitual en muchas nanas populares, en las que un villancico navideño se emplea luego como canto de cuna. Por ejemplo, ésta que recoge José Pérez Vidal:

"El niño de María
no tiene cuna;
su padre es carpintero
y le hará una"

(*Folklore infantil canario,* Ediciones del Excmo. Cabildo Insular de Gran Canaria, 1986, p. 381). Agradezco la ayuda bibliográfica de Ana Pelegrín, estudiosa de la literatura infantil.

CUADRO SEGUNDO

Sale del dormitorio CONSUELITO, *sola. Empieza a limpiar activamente el polvo. Al llegar a su silla, la acaricia un poco, la besa: se despide.*

CONSUELITO. *Tarsicio,* bonito, hoy me voy a Orleáns. ¿Por qué no cantas? *(Entra en la iglesia* CLEOFÁS. *La mira silencioso un momento. Viene con algunos candelabros.)*

CLEOFÁS. Buenos días.

CONSUELITO. Saliste muy temprano esta mañana. No te oí levantarte. ¿Adónde fuiste?

CLEOFÁS. Al río. Estuve paseando por la orilla. Estaban los juncos mojados. Mira cómo vengo... Y el día estaba quieto, más claro... He estado pensando en muchas cosas... *(Se sienta y limpiará los candelabros.)*

CONSUELITO. *(Que ha ido por unas zapatillas y se las alarga.)* Toma. Y trae que te seque esos zapatos, que luego deja cerco la humedad. *(Lo hace.)* ¿Por qué no me llamaste? Con lo que a mí me gusta ir al río.

CLEOFÁS. Allí te vi la primera vez. Tú no te acuerdas. (CONSUELITO *se detiene unos segundos, de espaldas, atenta, sin querer estarlo.*) Iba buscando yerbas de olor para el monumento de Jueves Santo. Tú estabas sentada, hablando sola, con los pies dentro del agua.

CONSUELITO. No estaba hablando sola. Hablaba con Marga.

CLEOFÁS. Por Marga no quise despertarte esta mañana. La tenías abrazada igual que a una niña chica.

CONSUELITO. Ya no se llama Marga. Y no es una muñeca, es un muñeco. Se llama... *(Se detiene a tiempo de no decir el nombre.)* Bueno, yo lo llamo *Sultán*. Siendo ya mayorcita tuve un gato que se llamaba *Sultán*. No quería a nadie más que a mí. Un mes de enero desapareció. Volvió mucho tiempo después, echando sangre por todas partes: reventado, yo creo. Volvió para morirse...

CLEOFÁS. *(Comenzando una serie de réplicas paralelas.)* Los paños del altar de Santa Engracia están llenos de polvo.

CONSUELITO. *(Con las manos sobre el vientre.) Sultán* se llamaba también... Era yo mayorcita...

CLEOFÁS. Habrá que lavarlos uno de estos días.

CONSUELITO. Una noche fuimos a la verbena de San Pedro y me compraste media docena de claveles. Todavía los tengo.

CLEOFÁS. Y el coro está lleno de telarañas. Mañana cogemos una mesa y la escoba y hacemos zafarrancho, ¿quieres?

CONSUELITO. "Si algún día me entero de que me engañas —me dijiste—, te pego un tiro y después me pego yo otro." Yo me lo creí, y luego ni tiro ni nada.

CLEOFÁS. Esta vez calzaremos bien la mesa, no vaya a pasar lo que en noviembre..., cuando te caíste encima del órgano. Sonó tan fuerte, que se desprendieron tres metros de cornisa...

CONSUELITO. Esta chaqueta habrá que guardarla. Ya no va a hacer más frío.

CLEOFÁS. Mañana o pasado, ¿qué prisa tienes? *(Se miran unos instantes.)*

CONSUELITO. Mañana... *(Poniéndole sobre las rodillas un paño.)* Las manchas de ese limpiametales no hay quien las saque después... Ah, tu sotana es mejor cepillarla con un cepillo mojado en agua de té calentita, ¿te enteras? Yo siempre lo he hecho así. *(Va a limpiar la jaula.)* Es mío, ¿no?

CLEOFÁS. *(Levanta los ojos.)* Fue lo único que trajiste cuando nos casamos... *(Queda recordando.)*

CONSUELITO. Voy a soltarlo, me parece. En la jaula no puede ser feliz. Que se vaya por ahí él también.

CLEOFÁS. *(Bajito.)* ¿También?

CONSUELITO. Que se busque la vida, como *Sultán*, como todos. *(Abre la jaula.)* Adiós, *Tarsicio*. Vete, *Tarsicio*. El alpiste no sirve para nada. Hay cosas mucho más importantes que el alpiste... Egoísta, cerdo, tragón. Si no te diera nadie de comer, ya verías cómo te ibas a buscarlo.

CLEOFÁS. A lo mejor se queda porque... porque quiere su jaula. Hay mucha gente así. (CONSUELITO *sufre un pequeño mareo.*) ¿Qué te pasa, Consuelito? Si estás sin parar de un lado para otro...

CONSUELITO. Es que hoy quería limpiar muy bien la casa antes de... antes de abrir la tómbola.

CLEOFÁS. Ya se acabó la tómbola. No la necesitamos. mañana la desmonto.

CONSUELITO. Te ayudaré a ti. (CONSUELITO *limpia candelabros, tomando el limpiador del mismo frasco que* CLEOFÁS.)

CLEOFÁS. ¿Y mi madre?

CONSUELITO. Fue al mercado.

CLEOFÁS. ¿Y... Lorenzo?

CONSUELITO. No sé. Salió.

CLEOFÁS. ¿Llevaba una campana?

CONSUELITO. No me fijé.

CLEOFÁS. ¿No te fijaste si llevaba una campana a cuestas?

CONSUELITO. Yo la vi, ahí, desmontada...

CLEOFÁS. *(Mintiendo.)* Tenía el yugo flojo... Le mandé que la llevase a componer.

CONSUELITO. *(Se miran.)* ¿Se lo mandaste tú?

CLEOFÁS. No. No tenía el yugo flojo. Y no le mandé nada... En el fondo, lo único importante es que tenemos que morirnos. El caso es esperar la muerte un poco acompañados. No hay que hacerse ilusiones...

CONSUELITO. Ha creído que le estaba gastando una broma.

CLEOFÁS. ¿Quién?

CONSUELITO. *Tarsicio.* Ha creído que le iba a cerrar la puerta cuando fuese a salir.

CLEOFÁS. Eso nos pasa a todos. Nos escapamos, casi, algunas veces. Pero alguien que está del otro lado acaba siempre por darnos con la puerta en las narices... Lo más que hacemos es pasar de una jaula a otra más grande.

CONSUELITO. Hay hechas trescientas quince estrellas. Pero a setenta y dos les falta por poner la ráfaga...

CLEOFÁS. No te preocupes de eso.

CONSUELITO. Es que una estrella sin ráfaga da mucha pena verla. *(Desde la calle entra* HORTENSIA, *en pleno rapto de furor.)*

HORTENSIA. Me duele la cabeza. Que nadie me diga nada, porque le suelto un bufido. Tengo aquí en el occipucio un solideo morado. Como un obispo. Ay, que nadie me vaya a decir media palabra. ¿De dónde ha salido tanto candelabro?

CLEOFÁS. De la cripta. Los tenía yo guardados bajo llave.

HORTENSIA. No sé a qué venía esa desconfianza... ¿Para qué quiere nadie un candelabro? A ver... *(Toma uno.)*

CLEOFÁS. Por si las moscas...

HORTENSIA. Ignoro a qué moscas te refieres, pero no me gusta ese tono de voz. Y en prueba de ello, toma. Disfruta. Es de la monjita esa argentina. Dice que mi primo Sabas Laguna descansó en el seno del Señor hace cinco días.

CLEOFÁS. *Requiem aeternam dona eis, Domine.*

HORTENSIA. *(A su pesar.) Et lux perpetua luceat ei.* El escándalo que estará armando en el seno del Señor el sinvergüenza ése. Lee, aquí. *(Le da la carta.)*

CLEOFÁS. *(Leyendo.)* "Nuestra Orden tiene por misión cuidar a enfermos desahuciados desprovistos de medios. Pero como su primo nos comunicó que usted se encuentra en una muy brillante posición económica y nos hizo elogios de su caridad...”

HORTENSIA. Esa monja comulga con ruedas de molino.[95]

CLEOFÁS. “... nos atrevemos a solicitar una limosna para nuestro hospital, en memoria y remedio del alma de su primo Sabas Laguna, que tanto la quería.”

HORTENSIA. ¡Toma del frasco! ¡Vaya un tío de América!

CONSUELITO. (*A* CLEOFÁS.) Cuando quites los paños morados el día de Resurrección no los guardes sin antes sacudirlos.

HORTENSIA. He dicho cien veces que no quiero que me hable nadie. (LORENZO *aparece en la puerta de la calle. Al ver a los otros tres, quiere retirarse y lo hace, pero* CLEOFÁS *lo había visto.)*

CLEOFÁS. Buenos días, Lorenzo.

LORENZO. *(Entrando.)* Buenos días. ¿Qué tal se ha descansado?

HORTENSIA. ¡Descansar! Descansar en esta casa va siendo ya muy difícil.

LORENZO. ¿Cómo? *(Cazurro todavía, con la mano en la oreja.)*

HORTENSIA. *(Gritando.)* ¡Que muy mal! *(Dañada por su grito.)* Ay, mi cabeza.

LORENZO. Yo... creí que a esta hora... no iba a haber nadie aquí...

CLEOFÁS. Ya, ya me lo figuro...

LORENZO. Y está el pleno. *(Echándolo a buena parte.)*

CLEOFÁS. Te estábamos esperando.

LORENZO. *(Asustadillo.)* ¿A mí? ¿Por qué?

CLEOFÁS. Porque quería que oyeras una nota que manda el Obispado. La firma el secretario.

HORTENSIA. Hoy es el día de cartas.

CLEOFÁS. Dice así *(Abre un papel. Lo lee.)*: “En nombre del señor Obispo tengo a bien poner en su cono-

[95] *comulgar con ruedas de molino* (figurado y familiar): 'tragárselas como rueda de molino' *(DRAE).*

cimiento que, conforme a su solicitud —está dirigida a don Remigio—, queda usted relevado de su oficio de párroco por razones de edad y de salud, siendo sustituido por don Manuel Castresana Ruiz, quien tomará posesión de la parroquia el próximo sábado día siete de los corrientes."

HORTENSIA. Lo que faltaba para el duro. Esto es el sálvese quien pueda. ¿Qué te decía, Lorenzo? ¿Lo estás viendo...?

LORENZO. Y ¿qué... piensas hacer?

CLEOFÁS. No he terminado. *(Lee.)* "Asimismo el señor Obispo ha decidido que Lorenzo Gutiérrez, campanero de esa parroquia, sea ascendido, en virtud de sus méritos, a campanero mayor en la antigua catedral de Orleáns." ¿Comprendes?

LORENZO. *(Baja los ojos.)* Sí.

HORTENSIA. ¿A Orleáns? Pero ¿qué barullo es ése? Ahora soy yo la sorda. Debe de ser mi cabeza.

CONSUELITO. A Orleáns... *(A* CLEOFÁS.*)* ¿Por qué no me lo dijiste antes?

CLEOFÁS. No estaba decidido todavía. Hasta hoy mismo dudaban en el Obispado si mandar a Orleáns a Lorenzo o a mí.

HORTENSIA. ¿A ti? Y pensábamos que don Remigio estaba como una cabra. Comparado con el obispo es Ramón y Cajal. En fin, tendré que hacerme a la idea de Orleáns. Viva el turismo...

CLEOFÁS. ¿Cuándo te vas?

LORENZO. Pues... yo creo que ahora mismo..., si te parece.

CLEOFÁS. Sí; cuanto antes. Estas cosas, cuanto antes.

LORENZO. Tengo hecha la maleta.

CLEOFÁS. Ya la vi esta mañana. Pero se te olvidó meter las cosas de afeitar.

HORTENSIA. Espera un poco, hijo. Me ha pillado así, tan desprevenida. Espera un poco. *(Yendo hacia su cuarto.)* *(*CONSUELITO *busca su cajita. Guarda la muñeca. Se interpone reiteradamente en los movimientos de* LORENZO, *que* *va a la repisa de la barbería, toma sus avíos, los guarda en la maleta, siempre con la vista baja. Pausa.)*

CLEOFÁS. Enhorabuena por el nombramiento. *(Sale* HORTENSIA *con un envoltorio hecho rápidamente, que guarda en su baúl.)*

HORTENSIA. Este es mi equipaje, Lorenzo. *(Él no la atiende. Pausa.)* Esta es mi arca, Lorenzo. *(*LORENZO *cierra la maleta. Pausa.)* Te digo que ésta es mi arca.

CLEOFÁS. Ya lo hemos oído, mamá. *(Va a salir* LORENZO. CONSUELITO *se interpone en la puerta.* CLEOFÁS *la aparta con delicadeza. Pausa.)*

CONSUELITO. *(No sabemos a quién lo dice.)* Voy a tener un hijo.

CLEOFÁS. Lorenzo ya lo sabe, Consuelito... Y se alegra mucho, ¿verdad, Lorenzo? *(*LORENZO *hace un gesto vago y avergonzado.)*

HORTENSIA. Lo sabía. No quería creerlo, pero lo sabía. Se han reído de mí. Se han estado riendo de mí. Detenlo, Cleofás. Se lleva nuestro dinero. Se lo lleva todo. Para eso le ha servido el uniforme.

CLEOFÁS. Cálmate, mamá. Te duele la cabeza.

HORTENSIA. Se lo he dado yo. Yo se lo he dado...

CLEOFÁS. ¿Por qué le ibas tú a dar dinero a Lorenzo? Adiós, y muchas gracias por habernos hecho tanta compañía a los tres. Nos ha servido de mucho que vinieras. Adiós. *(Pausa. Sale* LORENZO.*)*

HORTENSIA. ¡Se lo lleva todo! ¡Se lo lleva todo! *(*CONSUELITO*, con un hilo de voz, sentándose en su silla, de espaldas a todo. Pausa.)*

CONSUELITO. Lorenzo... Yo iba a irme a Orleáns. *(Se levanta* CONSUELITO.*)*

HORTENSIA. El amor llega demasiado tarde y se larga demasiado pronto. Siempre pasa lo mismo.

CLEOFÁS. *(Volviendo a sus candelabros.)* El amor es envejecer juntos. Lo demás son guarradas.

HORTENSIA. Sí, sí, guarradas... *(Escéptica en eso.)* ¿Qué va a ser de mí? ¿Qué haré mañana? ¿Y pasado mañana? ¿Y dentro de treinta años?

CLEOFÁS Dentro de treinta años estarte quietecita. Como doña Leonor.[96] Hasta entonces, lo que todos: empezar cada día.

CONSUELITO. En Orleáns las casas son alegres. La gente se sonríe y va despacio mirando escaparates...

CLEOFÁS. ¡Orleáns es mentira!

CONSUELITO. *(Repite algo que alguien le ha contado.)* Los árboles son altos y dan flores azules. Él me había dicho que el amor, en Orleáns... *(No puede continuar.)*

CLEOFÁS. En Orleáns no lo hay. El amor es decir sí de una vez y tirar para *alante.*

HORTENSIA. Hablando de amor ellos, ¿no te joroba? *(Se levanta* CONSUELITO.*)*

CLEOFÁS. ¿Qué haces?

CONSUELITO. Las ráfagas para las setenta y dos estrellas...

CLEOFÁS. Ya tendrás tiempo. Necesito pedirte perdón.

HORTENSIA. Ay, a mí es a quien tenéis todos que pedirme perdón.

CLEOFÁS. Esta mañana he estado a punto de huir. De seguir río abajo y no volver ya más...

CONSUELITO. *(Se ha vuelto a sentar.)* En Orleáns todos somos guapos y listos.

CLEOFÁS. ¡Orleáns es mentira!

CONSUELITO. Y la felicidad es como un café con leche, que se toma y ya no te vuelves a acordar más. En Orleáns, al llegar, nos ponen un niño chico en brazos...

CLEOFÁS. Soñando no se puede ser feliz. Sólo se hace perder días de vida: mala o buena, de vida. La felicidad es un trabajo: esta mañana lo he sabido. Hay que abrir bien los ojos, no cerrarlos; estar muy bien despiertos. Y así y todo, así y todo...

[96] Comenta este uso Fausto Díaz Padilla: "Cuando el uso del diminutivo se colorea con cierta matización irónica, el valor empequeñecedor propio del sufijo queda trastocado (...) Esta función ponderativa queda sujeta a la intencionalidad y a la circunstancia en que se produce, llegando a poseer un verdadero sentido superlativo" (p. 220).

HORTENSIA. *(Porque no le hacen caso.)* No sé de qué me habla este redicho.

CLEOFÁS. No te hablo a ti, mamá: tú no tienes remedio.

HORTENSIA. *(Más humana.)* Yo he vivido tiempos en que me trajo al fresco la felicidad. Lo mío era vivir. Y mírame...

CONSUELITO. No nos gustaba nuestra vida, igual día por día. En Orleáns íbamos a ser otros.

CLEOFÁS. Nosotros somos éstos. Nos decían: "Y la princesa se casó con el príncipe." No hay princesas. No hay príncipes. Todo tiene su precio, y hay que saber pagarlo.

CONSUELITO. *(Que ha partido una ráfaga.)* No nos gustaban estas manos de queso, que todo lo rompían. Me engañaron...

CLEOFÁS. La vida no nos engaña nunca: está ahí. Nos engañan los sueños, Consuelito. *Procul recedant somnium.*

HORTENSIA. Por mucho latín que sepas, a ti lo que te pasa es que eres de izquierdas.

CLEOFÁS. A mí lo que me pasa es lo que a todo el mundo: que no quiero quedarme solo.

HORTENSIA. Déjame de sandeces. Yo sólo sé que tengo un pie en la tumba fría y se han reído de mí. Se han estado riendo de mí. Maldita carta; si no fuese por ella, no me habría enterado por lo menos. *(Va a romper la carta que* CLEOFÁS *dejó sobre la mesa.)* ¡Esta es tu letra! ¡La has escrito tú! Este papel no es del Obispado. Ya me extrañaba a mí toda esa murga de Orleáns... ¿Qué has hecho, imbécil?

CLEOFÁS. Es igual, mamá. Iba a irse. Lo único que he hecho es abrirle la puerta para que no tuviera que huir por la ventana. Los arribistas siempre son así: pescan en río revuelto. Si cambia la corriente se mudan de chaqueta. Su oficio es aprovecharse del miedo de los otros, de su debilidad.

HORTENSIA. *(Cogiendo del asa su baúl.)* Pues yo ni tengo miedo, ni soy débil. ¡Me voy! *(Espera que la detenga su hijo.)* ¡Que me voy!

CLEOFÁS. Vete. Sabes perfectamente dónde encontrarlo. En cualquier tienda de antigüedades, vendiendo las que ha ido poco a poco llevándose de aquí. Tú eres la única antigüedad que él no ha querido... *(Quiere hacerle daño.)*

HORTENSIA. ¿Así le hablas a tu madre?

CLEOFÁS. *(Terminando el asunto.)* No se es madre por traer gente al mundo... *(A* CONSUELITO.*)* Ni se es padre por haber hecho un hijo, sino por todo lo que va viniendo luego...

CONSUELITO. En Orleáns las estrellas son de estrella...

HORTENSIA. *(Pactando.)* Está bien; de momento, tampoco cambia el párroco. No deja de ser una buena noticia después de este berrinche...

CLEOFÁS. El párroco cambiará un día u otro: eso no importa ya.

HORTENSIA. *(Como un hallazgo.)* Ya comprendo, hijo mío. Qué ardid. Podemos asegurar que el campanero desapareció con todo lo que falta. Nos lavamos las manos. Que le echen un galgo a ese granuja. Que le busquen en Orleáns. *(Ríe.)* Nosotros hemos sido los primeros damnificados. Quién iba a sospecharlo... ¿Quién dijo que eras tonto, Cleofás?

CLEOFÁS. Tampoco será así. Por fin me encuentro libre. No me importa quién venga. Lo que hemos hecho no es demasiado grave: querer vivir. Qué cosa. Pueden echarnos de aquí... *(Gesto de indiferencia.)* En la capilla de Santo Tomé no se termina el mundo. Quizá de esa puerta para dentro sea donde se termina. Donde hemos ido dejando perderse tantos buenos días nuestros entre estas piedras que también tuvieron los suyos. Intentando poner remiendos, fregaderos, retretes: vivir en un sitio que no estaba hecho para eso... En medio de tanta solemnidad, todo resulta falso: hasta el pan, hasta esta jarra...

CONSUELITO. ¡Orleáns!

CLEOFÁS. Y lo falso es lo otro. Esta madrugada, por el río, iba yo pensando lo español que es todo esto: nos hartamos primero de darnos puñetazos, y después, como quien no ha hecho nada, nos sentamos a soñar el mejor de los mundos: un Escorial de plástico...

CONSUELITO. ¡Orleáns!

CLEOFÁS. Locos. ¡Que estamos locos! Yo prefiero ser como el burro de Fedro, al que nadie puede ponerle más que una sola albarda. Cuando me echen, pelaré[97] por las calles hasta que el niño nazca. Que nazca en la pura calle, libre de elegir su parroquia o de no elegir ninguna. Si la felicidad viene, bien venida. Y, si no, que la zurzan. Ya arreglaremos cuentas con quien sea, al final...

CONSUELITO. El niño iba a llamarse Cleofás...

HORTENSIA. *(A* CONSUELITO *en un picotazo.)* ¡El niño será niña!

CLEOFÁS. *(A su madre.)* Si es niña se llamará Esperanza... *(A* CONSUELITO, *con su Marga.)* ¿Adónde vas?

CONSUELITO. Voy a tocar el ángelus...

HORTENSIA. *(En un grito.)* ¡No es hora!

CLEOFÁS. *(Por defender a* CONSUELITO.*)* Siempre es hora para eso.

HORTENSIA. ¡Además, no hay campanas! ¡La última la acabo de vender! *(A* CLEOFÁS, *desafiante.)* ¡Como lo oyes!

CLEOFÁS. *(A* CONSUELITO.*)* Ya no quedan campanas, Consuelito...

CONSUELITO. *(Encogiéndose de hombros.)* Tocaré en Orleáns.

CLEOFÁS. No digas tonterías. Ven aquí...

CONSUELITO. *(Niega.)* Tengo que subir...

CLEOFÁS. Pero ¿adónde vas?

CONSUELITO. A Orleáns.

HORTENSIA. *(Malvada.)* ¡Vaya caso que te hace!

CLEOFÁS. *(A su madre, distrayéndose unos segundos de* CONSUELITO, *que, ajena, sigue subiendo.)* ¡Calla!

HORTENSIA. ¿Quién eres tú para mandarme?

CLEOFÁS. El cabeza de familia.

[97] *pelar*: 'estar hirviendo, extremadamente caliente' (Alcalá). De ahí puede pasar, figurado, a: 'pasarlo mal, consumirse'.

HORTENSIA. ¿Y yo qué soy? ¿El pompi? [98]

CLEOFÁS. ¡Cállate!

CONSUELITO. *(Bajito.)* En Orleáns no se pelea nadie...

CLEOFÁS. No es la hora del ángelus... ¡Baja, Consuelito!

CONSUELITO. En Orleáns es siempre mediodía.

CLEOFÁS. ¡Baja! ¡Orleáns es mentira!

CONSUELITO. No... Es verdad... Lo único que es verdad... *(*CONSUELITO *se pierde por arriba. Corre* CLEOFÁS. *Sus últimas palabras las escuchamos fuera.)*

CLEOFÁS. Vuelve, Consuelito. Espera... ¡No! ¡Eso no! *(Baja inmediatamente. Abatido. Deshecho. Mira a* HORTENSIA. *Pausa.)* Se ha... Se ha caído.

HORTENSIA. *(Mirándolo.)* Sí, sí..., caído. ¡Ahora abrirán una investigación! *(Tras un segundo,* CLEOFÁS, *sin dudarlo más, sale a la calle.)* ¡Ay, tonta hasta el final! ¡No ha servido ni para vivir! *(Comienzan a descender las campanadas reales del ángelus.)* ¿Qué son esas campanas? ¿Un milagro? Gracias, Señor. *(Tono maldito.)* ¡Por lo menos queda algo que vender! *(En trágica, farsante, yendo hacia la calle.)* ¡Consuelito, hija mía! ¡Qué desgracia más grande! *(Sale. Después de unos segundos, en que la escena aparece como inútil y sola, la* VOZ DE DON REMIGIO: *"Feligreses..., feligreses..., feligreses..." Mientras cae lentamente el*

TELÓN)

[98] Es muy propio de Hortensia este contraste entre el lenguaje desgarrado y el eufemismo cursi.

ANILLOS
PARA UNA DAMA

Reparto

JIMENA...	María Asquerino.
REY ALFONSO VI. ...	José Bódalo.
MINAYA..	Armando Calvo.
MARÍA	Charo López.
CONSTANZA	Margarita García Ortega.
OBISPO JERÓNIMO ...	Estanis González.
Escenografía	VICENTE VELA.
Vestuario	ELIO BERHANYER.
Dirección	JOSÉ LUIS ALONSO.

Esta obra se estrenó en el Teatro Eslava, de Madrid, el día 28 de septiembre de 1973.

PALABRAS DEL AUTOR

La protagonista de *Anillos para una dama* dice: "Los actores que representan una historia sin los trajes, ni los objetos, ni las palabras adecuadas; sin todo el *atrezzo* que corresponde a esa historia, pueden parecer locos... Pero más locos son los que creen estar representando la Historia verdadera."

De nuevo cuento hoy una historia española. Sin embargo, en esta ocasión utilizo la Historia de España en cierto modo. (Acaso sea la Historia el único río en que nos podemos bañar más de una vez: cualquier cronología es una convención). Por eso *Anillos para una dama* tiene adrede un aspecto intemporal: es más real así. Porque la nulidad no se opone a los relatos inventados, sino a los "mundos" inventados.

¿Qué sucede en un pueblo cuando la muerte le arrebata a quien lo guía? ¿Se tolerará a los que lo rodeaban apearse del pedestal que con él compartieron? ¿Qué será de Jimena sin el Cid? Yo me he permitido contestar imaginando unas horas, no muchas, al margen de la Historia rigurosa.

Jimena, aquí, sabe bien lo que quiere: ser ella misma. Minaya también lo sabe, pero es demasiado fiel a lo que ha muerto, y eso le impide transformar el futuro. La hija del Cid sostiene aún una fe que además le es rentable. Constanza —todos los desprovistos— será devota o venal, según los casos... En estas circunstancias, como suele, el triunfo del poder político y el religioso es inevitable: a ambos los mueve sólo el deseo de seguir siendo poderes. Ellos "hacen" la Historia: Jimena se resigna a su papel de personaje con la dudosa esperanza de que, en un posible porvenir, alguien alcance la libertad que a ella le fue negada.

Como siempre, recurro a la participación de los espectadores: aspiro a que los que no se interesen por razones más hondas, se emocionen al menos ante la desventura de un amor prohibido. Quizá baste con eso.

A. G.

El escenario en *Anillos para una dama.*

ESCENARIO

Bastará una cámara en unos tonos neutros. Quizá alguna vaga sugerencia morisca que distinga las localizaciones.

El mobiliario imprescindible, requerido por el diálogo.

A cargo de la luz quedará lo demás.

Es importante la utilización de distintos niveles.

VESTUARIO: *El vestuario, que al principio es de época, aunque no muy marcado, luego va modernizándose. Pero no se debe hacer rabiosamente. Que suceda como con el lenguaje: es de hoy, lo entendemos, pero tiene no sé qué aroma ajeno al lenguaje estrictamente de hoy.*

PARTE PRIMERA

En la Iglesia Mayor de Santa María de Valencia. Sobre un estrado forrado de negro, DOÑA JIMENA. *Ligeramente más bajos,* DOÑA MARÍA *y* MINAYA ALVAR HÁÑEZ, *cada uno a un lado. En segundo término,* DOÑA CONSTANZA. *Las mujeres están arrodilladas; el hombre, de pie. Ellas llevan riguroso luto; trajes largos, de corte acrónico y velados los rostros.* MINAYA, *un traje vagamente militar, vagamente cortesano, imposible de situar en época alguna. El* OBISPO JERÓNIMO, *en una altura muy superior, con ornamentos que pueden parecer románicos o modernísimos. Cuando se alza el telón, continúa la oración fúnebre que está pronunciando.*

JERÓNIMO. Cuando él murió, lloró toda Europa. Se quedaron sin nadie los campos de Castilla. La cristiandad perdió su santo y seña. Cuando, hoy hace dos años, Rodrigo de Vivar cerró los ojos, murió el más grande guerrero y el más grande caudillo de que queda memoria. Nunca, desde Alejandro, hubo un hombre tan grande... A mí, que lo enterré, me pareció mentira que tan alta montaña cupiera en tan humildes parihuelas. Desde ese día podemos llamarnos de tú unos a otros; ya somos todos de la misma estatura. A veces, recién rezadas vísperas mientras el sol declina a los pies de un naranjo...

JIMENA. *(Interrumpe,*[99] *volviéndose un poco a* DOÑA CONSTANZA.*)* Será en la huerta que mi marido le regaló en Juballa.

JERÓNIMO. *(Continúa después de mirar a* JIMENA.*)* ...me pregunto si no habremos soñado. A veces, en esta iglesia de Santa María *(Subrayando mientras mira a* JIMENA, *que aprueba.)*, de la que él tuvo a bien darme la sede, me pregunto si él no habrá sido un sueño... Si no ha existido nunca y lo hemos inventado como se inventa la esperanza, o si, por el contrario, él no ha muerto y se abrirán las puertas de Valencia y una voz gritará: "¡Mío Cid se acerca! ¡Mío Cid está llegando!"... *(*JIMENA *vuelve la cabeza como si, en efecto, fuese a aparecer alguien.* MARÍA *solloza apenas.)* Cuando un amanecer de octubre se presentó, ante los muros de Valencia, a solas, sin recursos, sin rey y sin ejército y sin bandera por la que luchar, hubiera parecido un insensato si no fuese el héroe solitario, el mito, la encarnación de la gloria de España... Más poderoso que los reyes, repudió su destino de modesto hijodalgo, salió a ganar su pan fuera de Castilla. Desterrado, hizo y deshizo reyes con su dedo meñique... Jugaba al ajedrez sobre los anchos campos... El Dios de Sabaoth lo envió con la espada a los lomos, después de haberle musitado en la oreja su consigna. Que el Dios de Sabaoth nos haga dignos de él... *(*JIMENA, *quizá impaciente, se mueve y hace sonar la pedrería del riquísimo ceñidor que lleva a la cintura.)*[100]

MARÍA. No hagas ruido.

JIMENA. Al obispo también le suenan las espuelas y yo no me he quejado.

JERÓNIMO. *(Como si no hubiese oído.)* España, que por él durará hasta el fin de los tiempos, no lo olvidará

[99] Una técnica teatral parecida, en el acto III de *El cementerio de los pájaros*: el rezo del Rosario se interrumpe varias veces para discutir sobre una herencia (Madrid, eds. MK, 1982, pp. 49-52).

[100] Carmen Díaz Castañón ha subrayado el valor teatral de sonidos como éste ("Acercamiento al teatro político de Antonio Gala", *Los Cuadernos del Norte,* III, 12, Oviedo, marzo-abril 1982, pp. 26-39).

nunca. No olvidará sus ojos suaves o airados, su grito de batalla, su gesto majestuoso, su mesura... *(A* JIMENA *se le cae el libro de Horas.* MINAYA *se lo alcanza.)*

JIMENA. *(Sonriendo.)* Gracias, Minaya.

JERÓNIMO. ...su barba nazarena, hecha un nudo como su corazón por volver a Castilla... Hace dos años hoy nos dejó solos el más honrado de los hombres. Nació en una aldehuela, murió aquí siendo príncipe. Sus hijas son señoras de Aragón y Navarra. Su progenie reinará en muchas tierras... Y con todo, yo a veces me pregunto si no habremos soñado... Pero no: un día él vivió y otro se ha muerto. El insustituible, el leal, el lidiador, el justo. Vivió y ha muerto. *(Señala a los otros personajes.)* Ahí están las pruebas. Las enlutadas pruebas. Doña Jimena, viuda y fiel, que se separó de él como se arranca la uña de la carne...

JIMENA. ¡Qué dentera!

JERÓNIMO. Su hija doña María Rodríguez, esposa de Ramón Berenguer, conde de Barcelona. Y Minaya Alvar Háñez, su sobrino, valeroso y prudente, mediador con el rey Alfonso, padrino en las primeras infortunadas bodas de las hijas del Cid...

MARÍA. *(Tajante.)* ¡Qué inoportuno!

JIMENA. Ahora eres tú la que no deja oír.

JERÓNIMO. He ahí las pruebas... Ya nunca más tendremos un señor semejante. Dios quiso arrebatárnoslo para Cid de sus ángeles. Esta tierra era estrecha para él... "Nemo propheta acceptus est in patria sua"... [101] Ojalá todos lo encontremos, junto a Santa María y su Hijo Jesucristo, que vive y reina con Dios Padre y el Espíritu Santo por los siglos de los siglos.

TODOS. *(Junto con muchas más voces.)* Amén. *(Se santiguan. Se levantan las arrodilladas. La luz acompaña a* JIMENA *y* CONSTANZA *hacia un lateral. Desaparecen los otros. Mientras avanza, sin solución de continuidad, levantándose el velo.)*

[101] Es la frase de Jesucristo al predicar en Nazaret (Mateo, 13, 57; Juan, 4, 44).

JIMENA. Largo estuvo el obispo... Ya chochea.

CONSTANZA. Pues no tiene edad de eso.

JIMENA. Entre el calor y el velo pensé que me iba a dar un torozón.[102] *(Se quita el velo. Viene la luz total. Estamos en una cámara del Alcázar; algún escabel, una ventana, un espejo de mano; quizá tras un cortinaje se adivina la cama de* JIMENA.*)* Dos años ya... O doscientos, qué sé yo... Ayúdame, Constanza. Si me gusta ponerme ropa larga es por podérmela quitar luego y pensar qué bien se está sin ella... *(*CONSTANZA *comienza a desvestir a* JIMENA, *con las pausas que marque el diálogo. La ropa interior de* JIMENA *es absolutamente actual.)* Dos años ya... ¿Cuántos llevas tú viuda?

CONSTANZA. *(Riendo.)* ¡Uh! De nacimiento, hija... Yo siempre me recuerdo con estos trapos negros... Una semana me duró el marido.

JIMENA. *(Sonriendo.)* A mí, un poquito más.

CONSTANZA. Hoy, en el funeral, intenté recordar cómo tenía los ojos. No pude conseguirlo. Color de ojo serían... Y ni siquiera lo mataron los moros, que es lo que está mandado; se murió de tercianas, como un tonto... Ya ves qué vida... Cuando tú te casaste, yo era requeteviuda.

JIMENA. *(Pensativa de repente.)* Cuando yo me casé... También un mes de julio como éste...

CONSTANZA. ¡Pero en Oviedo! Allí no hace este calorazo ni este olor a magnolias, que trastorna...

JIMENA. *(Yendo hacia la ventana imaginaria.)* Este calor es bueno... Y este mar... *(Está de espaldas. Se vuelve.)* El acta de mi boda la firmó mi tío Alfonso y las infantas Elvira y Urraca... —qué dos pájaras, madre— y muchos nobles de León y Castilla... *(Con otro tono, como si lo anterior lo hubiera dicho sólo para llegar ahí.)* Y Minaya.

[102] *torozón*: 'sofoco' *(DRAE)*. "*Torozón* significa inquietud, desazón, sofoco que sienten las mujeres, sobre todo como síntoma de la menopausia" (López Estrada: "El drama de Antonio Gala sobre la Jimena del Cid", *Pliegos de cordel,* Roma, Instituto Español de Cultura, II, 1983, p. 46).

CONSTANZA. *(Con intención.)* Está guapo Minaya.

JIMENA. *(Haciéndose la indiferente.)* ¿Tú crees?

CONSTANZA. Mejor que antes. De joven, yo le encontraba cara de conejo.

JIMENA. Ha sido muy amable viniendo a este segundo aniversario. *(Íntima.)* De jóvenes, todos tenemos cara de conejo, Constanza... Y lo somos. Es el tiempo el que nos va haciendo personas.

CONSTANZA. Pues lo que es yo, debo de ser más persona que nadie. Demasiada persona... Tú, sin embargo, mira qué real moza. Lo que se dice una mujer hecha y derecha.

JIMENA. Hecha y deshecha, Constanza. Hecha y deshecha... Acuérdate de cuando me vestiste a los catorce años para entregarme al Cid...

CONSTANZA. *(Para distraer la pequeña tristeza de* JIMENA.*)*

De paño de Londres fino
era el vestido bordado,
unas garnachas muy justas
con un chapín colorado
y un collar de ocho patenas
con un San Miguel colgado,
que valieron una villa
solamente con las manos.

JIMENA. ¡Qué boba eres! *(Ha reído. Vuelve a su recuerdo.)* Catorce años... Y a los veinte me metieron en San Pedro de Cardeña y me pusieron a bordar paños de altar, que se dice muy pronto... Yo me acordaba allí de esas manzanas que en mi tierra ponen entre paja para conservarlas. Las manzanas de invierno. Limpias, rojas, brillantes, bien guardadas sin saber para quién. Sin saber ni qué boca ni qué hambre les hincarán el diente.

CONSTANZA. Podrás quejarte tú, que te llevaste un hombre como no había otro... La flor y nata de Castilla: ya se lo oíste a don Jerónimo. El brazo izquierdo hubiera dado yo por poder apretar con el derecho, una vez sólo, la cintura del Cid.

JIMENA. *(Riendo.)* Descarada.

CONSTANZA. Yo y todas, por supuesto... Todas mancas... *(Jugueteando alegremente con* JIMENA.*)* Pero te lo llevaste tú solita, avariciosa, traidoraza, urracona...

JIMENA. Ay, déjame, Constanza, no me hagas cosquillas...

CONSTANZA. Todo ese hombrón para esta carne blanca, para estos hombros lisos y redondos, igual que esas manzanas que tú dices...

JIMENA. *(Hondamente.)* Y tanto...

CONSTANZA. ...para estos pechos, que ni los de Santa Águeda... [103]

JIMENA. Calla, que tú, para ser viuda vieja, buena memoria tienes, sinvergüenza... *(Seria.)* Hoy vendrá a comer Minaya; que todo esté dispuesto... *(Asociando ideas, con el espejo en la mano.)* Me miro en el espejo esta mañana y pienso que no ha pasado tanto tiempo. Tengo los mismos ojos, me parece... *(Se sienta.)* No sé. Te juro que vuelvo hacia atrás la cabeza y no sé cómo he llegado aquí... A estar sentada aquí esperando la muerte.

CONSTANZA. ¡Ay! No hables de esas cosas. Y termina de quitarte ese cilicio.

JIMENA. Otros días me miro en los espejos y me digo: "¿De quién son esos ojos?" Yo tenía la mirada tan joven... ¿Seré yo aquella misma Jimena de otro tiempo u otra que ha nacido ya vieja?... Se acabó para siempre. Me han prestado esta vida que no me gusta. Se han llevado la mía. Cuando su dueño venga a recogerla, se la daré encantada y le diré: "Te la devuelvo igual que me la diste. No la he usado nunca. Ni un día la he usado..."

CONSTANZA. No te pongas tú triste, paloma... Mira por la ventana... Qué cielo. Qué arboleda. Qué aire de oro.

[103] *Santa Águeda* es la patrona de la isla de Malta. El malvado Quinciano, gobernador de Sicilia, la martirizó, arrancándole los pechos. Ha dado origen a numerosos cuadros de evidente sensualidad, bajo la apariencia devota: por ejemplo, del Veronés, Bernardino Luini, Sebastiano del Piombo, etc.

JIMENA. Ya no tendré nunca más catorce años, Constanza... Ni veinte. Ni cuarenta. Ni siquiera cuarenta.

CONSTANZA. Y yo no tendré nunca más sesenta y ocho y mira cómo estoy: vivita y coleando... Hecha una facha, con la cara igual que un estropajo, medio calva, los ojos como dos ciruelas pasas... Pero viva, Jimena. ¡Viva! Anda y que les den dos duros a los muertos... *(Entra* MARÍA.*)*

MARÍA. *(Eficaz, contundente, segura y realista, como siempre.)* ¡Estás loca, mamá! ¿Qué haces desnuda en la ventana?

JIMENA. No estoy desnuda, hija... [104] Ay, estas catalanas, qué humor más malo tienen... Dame la bata blanca, Constanza.

MARÍA. ¿Blanca, mamá?

JIMENA. *(Aún no del todo picada.)* Sí, blanca, hija... Hoy empieza el alivio de luto... ¡Son dos años!

MARÍA. *(Al ver, sobre una credencia o algo así, el ceñidor de pedrería.)* Has hecho mal llevando joyas a los funerales.

JIMENA. ¡Eso no es una joya! *(Despectiva.)* Joyas son la corona de la reina, los diamantes de las princesas, el anillo del arzobispo y otras bisuterías...

MARÍA. ¿Y esto? *(Tomando el ceñidor.)*

JIMENA. Mucho más que eso. En toda la Corte de León no hay nada que se le parezca.

MARÍA. Pues más a mi favor.

JIMENA. ¡El ceñidor de la Sultana! Vale lo que toda Valencia... El verdadero tesoro del rey Alcadir... Regalos buenos sí que me hizo tu padre, la verdad. Hubiera estado orgulloso de verme entrar con él por las puertas de la catedral esta mañana. Siempre le gustó que fuese bien vestida... *(A* CONSTANZA.*)* Yo creo que le gustaba más vesti-

[104] "Cuando Jimena queda sólo con el sostén y las bragas en escena, no es que Gala quisiera mostrarnos un relativo *strip-tease* en una figura tan respetable como Jimena, a manera de concesión a una moda escénica, sino que el gesto tiene una profunda significación: lo que se quita es el traje de la Historia y se queda sólo con su condición femenina" (López Estrada: *art. cit.*, p. 38).

da... *(A* MARÍA.*)* Tu primo Minaya elegía los trajes y me los llevaba hasta Cardeña. Pero tu padre pagaba las facturas, eso sí. *(Otro tono.)* ¿Te acuerdas tú de San Pedro de Cardeña?

CONSTANZA. *(Mientras ordena la ropa.)* ¡No ha de acordarse! ¡Ni que fuese tonta! Si era ya una mujer... Se casaron con los Infantes de Carrión al año y medio de salir de allí.

JIMENA. *(Divertida en el fondo.)* ¡Hala! ¡Vaya mañana que lleváis el Obispo y tú! De esas bodas no se habla... *(Se acerca a* MARÍA, *le levanta la cara, le acaricia el entrecejo.)* Entonces no tenías esta arruguilla que se te ha hecho aquí.

MARÍA. *(Apartándose.)* Deja, mamá.

JIMENA. *(Un poco obsesiva.)* ¿Qué te pasa, María? ¿Es que no eres feliz con tu marido?

MARÍA. ¡Qué cosas tienes! Qué tendrá que ver un marido con mi entrecejo... ¿Ni qué es eso de ser feliz con el marido?

JIMENA. *(A* CONSTANZA.*)* Explícaselo tú, anda... Constanza, como sólo estuvo casada una semana, ha tenido mucho tiempo para imaginarse qué es ser feliz con el marido. Yo, mientras esperaba al mío, he perdido la vida. No sé qué es... *(A* CONSTANZA.*)* Díselo, díselo...

CONSTANZA. Pues... eso. Verle llegar y abrírsete las carnes... *(Ríe* JIMENA, *maliciosa.)* Ay, en el buen sentido, no seas mal pensada... Sentirse cosa suya, agua suya que bebe. Coger su mano, tan enorme, entre tus manos, y parecerte que estás meciendo un hijo. *(*JIMENA, *pensativa, soñadora, aprueba con la cabeza.)*

JIMENA. Qué bonito, ¿verdad?

CONSTANZA. Ver sus caderas, tan estrechas, y saber que allí se acaba el mundo... Mirarte en sus ojos, chiquitita, y no querer crecer y querer que él te lleve así, chiquita, en sus ojos a donde vaya...

MARÍA. ¡Eso son porquerías!

JIMENA. Qué puritanas sois en Barcelona, hija. Con lo que presumís de afrancesadas. *(Un cambio. Una verdad. Acercándose.)* Diviértete. Disfruta. Agarra con los dientes tu vida, la que creas que es tu vida, y que te maten antes de soltarla... ¡Vive, María, vive! Tienes razón, Constanza. Porque a mi edad, nadie va a agradecerte que hayas dejado de vivir.

MARÍA. *(Fría.)* No te entiendo, mamá.

CONSTANZA. Pues mira que está claro...

JIMENA. Tu vida es sólo tuya. Que no te la destrocen. Nadie. Ni rey ni roque...[105] Con una mujer sacrificada basta en una familia.

MARÍA. *(Irónica.)* ¿Sacrificada? ¿Tú? Qué vocación de víctima...

JIMENA. *(Muy directa.)* Dime, María, ¿estás enamorada?

MARÍA. *(Con intención.)* ¿De quién? ¿De mi marido?

JIMENA. *(Algo desconcertada.)* Pues... de momento, sí.

MARÍA. Mi matrimonio no tuvo nada que ver con el amor.

JIMENA. Ni el mío. Ni el de nadie... Pero a veces se dan casualidades... La gente se acostumbra...

MARÍA. Hablemos de otra cosa, mamá, si te parece... El primo Minaya está al llegar...

JIMENA. *(Abstraída.)* ¿A eso le llamas tú hablar de otra cosa?

MARÍA. Debes vestirte.

JIMENA. ¡Qué manías te dan! Pero si estoy vestida...

MARÍA. Muy impropiamente, mamá. Eres doña Jimena, viuda del Cid, ¿te suena? Princesa de Valencia.

JIMENA. ¿Y voy a dejar de serlo por llevar esta batita? Pues yo encuentro que es mona.

MARÍA. *(Concluyente.)* Estás loca, mamá.

JIMENA. *(Un poco irreal y, sin embargo, exactísima.)* Los actores que representan una historia sin los trajes, ni los objetos, ni las palabras adecuadas; sin todo el *atrezzo* que corresponde a esa historia, pueden parecer locos...

[105] *Ni rey ni roque*: 'locución figurada y familiar con que se excluye a cualquier género de personas en la materia que se trata' *(DRAE)*. Gala juega aquí con la frase hecha porque a Jimena le destroza la vida un rey, el de Castilla, acompañado de un obispo.

Pero más locos son los que creen estar representando la verdadera Historia, la Historia con mayúscula, hija mía... *(Más cercana.)* Yo siempre me he encontrado perdida en esa Historia grande. Me ha sobrado Historia por todos lados... *(Maliciosa.)* El muerto era mayor... [106] Y me he visto obligada a reducirla a límites caseros... Aunque te lo parezca, no estoy loca. Soy sencillamente una viuda que ha echado bien sus cuentas, ha eliminado gastos excesivos y se ha apretado el cinturón. *(Se aprieta el de la bata.)* La vida que llevaba con tu padre, además de no ser la mía, era muy cara. He preferido no seguir viviendo tan por encima de mis posibilidades... ¿Has comprendido? *(Una tensión que sorprende* MINAYA *al entrar. Algo capta.)*

MINAYA. Perdón... Me han dicho que me esperabais...

JIMENA. Sí, Minaya. Llevamos, por lo menos, dos años esperándote. *(Le tiende la mano, que él besa.)* ¿Te has dado cuenta? Ahora llevo dos anillos en la mano derecha: el mío y el del Cid... Es costumbre de viudas... *(A* MARÍA.*)* Acompaña a tu primo, María. Yo no tardo. *(Al salir con* MARÍA, MINAYA *se vuelve un segundo. Intensamente.)* No tardaré, Minaya. *(Salen. Comienza a cambiarse de ropa, pero no sabemos si es por eso por lo que añade:)* Tengo que darme prisa. No puedo perder tiempo... Al fin y al cabo, no me queda tanto... ¿De veras crees, Constanza, que Minaya de joven tenía cara de conejo? *(La luz, que se redujo al lateral por donde salió* MINAYA *y quedaron* JIMENA *y* CONSTANZA, *va hacia el opuesto, por donde entran en escena, siguiendo una conversación,* MARÍA *y* MINAYA.*)*

MARÍA. La sombra de mi padre ha protegido, hasta ahora, a Valencia. El Cid, después de muerto, gana aún batallas... Dentro de poco, todo va a ser distinto. Supongo que ya lo habrás notado... Mi marido ha hecho cuanto ha podido...

[106] *El difunto era mayor* o *era más pequeño*: 'frase figurada y familiar que se aplica al que lleva una prenda de vestir mayor o menor de lo que requiere su cuerpo' *(DRAE)*. Aquí simboliza, humorísticamente, la tragedia de Jimena.

MINAYA. *(Con ironía, quizá.)* Ramón Berenguer fue siempre buen amigo. Y es lógico que aspire a incorporar Valencia a su Condado.

MARÍA. No se trata de eso... De un momento a otro, los almorávides estrecharán el cerco. Es al rey Alfonso a quien compete defender la ciudad: ya que te vas hoy mismo, díselo cuando llegues. Puesto que le gusta llamarse emperador, que actúe como tal. Mi madre, sola, no podrá mantenerla... Además, a mi madre no le interesa la política.

MINAYA. *(Un poco divertido.)* ¿Y a ti, sí?

MARÍA. Yo soy de otra generación. Yo soy hija del Cid: llevo su sangre. Y ayudo a mi marido en su carrera.

MINAYA. ¿Por amor?

MARÍA. En este alcázar todos hablan de amor... A cuántas cosas les llamamos así... [107] O quizá a qué pocas... *(Entra* CONSTANZA *con un servicio de café, que deja en una mesa morisca.)* Dime qué es el amor. ¿Ver el mundo a través de otros ojos? ¿Mirar el mar y saberse incompleto? ¿Ver algo hermoso y querer compartirlo? Tonterías. Necesitar de alguien para seguir viviendo es una humillación... Para amar hace falta mucho tiempo libre. Yo nunca lo he tenido.

MINAYA. Tu madre, sí. En San Pedro de Cardeña, durante muchos años...

MARÍA. *(Dura, interrumpiendo.)* Mi madre es una antigua. Las mujeres de mi clase tienen otro quehacer mejor que enamorarse. Enamorarse es cosa de criados *(*CONSTANZA *acusa el picotazo.)*, el consuelo de la gente menuda... El amor no es necesario para nada importante. Mantener una casa, un nombre, un reino, tener un heredero... Todo eso puede hacerse sin amor. Incluso te diría que sin amor se hace más fácilmente.

CONSTANZA. *(Saliendo.)* Qué cosas hay que oír.

MINAYA. *(Sonriendo a lo que ha dicho* CONSTANZA.*)*

107 En *El caracol en el espejo,* decía la Mujer Sola: "Cuántas cosas se hacen con el nombre de amor" (*Obras Selectas,* p. 101).

Tú estuviste siempre enamorada de tu padre, ¿no es cierto?

MARÍA. De alguna forma, sí... ¿Qué mujer hubiera podido no estar enamorada del Cid? *(Por el fondo, inadvertida, aparece* JIMENA.*)*

MINAYA. Quizá la suya... *(*MARÍA *sostiene la mirada de* MINAYA.*)*

MARÍA. *(Cortando.)* No creo que el rey Alfonso Sexto te haya mandado aquí para hablar de estas cosas.

JIMENA. *(Avanzando.)* Contigo, por lo menos, desde luego que no... He ordenado servir aquí el café. Hace más fresco. Hay un bochorno hoy... *(Se sienta en una mecedora.)* Va a haber tormenta.

MARÍA. *(Con intención.)* Ya lo creo que va a haberla. Y antes de lo que crees.

JIMENA. María.

MARÍA. *(Cuando su madre va a servirla.)* Yo no tomo café.

JIMENA. *(Sirviendo a* MINAYA.*)* ¿Solo, Minaya?

MINAYA. Con un poco de leche. *(Mientras ella se la pone, él le sirve café.)* ¿Quieres azúcar?

JIMENA. No. El azúcar engorda... Hay un tiempo para cada cosa. Creo que es la Biblia quien lo dice, en el Eclesiastés... Un tiempo para el café con leche y mucha azúcar. Un tiempo para el café cortado... Las viudas lo debemos tomar solo y amargo: le va mejor al luto.

MARÍA. *(Crispada.)* Yo no tomo café.

JIMENA. Lo hemos oído. Eres muy dueña... Supongo que también hay un tiempo de no tomar café. Lo miraré en la Biblia... *(Se mece un poco. Bebe.)* Está bueno, ¿verdad? *(*MINAYA *afirma sonriente.)* ¿Otra taza?

MARÍA. *(Saltando.)* Mamá, sabes perfectamente que Mazdalí, el mejor general almorávide, viene a sitiar Valencia. Y tú estás aquí, vestida de claro, abanicándote, jugando a la anfitriona y charlando del tiempo. Es increíble.

JIMENA. No seas pesada, niña. Ni alarmista, que es lo peor del mundo... Porque ese Mazdalí no pueda estarse quieto, con el calor que hace, que ya son ganas...

¿Qué es lo que quieres? ¿Que me suba a las murallas dando saltos como una mona y agarre una insolación? ¿O que me encasquete la diadema y me líe a mandobles con todo el que se me ponga por delante...? Cuando se murió tu padre, según tú, yo debería haberme prendido fuego como un bonzo... (MARÍA *se levanta.)* Ahora que estoy tranquila, tomando café solo —fíjate qué frivolidad—, quieres que me desmelene y forme en los adarves una marimorena... Ya estoy harta de moros y cristianos, María. Déjame por lo menos en paz a la hora de la siesta, caramba. ¡Un poco de formalidad!

MARÍA. Con vuestro permiso, me retiro.

JIMENA. No sólo con nuestro permiso, sino con nuestro aplauso. *(Sale* MARÍA.*)* No se puede negar que María ha tenido, desde pequeña, una extraña virtud.

MINAYA. ¿Cuál?

JIMENA. La de sacarme a mí de quicio... Bueno, por fin vamos a podernos tomar una tacita de café sin contar con la Historia... *(Bebe. Lenta.)* Está tan rico, que tengo la impresión de ser infiel a la memoria de alguien... *(Otra vez superficial.)* Hasta voy a ponerle un poquito de azúcar, no te digo más. *(Lo hace. Bebe. Se mece.)*

MINAYA. *(Encantado por ella.)* Siempre me sorprendiste.

JIMENA. *(Coqueta.)* ¿Yo?

MINAYA. Siempre me sorprendió tu pasión por la vida. Tu habilidad para sacarle jugo a todo: a un clavel, al calor, a un abanico, a un terrón de azúcar...

JIMENA. Sí, sé roer mi hueso. La vida me ha enseñado a sacarle partido... En contra de lo que todos creen, no me ha dado gran cosa: un pobre hueso apenas, sin carne casi... Qué digo casi: sin ninguna carne... Pero, eso sí, mucha hambre. Lo prefiero... Hay gente, como mi hija María, a quienes la vida les da sólo aperitivos. Y eso estraga el estómago. Viven tomando sin parar aceite de hígado de bacalao para abrirse la gana de comer. Cuando por fin se les abre, se pudrió la comida: ya no es hora... Yo, no. Yo sé roer mi hueso.

MINAYA. Hay quien no tuvo nunca ni hueso que roer.

JIMENA. *(Coqueta y encantadora.)* Mentira, Minaya, solterón, mentira... A mí no puedes engañarme. Tú y yo sabemos que el oficio que te ha dado la vida fue muy cómodo: echar de menos. Soñar siempre con alguien que, cuando conociste, iba a ser de otro. ¿A que sí? Tener un ideal inalcanzable.

MINAYA. ¿Y te parece cómodo?

JIMENA. Ay, sí. Servir la cena a los demás es cómodo. Más que cenar. "La cena de los camareros", decimos. "Pobrecillos. Cenar tarde, a deshora, después de haber servido a los señores, con la comida fría y un asco en el estómago"... Pero es mejor. Han estado soñando con su cena o con lo bien que se debe de estar siendo servidos. Y no es verdad... Ay de aquellos cuyos deseos se cumplen. Lo bueno es desear, echar de menos... Si tú supieras qué mal huele cuando se pudre un ideal. Si tú supieras lo que es echar de más, Minaya... *(Más superficial.)* En esta tonta comedia de la vida, cuyo argumento sólo al final se nos cuenta, no hay más que dos papeles bonitos realmente: el del Cid, el del héroe por encima de todo, que ignora el precio de las cosas, sobre el que giran los grandes días y las grandes noches de una guerra feliz... *(Suspirando.)* Para ellos, todo es grande y feliz. Sangrante y peligroso, pero feliz... Porque se trata de una guerra suya, que ellos han inventado, a la que nos llevan a los otros a ciegas, como el caballo de los picadores.

MINAYA. *(Para bajarla hasta él.)* ¿Y el otro buen papel?

JIMENA. El de Minaya. El amigo perfecto, el capitán osado y obediente que sabe bien cuál es su sitio —en la segunda fila, por supuesto, pero bueno también—, el enamorado que románticamente renuncia a lo que de antemano sabe que sería inútil desear... *(Concluyendo.)* El resignado —en el fondo, un cobarde— y el héroe: esos son los mejores papeles.

MINAYA. *(Con la voz ronca de emoción.)* ¿Tú crees que soy cobarde yo, Jimena?

JIMENA. Con los moros, no... Pero eso no es difícil:

el caballo te lleva. Conmigo, sí... Minaya, ¿por qué no hablamos claro?

MINAYA. ¿Ahora? ¿Para qué?

JIMENA. Toda tu vida te has estado haciendo esa pregunta: "¿Ahora, para qué?" Y es lo que te ha perdido. Esa es tu cobardía. Para vivir hace falta más valor que para resignarse.

MINAYA. Y para renunciar, ¿no hace falta valor?

JIMENA. *(Un poco cruel.)* Lo que hace falta para renunciar es tener algo. Y tú no tenías nada.

MINAYA. Se puede renunciar hasta a la posibilidad de tener algo. Hasta a la más remota posibilidad.

JIMENA. *(Con un temblor.)* ¿Tú sabes de lo que estoy hablando?

MINAYA. Sí, Jimena.

JIMENA. Estoy hablando de amor, Minaya.

MINAYA. Sí, Jimena.

JIMENA. *(Comenzando la dulce serie de sus quejas.)* El Cid me mandaba a San Pedro de Cardeña contigo sus regalos. Él no fue nunca.

MINAYA. Estaba desterrado.

JIMENA. El Cid te hizo padrino de las primeras bodas de Cristina y María.

MINAYA. Él no estaba contento con esos matrimonios.

JIMENA. *(Saltando.)* Naturalmente que lo estaba. Encantado. Lo que pasa es que no se fiaba del rey Alfonso y prefirió que dieras tú la cara... *(Tono de antes.)* El Cid te dio encargo de traerme a Valencia desde Burgos... Quince largos días a caballo, ¿te acuerdas?... Castilla hasta Medinaceli, y el juego de cañas [108] junto al Jalón.

MINAYA. Luego, picando espuelas, por Arbujuelo arriba, atravesamos el Campo de Taranz y llegamos a Molina... ¿Te acuerdas de Molina? ¿Te acuerdas del alcalde Abengalbón?

JIMENA. Abengalbón, el moro, que te miraba a ti, después a mí y se sonreía. Y sonreías tú, Minaya... Y son-

[108] *correr cañas*: 'hacer fiesta a caballo en que se arrojaban las cañas' *(DRAE)*.

reía yo, sin saber bien por qué. Hasta llegar a estos verdores de Levante... Largos días tú y yo. Callados. Tan callados...

MINAYA. El Cid me había dado toda su confianza. No podía defraudarle.

JIMENA. Para eso te la dio. Él te conocía bien: sabía que confiando ciegamente en ti, te ataba pies y manos...

MINAYA. Pero ¿tú crees que él supo...?

JIMENA. *(Tierna, jugando a la descubierta.)* ¿El qué? ¿Que estabas enamorado de mí? Pues claro que lo supo. Y yo. Y el rey. Y el moro Abengalbón. Y el caballo Babieca. Y el abad de Cardeña, que ya es decir... [109] De eso te acuso ahora. De no habérmelo dicho.

MINAYA. Lo sabías, pero querías que te lo dijera.

JIMENA. Naturalmente. ¿Cómo te crees que somos las mujeres? Lo único que queremos que nos digan es lo que ya sabemos; lo que no sabemos es que no nos importa. *(Sincera y estremecida, a pesar de continuar el juego de amagar y no dar en esta escena.)* Me habría hecho tanta falta en Cardeña, en esa soledad, saber que alguien soñaba con que yo fuera suya... No mi marido, no; yo ya era suya. A ti y a mí, Minaya, la Historia nos ha partido por el eje.

MINAYA. Aquella noche, en Molina, en la cena de Abengalbón, tú ibas de azul...

JIMENA. Tú, de gris.

MINAYA. Me regalaste una medalla de Santiago, que te había dado el abad de Cardeña.

JIMENA. *(Intentando evitar ahora la confesión total que ella ha provocado.)* No me hables de Cardeña. En casi veinte años, lo único que hice fue oír misas y espe-

[109] Es ésta "una situación que pudo haber existido con dignidad en razón de la cultura del amor medieval (...) Amor hecho de silencios, dedicación obstinada e inútil, que nada espera y que tiene en la desesperación su gozo, estamos describiendo el amor gentil y caballeresco que es el motivo más común en tantos versos de los Cancioneros medievales; por eso Jimena y Minaya cantaron los versos que ella recuerda en Valencia con nostalgia" (López Estrada: *art. cit.*, p. 41).

rar... Bueno, y comer. Sobre todo, comer. Tres o cuatro veces cada día... Y han sido tantos días. Qué asco, ahora que lo pienso: cuánto he comido.

MINAYA. Todavía llevo la medalla. Mira.

JIMENA. *(Desviando los ojos hacia la ventana.)* Se ha nublado del todo... Ya va a haber que guardar los abanicos hasta el año que viene... A lo mejor entonces ya no estamos aquí, porque esos moros...

MINAYA. *(Imparable.)* Te recordaba siempre cantando, debajo del nogal, a la luz de la luna, después de aquella cena...

JIMENA. *(Con un temblor en la garganta.)* ¿Tú ves? Lo que yo digo: no he hecho más que comer...

MINAYA. *(Muy bajo.)* Y cantar... ¿Cómo decía la canción?

JIMENA. *(Dejándose ganar por la emoción.)*

A pie van mis suspiros
camino de mi bien.
Antes de que ellos lleguen,
yo llegaré;
mi corazón con alas,
mis suspiros a pie.
Abierta ten la puerta;
abierta el alma ten...

MINAYA. Antes de que ellos lleguen,
yo llegaré.

JIMENA. Acaso esté ya muerta
cuando te vuelva a ver.

LOS DOS. Mi corazón con alas,
mis suspiros a pie... *(Pausa.)*

MINAYA. Entonces la cantaste sonriendo.

JIMENA. *(Que casi se ha limpiado una lágrima.)* Dónde habrá ido a parar aquella canción... Dónde habrá ido a parar aquella noche... Ahora, cuando sonrío, se me llena la cara de arrugas. Por eso no sonrío, por eso y porque no tengo ningún motivo para sonreír... Pronte tendré cuarenta años, Minaya.

MINAYA. Los tienes ya, Jimena. *(*JIMENA *ríe de haberse visto descubierta.)* Pero estás igual que cuando te vi bajar la escalera de los Condes de Oviedo con tu traje de novia y supe, de repente, que había perdido mi vida. Tú bajabas la escalera de los Condes de Oviedo el día de tu boda. No sabías ni quién era Rodrigo, aún no lo conocías. Tus ojos saltaban de una cara a otra cara, de un invitado en otro... Se detuvieron un momento en mí. Quizá creíste que Rodrigo era yo...

JIMENA. Sí, Minaya.

MINAYA. Entonces alguien se adelantó, se interpuso, y yo dejé de verte. Era Rodrigo, que te ayudaba a bajar el último escalón. La suerte estaba echada. Cualquier destino, por extraño que sea, se define en un solo momento: el momento en que el hombre sabe para siempre quién es. Yo, entonces, en aquella mañana, supe que no iba a ser nunca jamás otra cosa que el fiel enamorado de Jimena... Que toda mi vida iba a consistir en llegar el segundo... He matado miles de árabes; la sangre me ha chorreado desde el codo; he sido el mejor brazo del Cid Campeador: he defendido un reino; me han escrito romances; he planeado cientos de batallas; he comido, como tú, un millón de veces... Lo único que no se ha dicho de mí es lo más importante, lo que soy: el silencioso, el silencioso enamorado de Jimena Díaz.

JIMENA. *(Musitado.)* Gracias, Minaya.

MINAYA. Tienes los mismos ojos, tan jóvenes, de antes.

JIMENA. *(Pequeña sonrisa.)* Gracias.

MINAYA. Y sonríes igual... Pienso en tus años en Cardeña, lejos del Cid, sola, de nadie, casi mía... Pienso cuando te acompañaba hasta Valencia, dichoso por tener dos corazones: uno a la izquierda *(Señalándola.)*, otro a la derecha; desgraciado por acompañarte en nombre de tu dueño... He sido tan feliz sólo con verte cerca... Y ahora, más que cuando estaba vivo, el Cid me separa de todo lo que amo. *(Muy bajo.)* ¿Qué va a ser de mi vida?

JIMENA. *(Intentando sobreponerse.)* La vida hay que ganarla, Minaya... Como una fortaleza. Es lo que yo le repito a mis hijas.

MINAYA. *(Derrotado.)* Ellas tienen veinte años. Ni tú ni yo los tendremos nunca más.

JIMENA. *(Como un eco.)* Nunca más...

MINAYA. ¿Sabes de lo que estoy hablando?

JIMENA. Sí, Minaya.

MINAYA. De amor, Jimena.

JIMENA. Sí, Minaya.

MINAYA. De amor... antes de irme. Tú te quedas aquí, cerca del mar. Yo me vuelvo al desierto de Castilla... Para siempre, Jimena. *(Con un esfuerzo.)* El café se ha enfriado. Y entre los dos, el Cid. Como siempre, Jimena.

JIMENA. *(Vencida.)* Está completamente frío este café.

MINAYA. Adiós. Tú y yo sabíamos que hoy vine a despedirme... Que nos veríamos por última vez hoy...

JIMENA. *(Levantándose hacia la ventana, en el colmo de la emoción, que procura ocultar.)* Ha empezado a llover..., ¿o son mis ojos?

MINAYA. *(Cerca de ella.)* Adiós.

JIMENA. *(Para retenerlo un segundo más.)* Qué bien huele la tierra... *(Están frente a frente, diciéndose con los ojos lo que no se atreven a decirse.)* Recuerdo el chaparrón que nos cogió a las puertas de Burgos... Tú me prestaste tu sombrero y se quedó que daba pena verlo.

MINAYA. Lo estrenaba aquel día.

JIMENA. *(Intensamente.)* Siento la tentación de descalzarme y salir a la lluvia...

MINAYA. La tentación... Hay cosas que la viuda del Cid no puede hacer, Jimena. Menos aún que la esposa del Cid... Adiós. *(*JIMENA *le tiende la mano derecha. De repente, cuando* MINAYA *va a besarla.)*

JIMENA. No, ésa no... Mejor ésta. *(Le da la izquierda.)* Esta no tiene anillos.

MINAYA. Adiós. *(Va a salir. Cada uno sale por un lateral distinto. Sin transición, comienza a oírse un ruido de armas, órdenes, preparativos bélicos. Y la voz de* JIMENA *arengando a las tropas.)*

VOZ DE JIMENA. Soldados, hijos míos: desde el alcázar veis desbordar y extenderse como un río dorado la ciudad de Valencia... *(Entra* CONSTANZA, *que prende una lamparilla ante una imagen y reza arrodillada.)* Y si volvéis los ojos, veis los pulsos del mar con que soñó Castilla, y veis la verde huerta, frondosa y ondulando. Alzad las manos y agradeced a Dios tanta riqueza... *(Entra* JIMENA, *envuelta en un amplio mantón oscuro, estremecida.)*

JIMENA. Con palabras no se adelanta nada. Alrededor de Valencia hay cincuenta mil tiendas enemigas. Y eso no son palabras... Nosotros no tenemos provisiones, ni caballos, ni gente, ni agua casi. Y eso tampoco son palabras.

VOZ DE JIMENA. Todo lo que poseéis lo tenéis hoy delante. Con mucho afán os ganasteis Valencia: no la abandonéis nunca. De más allá del mar vienen nuevas riquezas a buscaros, desde mi torre quiero ver cómo las apropiáis. En poder de Mazdalí está vuestra fortuna y el ajuar de vuestras hijas. No tengáis miedo: todo sucederá en ventaja nuestra. Aquellos atambores que oís, mañana mismo los traeréis a Valencia, entre canciones, y los daremos al obispo Jerónimo a fin de que los cuelgue en la iglesia de Santa María...

JIMENA. En estas ocasiones suele decirse: "Sólo un milagro puede salvarnos ya." Y el milagro sucede. O por lo menos eso cuentan las crónicas de cien años después... Yo he vivido demasiado tiempo entre frailes para seguir creyendo en los milagros.

VOZ DE JIMENA. *(En "off".)* ¡A cabalgar! ¡En nombre de Dios y de Santiago! Sobre Babieca, el caballo que fue de Almotamid, aún cabalga Mío Cid Rodrigo entre vosotros. Cabe el arzón, en cruz, lleva sus dos espadas: Tizona, que la ganó al rey Búcar, y Colada, que la ganó a Ramón el catalán. *(Arrecia el ruido.)* Ya se acercan los moros por la huerta. ¡Adelante! Mejor será matarlos antes de que se lleven nuestro pan. *(Una campana.)* Mesnadas de Ruy Díaz, salid de la ciudad por las Torres de Cuarte. Que el Señor os proteja. Yo me quedo implorando la victoria... *(Esfumándose.)* ¡Adelante! ¡Adelante!

JIMENA. Vamos, Constanza, deja ya de rezar y haz un poco de cena. *(Se levanta* CONSTANZA, *santiguándose.)* Dios ya sabe, sobre poco más o menos, lo que tiene que hacer. Y no creo que mude de opinión porque tú se lo pidas.

CONSTANZA. Pues que Dios nos coja confesadas. *(Sale* CONSTANZA.*)*

VOZ DE JIMENA. *(En "off".)* Estoy sola. Hace frío y estoy sola... Veo sombras temblando en la terraza... Huele a sangre y a mar... He envejecido y sé que soy inútil... *(Ante un espejo.)* ¿Eres Jimena acaso o eres sólo esa figura negra a la que llaman viuda del Cid?... Es preciso olvidar. Huir de aquí. Cerrar los ojos y pensar en aquel mar de Asturias, anterior a la boda, cuando yo era aún yo... ¡Olvidar! ¡Qué imposible! *(Por los ruidos.)* En la batalla, sí: entre el clamor, el polvo, el griterío es más fácil ser otro. Pero en la soledad...

JIMENA. Es preciso olvidar al Cid, Jimena Díaz... Es preciso olvidar para salvarse. *(Va hacia la lamparilla, la apaga de un soplo. Coincide el apagón con un ruido más denso y un súbito silencio. Cuando viene la luz,* JIMENA *se ha vuelto hacia los personajes que han entrado en la escena:* ALFONSO VI, *sentado; tras él,* MINAYA; *cerca,* MARÍA *y* CONSTANZA; *delante, al otro lado de* JIMENA, *el* OBISPO *le da la bienvenida.)*

JERÓNIMO. Gracias sean dadas al Señor Dios de los ejércitos y a vos, emperador Alfonso, porque con vuestra milagrosa llegada habéis roto el cerco de la ciudad. Las hordas de Mazdalí han huido hasta el mar.

ALFONSO. No han huido, monseñor.

JIMENA. Háblale alto: es sordo.

ALFONSO. *(Más alto.)* Se han retirado en perfecto orden.

JERÓNIMO. Pero se han retirado.

ALFONSO. Volverán. En cuanto se enteren de que mi milagrosa llegada la he hecho casi solo, volverán.

JERÓNIMO. Hay que contar con la fuerza espiritual, emperador.

ALFONSO. Sí, eso sin duda. Pero menos... Además de ganar las batallas hay que procurar tener razón... Pero después...

JERÓNIMO. Yo hace poco fui joven, señor.

ALFONSO. *(Bajo.)* Quién lo diría. (JIMENA *se sonríe, mirando a* MINAYA, *que vuelve el rostro hacia otra parte.)*

JERÓNIMO. Combatí junto al Cid Campeador en los cercos de Almenara y Murviedro. Éramos muy poquitos. Y ganamos.

ALFONSO. Claro. Erais muy poquitos... y el Cid. El Cid, él solo, era un ejército.

JERÓNIMO. *(Que no ha oído.)* Yo, que desde mi convento de Perigord vine a matar a la morisma, al principiar cada batalla predicaba así: "Al que muriere hoy, lidiando frente a frente, le absuelvo sus pecados: Dios recibirá su alma. Y a vos, Cid don Rodrigo, que en buena hora ceñisteis espada, os pido que me concedáis un don a cambio de la misa de la Santa Trinidad que hoy he cantado: que me otorguéis ser yo el primero en atacar y hacerles las primeras heridas a los moros. Quiero ilustrar así mis armas y la orden religiosa a la que pertenezco." Y el Cid decía: "Otorgado."

ALFONSO. Jimena, tú que conoces más tiempo a este señor, ¿por qué no le dices que se calle? ¿O es que ve tan mal esto de Valencia que aspira ya a la sede de Toledo?

JIMENA. *(Cruzando la escena.)* Jerónimo, ya le has dado la bienvenida al rey. Procura no darle, además, la tabarra. Alfonso es un rey moderno, ¿no lo ves? Nada de trompeterías. Si la Historia llama a la puerta, él se viste deprisa y abre; pero, entre tanto..., ¿eh? Él, de paisano... Esto es un grupito familiar: Alfonso es tío mío; María es mi hija —mi yerno no está porque se acaba de ir a Barcelona llevándose sus tropas: muy gentil, como ves—; Minaya es mi sobrino, mi sobrino político, se entiende. Y Constanza es una especie de abuela universal... Tú eres valiente, sordo, afectuoso, francés y obispo: todo a tu manera, por supuesto. ¿Qué más quieres? Procura ser esta tarde, como si dijéramos, un párroco de cabecera y nada más. ¿Entendido?... Bueno, pues se ha reunido este amable grupito familiar para decidir qué se hace con una finca mía que se llama Valencia.

MARÍA. Tuya del todo, no, mamá.

JIMENA. Tengo la sospecha de que tu marido *(Gesto de irse.)* acaba de renunciar a tus derechos. Y el marido de tu hermana, Ramiro de Navarra, ni siquiera se ha tomado el trabajo de bañarse en Cullera. Prosigamos.

ALFONSO. Si me permites, Jimena...

JIMENA. *(Condescendiente.)* Por favor.

ALFONSO. Yo he venido hasta aquí para que tú me entregaras la causa. Es decir, para anexionar el reino de Valencia a la corona de León. Por tanto, me temo que tengamos que hablar del Cid una vez más.

MARÍA. Mi padre conquistó Valencia para él y para sus sucesores. Tú lo habías desterrado de tus reinos.

ALFONSO. *(Conciliador, muy de vuelta, como siempre, pero inflexible en el fondo.)* Desterrado, no. Ancha es Castilla, pero el Cid era más ancho. No cabía. Rebosaba. A nadie se le ocurre decir que esté el mar desterrado.

MARÍA. De cualquier forma, las relaciones de vasallaje se rompieron.

ALFONSO. ¿Cómo no? Ya salió lo de siempre: "Qué buen vasallo si hubiese buen señor." El Cid no era un vasallo. No tenía condiciones. Ni siquiera fue una persona: fue un acontecimiento. Y a mí me tocó la china de que el Cid "ocurriera" en mi reinado: mala suerte que tuve.

MINAYA. *(Ponderado y recto.)* ¿Mala suerte, señor?

ALFONSO. Sí, mala, Minaya, mala. *(Con intención.)* Tú también la tuviste. Por otras razones, pero a ti también te vino mal coincidir con el Cid.

MARÍA. Porque os dejó en la sombra.

JIMENA. *(A MARÍA.)* ¿Tú qué sabes?

ALFONSO. Tu hija es una contestataria, Jimena. Y está mal educada... No, niña, no es por eso. Un rey no tiene por qué ser quien más brilla. Los reyes somos la manera de medirse la Historia. Hasta aquí; desde aquí... Cuando más brilla el súbdito, más gloria cabe al rey... Yo procuro cumplir mi oficio honestamente. No me gustan las exageraciones. Soy burgués, lo confieso. Mi reino es de este mundo. [110]

[110] Altera la frase evangélica. Cuando Pilatos le pregunta si es el rey de los judíos, Jesús responde: "Mi reino no es de este mun-

Las proporciones excesivas me producen alergia. Y, en ese sentido, al Cid no había quien lo aguantara... El pequeño párrafo que a mí me corresponda en un texto de Historia, él lo desmesuró. Se pasaba la vida saliéndose de madre; y eso no es de buen gusto.

MINAYA. *(Firme.)* Ha sido el hombre mayor de nuestro tiempo.

ALFONSO. Pues eso es lo que digo. Y, por tanto, el más incómodo y el más perturbador. El Cid no es significativo, Minaya; no representa a nadie: se representa él solo. Tú, por ejemplo, simbolizas mucho mejor las virtudes de la mayoría silenciosa... El Cid fue una vedette, una estrella fugaz, gracias a Dios.

JIMENA. *(Como para sí.)* Las pastoras se enamoran de las estrellas, pero se suelen casar con los pastores.

MINAYA. El Cid, señor, quiso crear un orden nuevo: esa es su trascendencia.

ALFONSO. En efecto. Y muchas cosas debían morir para que naciera ese orden nuevo. Una de ellas, el Cid... Ya no existe. Empeñarse en hacerlo pervivir es negar su trabajo. Porque él no se buscó a sí mismo; buscaba ese orden nuevo que tú dices...

JIMENA. Qué dialéctica, Alfonso, para trincar Valencia. Luego dirán que hemos vivido en una época oscura.[111] *(El* REY *se inclina, cortés.)*

JERÓNIMO. (*A* CONSTANZA.) ¿De qué hablan durante tanto rato?

CONSTANZA. De ellos mismos, con pretexto del Cid.

JERÓNIMO. (*Acercándose a* ALFONSO.) El Cid es insus-ti-tui-ble.

ALFONSO. Más aún, padre. Es in-sus-ti-tui-ble, una vez que ha dejado de existir. Todos nosotros somos comas,

---

do. Si mi reino fuera de este mundo, mis hombres lucharían para que yo no fuera entregado a los judíos. Pero de hecho mi reino no es de aquí" (Juan, 18, 36). Todo lo contrario que el pragmático rey Alfonso.

[111] Parece un recuerdo del verso inicial de Bertolt Brecht, en su famoso poema *A los hombres futuros*: "Verdaderamente, vivo en tiempos sombríos" (*Madre Coraje,* Madrid, Centro Dramático Nacional, 1986).

puntos y aparte, puntos y seguido en este vago relato de la Historia. Él, no; él es un gran paréntesis. Pasa, y es como si no estuviera escrito. Hasta entorpece la lectura... No sirve para nada, nada de lo que él hizo.

MARÍA. ¡Señor!

ALFONSO. Ya lo veis: al final, sólo deja problemas. Él conquista Valencia; pero ¿quién sino él puede mantener Valencia conquistada? El Cid ha sido un lujo que le llegó a Castilla demasiado temprano. Como poner una cúpula incomparable cuando apenas están echados los cimientos. Terrible: no los deja crecer.

MARÍA. A ti te han derrotado siempre los almorávides. A él, jamás.

ALFONSO. ¿Qué tiene que ver eso, insolente? Yo no me estoy midiendo con tu padre. Sé que, ni aun con corona, le llegaría al hombro... Por eso no pudimos entendernos.

MARÍA. Por eso y por la Jura de Santa Gadea.

ALFONSO. Esta muchacha está llena de tópicos. Mira, bonita: cualquier castellano hubiera tenido la obligación de hacerme jurar que yo no había matado a su rey antes de darme la corona... Pero eso es como ofrecer agua para las manos antes de la comida; no significa que le estemos llamando cochino al invitado... *(A* JIMENA, *que aguarda, lejana y misteriosa, su turno.)* Tu hija no entiende nada. Claro que no me extraña; las mías, tampoco. Debe de ser cosa de la edad.

MARÍA. *(Disparada.)* Pero tú le desterraste dos veces, ¿sí o no?

CONSTANZA. María...

ALFONSO. Esa pregunta no puede hacerse así... En dos ocasiones, en efecto, me fue preciso elegir entre quedarme con el Cid —él y yo solos, del bracete, en Castilla— o que Castilla continuase siendo igual que antes de nacer él. Y elegí lo segundo, por supuesto; no contra el Cid, sino en pro de Castilla. Ya ves: a mí tu padre me caía simpático.

MARÍA. Pues poco se notó. En el segundo destierro nos encarcelaste a toda la familia.

ALFONSO. Porque quería que tu madre se quedase conmigo. Es mi sobrina, ¿no? Le tengo afecto. No la iba a dejar irse con un loco, trotando España adelante, enterándose mañana de lo que debería haber comido hoy, durmiendo como una titiritera en los pajares, haciendo cucamonas a los reyes de taifas, andando igual que un búcaro a punto de romperse... Tu madre tuvo buenos pañales: no es ningún guerrillero.

JIMENA. *(Lentamente.)* ¿Por qué, entonces, me casaste con él?

ALFONSO. Razón de Estado, hija. En la familia todos hemos hecho cosas muy raras por razones de Estado; prefiero no acordarme... Convenía tocar el lado *snob* del Cid; que lo tenía, y muy grande: no hay más que ver las cuatro bodas de las niñas... Convenía injertar al alférez de Castilla en una firme rama de León. Castilla se había puesto un poco tonta. La manera de bajarle los humos era darle más humos, pero humos leoneses. *(Sonríe triunfal.)*

JIMENA. *(Yendo al centro.)* Muy bien. A esto quería llegar. El Cid ha muerto. Yo he sido su mujer. Su memoria es sagrada... Pero yo sigo viva. Cerremos el paréntesis. Tachémoslo. No ha existido. Olvidado.

MARÍA. ¿Qué estás diciendo?

JIMENA. Mis hijas tienen ya muy buenas casas: han entroncado a gusto. Olvidadas también... Yo soy condesa aquí, en Valencia. Y puedo hacer dos cosas: o entregártela a ti, que no creo que la mantengas mucho tiempo —está muy lejos de León, de Toledo y de Burgos—, o quedarme con ella. Mazdalí, por el contrario, está muy cerca, amenazando ahí mismo... Mi postura es difícil. No soy una heroína. Soy una mujer sola, con un obispo sordo cuando le acomoda, unas cuantas decrépitas y unos cuantos soldados leales a un mito que ya no existe porque lo hemos tachado... ¿Es así o no es así?

ALFONSO. Sería imprescindible matizar.

JIMENA. ¿Es así o no es así?

ALFONSO. Síií, sobre poco más o menos...

JIMENA. En ese caso, Alfonso, como tío y como rey, yo pido tu permiso para casarme por segunda vez. *(Tensión.*

CONSTANZA *se santigua.* MINAYA *frena su gesto de dolor.* MARÍA *no lo cree del todo.)*

ALFONSO. Bueno, bueno, bueno...

JERÓNIMO. ¿Qué ha dicho? Constanza.

CONSTANZA. ¡Que bueno, bueno, bueno...!

ALFONSO. *(Intenta disimular su sorpresa.)* Éste es un *desenlace en el que no había pensado...* (MARÍA *hace una reverencia y sale airadamente.)* Ni tu hija tampoco, por lo visto.

JERÓNIMO. (*A* CONSTANZA.) ¿Qué ha pasado?

CONSTANZA. *(Harta.)* ¡Ay, qué hombre! Que se quiere casar.

JERÓNIMO. ¿El rey? Si está casado dos veces por lo menos.

CONSTANZA. No el rey; ¡doña Jimena!

JERÓNIMO. *(Gesto de horror.)* ¡Si es la viuda del Cid! *(El* REY *hace un gesto exhibiendo ante* JIMENA *los efectos de su declaración.)*

ALFONSO. *(Al único que no se ha denunciado.)* ¿Tú qué opinas, Minaya?

MINAYA. *(Hermético.)* No es cosa mía, señor. El permiso te lo han pedido a ti. Yo de bodas no entiendo.

JIMENA. *(Sarcástica.)* Por eso ni siquiera se casó.

MINAYA. (*Al* REY, *procurando no escuchar a* JIMENA.) Lo mío es conducir a tus soldados.

JIMENA. *(En el mismo tono.)* Una vez fue padrino de unas bodas y salieron tan mal...

MINAYA. *(Lo mismo.)* Jimena sabrá mejor que yo lo que hace.

ALFONSO. Pero tú..., como amigo predilecto del Cid...

JIMENA. *(Un grito.)* ¡Minaya nada tiene que ver con este asunto!

MINAYA. (*Tierno, volviéndose a* JIMENA.) Si tu voluntad es sacrificarte por conservar Valencia...

JIMENA. A Minaya hay que darle, como a un niño, los hechos consumados.

MINAYA. Jimena...

JIMENA. ¡Que se calle! (*Al* REY.) Decide tú.

ALFONSO. Así, de sopetón... En Castilla andan todos casados, me parece... Nájera, Oca... Quizá el obispo podría descasarlos; ahora está eso más fácil... ¿Y el viejo Ansúrez? O los condes de Aragón y de Navarra. No son guapos, pero eso no es muy grave.

JIMENA. Para ti sobre todo. Además, con los últimos corro el riesgo de acabar siendo suegra de alguna de mis hijas.

ALFONSO. Situaciones más raras hemos visto por razones de Estado.

JIMENA. Lo que no hayamos visto al lado tuyo...

ALFONSO. Repasemos la lista de viudos importantes... Porque lo querrás viudo, me supongo.

JIMENA. No necesariamente.

ALFONSO. Debe tener dinero, buen ejército y ganas de meterse en líos: eso sin duda... Si uno se fija, el matrimonio es una institución muy bien pensada. ¿No, Minaya? (MINAYA *apenas si puede encogerse de hombros.*) En política, al menos, sería muy difícil funcionar prescindiendo de él... La de problemas que viene a resolver una boda oportuna. Eres hábil, Jimena. Se me debía haber ocurrido a mí.

JIMENA. Me has entendido mal, Alfonso, como siempre. Esta vez Jimena no está en venta... Yo no quiero casarme por política. Quiero casarme, pero por amor. (*Está dando la espalda a* MINAYA.) Lo que te pido es que otorgues mi mano, si él la acepta, a Minaya Álvar Háñez.

MINAYA. ¡Jimena!

JIMENA. Y si no la aceptara, me da igual. En todo caso, quiero casarme con Minaya. (MINAYA *ha caído, sin saber por qué, de rodillas. Se ha ocultado la cara con las manos. El* REY *los mira a los dos.* JIMENA *aún no se ha vuelto hacia* MINAYA. *Escuchamos como una percusión sorda.*)

ALFONSO. Me parece que la Historia ha llamado a la puerta. Será preciso ponerse los arreos de rey y abrir de par en par.

JIMENA. (*Abrazando, de pie, los hombros de* MINAYA.) No es que la Historia esté llamando a la puerta, rey Alfonso; lo que tú oyes son los latidos de mi corazón.

ALFONSO. ¡No! Son las hordas de Mazdalí, que vuelven...

JIMENA. ¡Son los latidos de mi corazón!...

ALFONSO. ¡Ve por la cruz, obispo! ¡A las armas, Minaya!

JIMENA. ¡¡Son los latidos de mi corazón!!

TELÓN RÁPIDO

PARTE SEGUNDA

Cámara de JIMENA, *en el Alcázar valenciano. Es de día y hay un gran silencio.* JIMENA *está atenta. Oye unos pasos. Es* CONSTANZA, *que llega. Va a su encuentro.*

JIMENA. ¿Qué?

CONSTANZA. *(Dejándose caer en una silla.)* ¿Qué de qué? Muerta vengo... Sube, baja, vuelve a subir, pregunta en las cocinas, que es donde saben todo antes de que el Estado Mayor decida nada... ¡Muerta! (JIMENA *se muerde nerviosa las uñas.*) Este alcázar es un matapersonas... Todo un puro pasillo. Cuánto desperdicio. Qué mal pensado está... Cómo se ve que entre los moros no había especuladores de solares.

JIMENA. *(Incontenible.)* Pero ¿qué?

CONSTANZA. ¡Ay! ¡Qué! Yo qué sé... ¡Nada! [112] De lo tuyo aún nadie se ha enterado... Todo el mundo cree que tus "diferencias" con el rey son tan sólo económicas: un "quítame-allá-esas-pajas" más o menos.

JIMENA. ¿Y el rey?

CONSTANZA. *(Muy segura.)* Deliberando.

JIMENA. ¿Por qué lo sabes?

[112] Característica fundamental del lenguaje de este tipo de personajes es el uso abundante de la interjección y el vocativo (Ana María Padilla Mangas: *Tipología en la obra dramática de Antonio Gala,* Córdoba, Diputación-Universidad, 1985, p. 51).

CONSTANZA. *(Dando exagerados paseos en actitud de persona que piensa.)* Porque se ha pasado la mañana así por las terrazas.

JIMENA. ¿Solo?

CONSTANZA. Por descontado. Los reyes siempre deliberan solos.

JIMENA. *(Casi sin atreverse.)* ¿Y Minaya?

CONSTANZA. Lo debe de haber mandado a hostigar al enemigo... Para tenerlo lejos, me figuro, mientras él delibera... O para ver si un moro se lo carga. (*Gesto de* JIMENA.) Con lo cual se terminaron de una vez las deliberaciones.

JIMENA. Siempre hay algo peor que lo peor... Me encontraba en las últimas; reclamo la ayuda del rey para que me libere de los moros; llega el rey, me libera..., y va y me mete presa.

CONSTANZA. ¡Presa! Qué exagerada eres, hija... Tú no estás presa. Estás recluida, nada más... Que no puedes salir de tus habitaciones, eso es todo; pero de eso a estar presa... [113] Además, que te lo has buscado tú, ea, porque vaya petardo que pegaste con eso de tu boda. Cómo se ve que estamos en Valencia... *(Ríe.)* ¡Mira que atreverte a decir que estás enamorada! ¡Qué valor tienes, madre!

JIMENA. Si todo el mundo dijera la verdad, mejor irían las cosas.

CONSTANZA. No sé...

JIMENA. ¿Qué es lo que pido yo? Algo que no se prohíbe a nadie... Soy viuda, ¿no? Le he sido fiel a mi marido mientras vivió: he cumplido... Pero yo no me he muerto. Estoy aquí, ¿ves? Si me hago un arañazo, sale sangre... Yo no tengo la culpa de estar viva.

CONSTANZA. Que sí, que sí... Pero no te acalores. Tú, tranquila... Ahora, Jimena, guapa: reconoce que tú no eres una persona corriente.

[113] Constanza ya no habla con la espontaneidad de la Primera Parte, sino que toma el vocabulario hipócrita de la clase dominante. Ya está pagada para traicionar a Jimena (Ana María Padilla: *ob. cit.*, p. 117).

JIMENA. Sí soy. El que no era corriente fue mi marido. Yo, sí. Y además "quiero" serlo. Cuando estuve casada me jorobé y no hice una vida corriente. Ahora ya no tengo por qué... Dime tú a mí si no tengo derecho a un puñadito de vulgaridad.

CONSTANZA. Anda que si te oyeran...

JIMENA. Pero si van o oírme. Ya una vez que he tirado de la manta... ¿Es que no clama al cielo? Me casan sin comerlo ni beberlo... No me entero de que estoy casada...

CONSTANZA. Bueno, eso tampoco. No te pases... Has tenido tres hijos.

JIMENA. Sin enterarme. Por lo visto, eso del "deleite carnal" que nos decían de chicas era sólo para hombres... Yo de lo único que me he enterado es de lo mal que se pasa en los partos... En ese aspecto, el Cid era un marido muy español: la mujer propia es tonta, decente, fría y, a ser posible, mona... El deleite carnal, en otro sitio. Lo que es en casa, al primer tapón, zurrapa... [114]

CONSTANZA. Vamos, vamos... Todo el mundo sabe que el Cid era el más fiel de todos los maridos.

JIMENA. Pues peor para él. Porque como haya hecho el amor sólo las veces que lo hizo conmigo, qué vida más sinsorga [115] se pegó el infeliz.

CONSTANZA. Porque lo suyo eran las guerras, mujer... Las carrerillas, el "este moro quiero, éste no quiero"... La gente que hace la Historia ya se sabe...

JIMENA. Pero yo no he hecho ninguna historia. Mi vocación es de gallina clueca: mi casa, mis hijos...

CONSTANZA. Tu gallo.

JIMENA. Sí, señora. Mi gallo. Y como manda Dios, no uno cada año y medio... Mi buen gallo. *(Otro tono.)* Me casaron con un águila. Tres polluelos tuve: pollos de águila los tres... Y al que más quise, me lo mataron a cuchilla-

[114] *al primer tapón, zurrapa*: 'expresión figurada y familiar que da a entender que sale mal el principio de cualquier obra o empresa' *(DRAE)*.

[115] *sinsorga*: 'dícese de la persona insustancial y de poca formalidad' *(DRAE)*.

La actriz María Asquerino en el papel de Jimena en la obra *Anillos para una dama.*

Antonio Gala con Andrés Amorós en Madrid, en el jardín de la casa del escritor.

das... ¡Qué vida, Dios! Cómo era Diego, ¿eh? Con veinte años. No le sirvió de nada... Fue en representación del padre, del "Aguila real", a auxiliar al tío Alfonso... en una de esas paces que hacían entre ellos de repente. Y allí se me quedó. Maldita paz que me costó la vida de mi hijo.

CONSTANZA. "Maldita sea la mujer que tan sólo un hijo pare: si enemigos se lo matan, no tienen quien le vengare."

JIMENA. Se parecía tanto a mí... Y me lo desangraron... ¡Las guerras! Sus hermanas son como el padre: reír de puerta ajena; gente de escaparate, que no tiene dulzura ni a la hora de la cena... Ya tú ves: las pocas noches que el Cid pasó conmigo, se durmió mucho antes de llegar a la cama.

CONSTANZA. Como que vendría deshecho el pobrecito... Matar cansa tantísimo...

JIMENA. Y no es que yo sea una mujer sobona; al contrario: más bien arisca soy; tú me conoces... Pero me gusta, de cuando en cuando, una mirada fija, un enredar los dedos, un suspiro, un revolú bien hecho... Lo normal, ¿no crees tú? Pues no, señor. La de veces que yo habré tenido celos de Babieca. Y a eso ya no hay derecho... Al rey se lo escribí: ya estaba harta de que me llamaran "la del marido envidiado".

CONSTANZA. ¡Ay, qué graciosa! ¿Y qué te contestó?

JIMENA. ¡Lo que tú! Que no sería para tanto cuando el Cid me había levantado *(Gesto de embarazo.)* por tres veces la falda... Muy fino... Como si no supiese en España todo quisque que el Cid tenía muy buena puntería... Y hoy, porque una quiere reorganizarse, a poner el grito en el cielo. Mira, Constanza: a duras penas he podido soportar un anillo. Dos son ya demasiado para mí. Que me dejen salirme de la Historia, Dios mío, y esconderme en el último rincón... No pido nada a nadie. Que se olviden de mí es lo que pido y me consientan ser yo una vez siquiera.

MARÍA. *(Apareciendo con unos papeles en la mano.)* ¿Puedo pasar, mamá?

JIMENA. Aquí puede pasar cualquiera, hija. Soy yo quien no puede salir.

MARÍA. Traigo para firmar estos papeles.

JIMENA. ¿Es que hay algo que todavía dependa de mi firma? Qué asombro: estoy presa en mi casa, y hay algo sobre lo que todavía puedo decir sí o no.

MARÍA. No estás presa, mamá. *(Fría y exacta.)* Sencillamente el rey te ha dado la oportunidad de que recapacites a solas unos días.

JIMENA. ¿Ah, sí? ¡Qué generoso! *(Saltando.)* ¡Ya he recapacitado a solas muchos años! ¡Díselo al rey!

MARÍA. *(Que ha dado un paso atrás, asustada.)* Te comportas como una soldadera, mamá.

JIMENA. ¿Qué es una soldadera? ¿La mujer de un soldado? Pues eso he sido siempre... O mejor aún, una mujer a secas, sin soldado siquiera. Ya estoy hasta el copete de ser el espejo de las damas, el modelo de las viudas ilustres de esta tierra.

MARÍA. Una mujer no debe...

JIMENA. *(Imparable.)* ¿Qué no debe? ¿Sentir calor ni frío? ¡Pues yo sí que lo siento! ¿No decirlo? ¡Pues yo sí que lo digo!... No sé de dónde os vienen a tu hermana y a ti esos aires de asepsia. ¡Como si descendierais de la pata del Cid! Y no es precisamente de su pata de donde descendéis, caramba. [116]

MARÍA. En nuestra familia, mamá...

JIMENA. En vuestra familia, que es la mía, o por lo menos eso tenía entendido, siempre ha habido de todo. Como en todas las familias del mundo. No hay que ponerse moños... Si a la gente no se le subiera a un pedestal, no habría que bajarla a empujones después.

MARÍA. Siempre se ha dicho que una mujer es sólo para un hombre. Y si ese hombre se muere, mala suerte. Lo demás es de desaforadas, deseosas y zorras.

CONSTANZA. Niña, ¿qué estás diciendo?

JIMENA. Déjala. Esta mosquita muerta, desde pequeña, me ha tenido envidia. A ella le hubiera gustado ser doña Jimena, pero llegó ya tarde... Una mujer sólo de un hombre, ¿no es eso? ¡Para siempre!... ¿Y pensabas lo mismo

[116] Convierte Gala en chiste la frase proverbial.

cuando a ti y a tu hermana, en el robledal de Corpes, os pusieron el culo morado a cintarazos los infantes de Carrión? Entonces no, ¿verdad? Entonces erais las malcasadas y había que descasaros... Os volvisteis llorando, señoritas de la media almendra, a casa de papá. A que él os arreglara las cosas otra vez. Y debí entonces salir a la puerta y deciros: "Lo siento. Papá y yo lo sentimos. Que la mujer se vaya con su esposo y pase el equinoccio. Si es un chulo, que aguante. ¡Hala, a Carrión! A que esos dos castrones [117] os muelan a porrazos tres veces por semana. Sois las hijas del Cid, y el Cid está tan alto que no puede agraviársele. Si os zurran los maridos, santas pascuas: cada palo, su vela..." Pero no se os dijo eso. Se reunieron Cortes en Toledo, se os descasó, se dieron vuestras manos a hijos de reyes —un poquito sosos, la verdad, porque hay que ver el tuyo—, pero que, por lo menos, ya no os baten el cobre... Y ahora, ya bien casadas, que no se mueva nadie; ya no se juega a las separaciones: cada ovejita con su parejita... Y si el ovejo la hinca, que la hembra se resigne y se vaya a hacer gárgaras o a pedir por su alma en un convento... Eso es lo que queréis, ¿no es verdad? Pues vais listas.

CONSTANZA. ¡Qué bien te expresas, hija!

JIMENA. Gracias. (*A* MARÍA.) El Cid era el ápice de España: eso lo sé yo mejor que nadie. Y lo quise. Los demás quisisteis el bla-bla-bla, y el yelmo, y la coraza, y el poderío, y el gesto. Yo quise sus ronquidos, su asma de última hora, su cansancio y su miedo...

MARÍA. ¿Su miedo? (*Gesto de* MARÍA.)

JIMENA. ¡Sí, su miedo! ¿Quién te ha dicho que el Cid no tuvo miedo ni pasó noches tristes? Fue el ápice de España. ¡Pero también yo soy España! *(Besa los dedos en cruz.)* ¡Por estas! Y te digo que si en este país hay pocas cosas que merezcan la pena, las que hay están derechas, bien plantadas, y sólo Dios las muda. Yo soy Jimena Díaz y necesitas tú comer muchas sopas para llegarme siquiera a la cintura. ¡Pues no faltaba más!

[117] *castrón*: 'macho cabrío, morueco o puerco castrado' *(DRAE)*.

MARÍA. ¿Has terminado?

JIMENA. Por el momento, sí.

MARÍA. Toma. *(Tendiéndole los papeles.)* ¿Firmas o no?

JIMENA. *(Tensión.* JIMENA *toma los papeles, los rompe, se los tira a la cara a su hija.)* ¡Así firma Jimena! Ve y dile a tu marido que la viuda del Cid, esa pobre mujer insatisfecha, acaba de insultarte. (MARÍA *va a salir, rabiosa; se tropieza con el* REY *y el* OBISPO, *que entran apresuradamente. Entretanto.*)

CONSTANZA. ¡Ay, qué Campeadora se está perdiendo el mundo!

ALFONSO. ¿Qué pasa aquí?

JIMENA. Nada. Que mi hija y yo hemos echado una partidita y le he cantado las cuarenta en bastos... (*Por los papeles que recogerá* CONSTANZA.) Ahí está la baraja.

ALFONSO. Que estabas cantando ya lo sabía. Desde el jardín se te oye... Hasta el obispo.

JIMENA. Pues todavía me quedan por cantar las diez de últimas.

ALFONSO. Si te he rogado que no salieses de tu habitación ha sido precisamente para evitar escándalos.

JIMENA. No me has rogado nada. Me has encerrado, y listo... Y si no me asomo a esa ventana y me pongo a dar gritos es porque estoy afónica y se me iba a oír poco. Cuando crea que ha llegado el momento, ya verás.

JERÓNIMO. El emperador lo hace todo por tu bien, hija mía.

JIMENA. Sí, ya lo sé. Lo conozco. Alfonso nos tiene acostumbrados a hacer, por nuestro bien, lo que le da la gana.

CONSTANZA. *(Que ha terminado de recoger los papeles.)* Éstos son asuntos privados... No quisiera... Si no me mandan nada... (MARÍA, *aprovechando la coyuntura, va a salir.*)

JIMENA. Sí, que te quedes... ¡Y tú también, María! Estas escenas hay que conocerlas de primera mano. Contadas, pierden mucho... Y la Historia cambia tanto según quien nos la cuente... Por eso los reyes pagan tan buenos sueldos a los cronistas. Son los embellecedores de la Historia, ¿eh, Alfonso? Ay, pero luego llega una destrozona con jabón y bayeta y saca a relucir la verdad, que con tanto cuidado disfrazamos... Vamos. Sentaos, sentaos, estáis en vuestra cárcel.

ALFONSO. Mal comienzo, Jimena... No nos permites ni defenderte a ti de ti misma, hija mía.

JIMENA. ¡Vaya! ¡Ahora resulta que soy hija de todos! Cuando a la gente le da por llamarte "hija mía" y pretende defenderte de ti misma, milagro será que no termine cortándote el gañote.

MARÍA. *(Como para sí.)* ¡Qué expresiones!

JIMENA. Si hemos organizado esta amena velada familiar es para hablarnos claro, rica... Llevamos cinco lustros —¿te gusta eso ya más?— diciéndonos mentiras.

JERÓNIMO. (*A* CONSTANZA.) Perdón. No he oído bien...

JIMENA. Tú llevas doce lustros sin oír, de modo que da igual. De todas formas, no sé por qué me parece que hoy vas a mejorar... *(Se le acerca al oído.)* "¡Effeta!" [118] *(A los demás.)* Que quiere decir "ábrete", ¿no es así?

JERÓNIMO. Así es, así es...

JIMENA. ¿Veis? Ya está mejorando. Hasta los sordos van a oírme hoy. (*A* ALFONSO.) Primero, tú; para eso eres el rey.

ALFONSO. Escúchame tú antes. Y cálmate.

JIMENA. No. Si estoy calmadísima... *(Es mentira.)* ¿Es que no se me nota?

CONSTANZA. Naturalmente. Ciego habría que estar.

ALFONSO. Cuando tú el otro día hablaste de volver a casarte, yo no me opuse. Tú eres muy libre de decidir tu vida..., siempre que se trate de una decisión sabia y meditada. Un matrimonio oportunamente ventajoso, con alguien fuerte, que pueda resolver la situación en que nos encontramos... Un matrimonio cauto, razonado y político.

[118] *Effeta*: "del hebreo *heffetah*, 'ábrete'; voz de la liturgia, que la Iglesia emplea en el Sacramento del Bautismo" *(DRAE)*.

JIMENA. En una palabra, si me caso otra vez para hacerme la cusqui,[119] todos me bendecís y me acompañáis, llenos de gozo, al sacrificio. Ahora, si me caso por amor y por gusto, "tararí-que-te-vi", ¿no es eso?

ALFONSO. Tienes una manera de decir las cosas... Mira, Jimena: la memoria del Cid y sus devotos es una de las pocas bazas con que aún contamos. Podemos prescindir de ella para sustituirla por una fuerza presente y eficaz. Lo que no es permisible es tirarla por tierra y quedarnos sin nada... Porque el amor, tu amor, Jimena, al pueblo y a la Historia les importa un pimiento.

JIMENA. Aproximadamente lo que la Historia a mí.

ALFONSO. *(Sin escucharla.)* El pueblo (*Señala a* JERÓNIMO.) y sus pastores piensan que el Cid es insustituible. Y quieren que lo sea... Como viuda desconsolada, por motivos históricos, te tolerarían contraer nuevas nupcias. Pero como mujer enamorada de otro hombre, no. Para ellos el Cid es insustituible hasta en brazos de Jimena. A los mitos políticos hay que mimarlos mucho, limpiarles bien el polvo cada día. Embellecerlos, como tú dijiste... De un héroe, hasta la intimidad debe estar limpia. Y el lugar del Cid Campeador nadie debe ocuparlo. Ni en la cama... En la cama menos que en otros sitios.

JIMENA. *(Riendo.)* ¿Tú dices eso, Alfonso? No puede ser... La sorda soy yo ahora... Precisamente tú estás diciendo eso...

ALFONSO. Seguro que vas a empezar a contar enredos familiares; es una de tus tontas manías...

JIMENA. Desde el principio... Vamos a comenzar desde el principio. Estate atento, obispo... El padre de este señor que ves aquí, tan serio, escachifolló[120] España repartién-

[119] *hacer la cusqui* o *cusca*: 'molestar, fastidiar' (Alcalá).

[120] *escachifollar, cachifollar*: 'dejar a uno deslucido y humillado' *(DRAE)*. Creo que es más fuerte, algo así como 'la partió por el eje', 'la deshizo'. Alcalá: 'destruir, deshacer'. Cita un ejemplo de López Pinillos: "¿Usté cree que la guitarra que me ha *escachifoyao* no balía ná?..." (*Las águilas,* Madrid, 1911, p. 216). Gala usa también este verbo en *Los buenos días perdidos.*

dola entre sus cinco hijos... Los cinco, no; a las niñas sólo les dio Zamora y Toro, con la condición, que no es moco de pavo, de que no se casasen en la vida. Por eso la mema de tía Elvira ha ido formando el mitin de convento en convento... Y éste que veis aquí, el de "hasta la intimidad debe estar limpia", tuvo en un calabozo a su hermano García más de diecisiete años. A su hermano, don Sancho, se lo cargó en el cerco de Zamora...

ALFONSO. En Santa Gadea yo he jurado...

JIMENA. Yo también he jurado muchas cosas... Se lió con su hermana doña Urraca —una de las pécoras más grandes que yo he visto en mi vida, y mira que habré visto...— para que le ayudara a ser lo que ahora es... Y casado como estaba por la mano derecha, se casó por la izquierda con la nuera de Motamid, rey de Sevilla. Entonces era guapa y se llamaba Zaida. Hoy es una tía gorda y se llama Isabel. Porque la bautizaron, eso sí. Y es la madre del único hijo varón de Alfonso VI... Pero, cuidado, la intimidad debe quedar muy limpia.

ALFONSO. Las cosas no han sido tan sencillas como las cuentas tú... Pero, de cualquier modo, has puesto de relieve los sacrificios que he hecho por mi patria. Lo doloroso que ha sido, para unos y para otros, ir haciendo este reino.

JIMENA. ¡Qué cara tienes!

ALFONSO. La Historia no se escribe con las manos lavadas.[121] Todos hemos sufrido, y es eso, cabalmente, a lo que tú te niegas.

JIMENA. Yo no he nacido rey. Ni hija de rey, que se castra en testamentos. He nacido mujer. ¡Y ya he sufrido! Ahora voy a comerme en un desván ese cuscurro[122] que me habéis dejado. Quiero roerlo antes de que se me caigan los dientes y no pueda.

ALFONSO. ¡En un desván! Destápate los ojos... Mira la patria: ese lugar en que nacemos, ese río, esos árboles,

[121] Parece oírse un eco de la obra de Sartre, *Las manos sucias*, con su debate entre ética y política.

[122] *cuscurro*: 'cantero de pan, pequeño y muy cocido' *(DRAE)*.

con gente que habla como nosotros y que va a nuestro paso... La patria está muy por encima de nosotros y de nuestros mendrugos...

JIMENA. ¡Déjame a mí de patrias! ¿Es que el Cid tuvo patria? Tú te pasaste la vida echándolo de ella: de Castilla, ese agujero donde son negras hasta las gallinas... ¿Es que el pueblo es la patria? ¿Qué has hecho con el pueblo? ¿Para qué lo has querido? ¿Deseó el pueblo de Castilla que tú fueras rey? ¿Te pidieron a ti los leoneses que los llevaras a morir a Golpejera? ¿Cuántos montones de cabezas le cortaron a tu pueblo los moros en Sagrajas?... Tú a ti te llamas patria; a tu voluntad, patria; a tu avaricia de poder, patria... ¡Déjame a mí de patrias! [123] ¿No ves que estoy de vuelta de las grandes palabras? Las he mamado, Alfonso. Me he criado con ellas. He jugado con ellas, de niña, a la pelota... [124] Apenas si he tenido marido, el que me diste, porque ya me lo diste con las grandes palabras. Y hubiera sido bueno, complaciente, tierno, ¿por qué no?; hubiera sido cariñoso y amante. Pero, ¡ah!, no pudo ser: allí estaban, en medio siempre de los dos, esas grandes palabras... ¿Y mi hijo? Mi hijo se quedó muerto, solo en mitad de un campo, con las grandes palabras por almohada... Estoy segura de que al morirse dijo "madre" y no "patria"...

JERÓNIMO. Dios sabe que has sufrido, hija mía. Dios te lo pagará.

JIMENA. ¿Estáis viendo? Cuando decís Dios o cuando decís patria es que vais a pedir algo terrible. Vais a pedir

[123] El patriotismo como medio de encubrir las verdaderas razones de la guerra lo confesaba ya el Rey de *El sol en el hormiguero*: "Declararemos la guerra a un enemigo normal y honrado, cuyas armas disparen al ras de nuestras armas. Aunque muera la mitad del censo. Necesitamos echar mano otra vez del viejo truco del patriotismo" (*Obras Selectas,* p. 193).

[124] Muchos personajes de Gala evocan con nostalgia sus juegos infantiles: en esta misma obra, Constanza recuerda a "los chiquillos que juegan a las tabas". En *Spain's Strip-tease,* los niños juegan al escondite inglés (*Obras Selectas,* p. 334). En *Petra Regalada,* Tadeo está mirando por el caleidoscopio (*ibidem,* p. 822). No menciono los frecuentes ejemplos de niñas que juegan con su muñeca.

la vida... Y sin la vida no hay ni Dios ni patria... Si ese Dios y esa patria no nos hacen felices, ¿de qué nos sirven? Con qué poca grandeza soléis usar esas grandes palabras... Las gastáis solamente en calderilla. Dios es para vosotros un contable que paga, parsimoniosamente, a denario por barba. Y la patria, esa boca oscura que devora los hijos a ritmo de charanga. ¡No! ¡No! ¡No quiero jugar más! ¡También ahora yo tengo mi gran palabra: amor! ¡Amo a Minaya! ¡Oídlo, amo a Minaya! No tengo yo más patria que Minaya. Amo a Minaya. Tan sólo con decirlo soy tan feliz que, para que me calle, tendríais que arrancarme la lengua. Y aun así, aun así, lo seguiría gritando con los ojos... ¡Amo a Minaya! ¿Oís? ¡Amo a Minaya! *(El* REY, *contenido hasta ahora a duras penas, cuando* JIMENA *va a la ventana, se abalanza sobre ella y le tapa la boca con la mano duramente.* JIMENA *forcejea; luego, queda inmóvil, agotada.)*

ALFONSO. *(A todos.)* Salid todos. Deprisa. (*Lo hacen. A* JIMENA.) Si das un grito más, diremos que estás loca... Te encerraré, Jimena. *(Habla con cierto cansancio.)* Sabes que a estas alturas de mi vida no me apetece correr riesgos inútiles... Ni un grito más (JIMENA *afirma, amordazada.)*, o te encerraré. *(La suelta.)*

JIMENA. Ya no sería la primera vez que me encerraras.

ALFONSO. Razón de más... *(Más suave.)* Pero no lo querría. Siempre te tuve aprecio... Quiero tu conveniencia, Jimena.

JIMENA. Mientras que no tropiece con la tuya.

ALFONSO. Eso es verdad... Pero la edad me ha ido haciendo más blando. Sé que tienes razón. También yo estoy cansado de esas grandes palabras que tú dices... Pero ¿qué voy a hacer? No tengo otras. Debo seguir usándolas. ¿Qué pinto yo sin ellas? Eres lista, Jimena. Lo único que te pido es precisamente que no las uses tú.

JIMENA. *(Al acecho.)* No te entiendo...

ALFONSO. Está muy claro... Yo no puedo impedir que tú ames a Minaya. No me incumbe a quien ames, con tal que no lo digas... Mantén alta la frente: del resto de tu cuerpo, haz lo que quieras... Ama a Minaya, vive con él... Pero ¿qué necesidad tiene la gente de saberlo?

JIMENA. ¿Qué me propones? ¿Que sea la amante de Minaya?

ALFONSO. *(Hipócrita.)* Todo el que ama es amante.

JIMENA. *(Riendo malamente.)* Esto ya pude serlo. Hasta en vida del Cid, pero no quise... Para acostarme con alguien no necesito que lo apruebe el rey... Yo, cuando amo, Alfonso, estoy muy orgullosa de mi amor. *(Como en una acusación.)* No me avergüenzo de él.

ALFONSO. Muy bien... *(Por otro camino.)* Si tienes reparos religiosos, puedes casarte... El obispo Jerónimo puede casaros... Hay matrimonios que se guardan secretos por ciertas circunstancias.

JIMENA. Pero ¿qué es lo que crees? ¿Que tengo ganas de hombre? ¡Pobre Alfonso! ¡Qué fácil me sería entonces todo!... No. *(Como para sí, muy dulcemente.)* De lo que tengo ganas es de sentarme al lado de Minaya, alguna noche, bajo las estrellas, en un jardín que hay cerca de Molina. Y cantar. Y que la gente pase y se sonría y se diga: "Son Minaya y Jimena, que se aman..." De lo que tengo ganas es de que se me quiera. *(Se toca la mejilla.)* De tener una cabeza de hombre abandonada aquí, sin sobresalto; unas manos de hombre que yo deba quitar de mi cintura, porque he de hacer la cena y no me dejan; un cariño a mi lado al que le tenga que decir: "Basta, Minaya. No me mires más: está toda la casa por hacer..." De lo que tengo ganas es de tener en mi regazo a un hombre y cantarle y que se duerma, y levantarme yo muy despacito para lavar, sin ruido, su camisa... No me entiendes, Alfonso. Toda la vida te estaría diciendo de lo que tengo ganas y no lo entenderías.

ALFONSO. Te entiendo, sí, Jimena. Ya lo creo que te entiendo. Eres una mujer: lo que me dices no es tan raro... A veces yo, hace ya mucho tiempo, también pensé que el mundo se había creado para vivir así... Ahora ya sé que no... Te entiendo. Pero siento entenderte... La viuda del Cid puede tener uno, cien, mil amantes: eso no afecta en nada la grandeza del muerto... Un amante por noche, y el Cid se quedaría inmaculado, allá arriba, en su gloria: en la gloria que todos exigimos que el Cid tenga... Hay una sola cosa que la viuda del Cid no puede hacer, Jimena, no lo olvides. Por tu bien, no lo olvides. Hay una cosa sólo. Muy sencilla. La viuda del Cid, nunca —¿lo estás oyendo?, nunca— podrá volverse a casar enamorada... Es palabra de rey.

JIMENA. Eso ya lo veremos, rey Alfonso... Tu palabra y la mía. *(Le vuelve ostentosamente la espalda.)* Ahora quiero estar sola. *(El* REY *la mira y sale lentamente, mientras baja la luz. Viene, antes que ella, un murmullo precipitado de tropa en movimiento, pero no de batalla: lanzas, marchas, órdenes, etc. Entra* CONSTANZA *en la cámara de* JIMENA. *Al oírla, sale* JIMENA *de su dormitorio, despeinada y sin sueño. Es de noche, muy tarde.)* ¿Qué es ese ruido a estas horas, Constanza?

CONSTANZA. Esta noche nadie va a pegar ojo en el Alcázar. ¡Ay, Virgen del Camino! No, ésa es la de León. ¡Ay, Virgen de Covadonga! ¡Menudo estruendo hay!

JIMENA. Ya lo oigo; pero ¿qué es lo que pasa?

CONSTANZA. Que han desacuartelado a las mesnadas. Que los patios están así *(Junta los dedos de la mano derecha boca arriba.)* de soldadesca. Que todos van y vienen como en una colmena... Que el rey y tu hija han estado hablando mucho tiempo en secreto, y ahora tienen los dos la cara muy tranquila... ¿Esa cara que se le pone a la gente importante cuando, por fin, se han decidido a seguir siendo importantes? Pues ésa... No me gusta, Jimena, no me gusta... Huele a azufre la noche. *(Tentadora.)* Si tú quisieras...

JIMENA. Si yo quisiera, ¿qué?

CONSTANZA. Que terminabas con el cuadro... Una palabra tuya —y cuidado que palabras no te faltan—, y todo volvería a estar en orden...

JIMENA. *(Serena, encarándosele.)* ¿Qué palabra, Constanza?

CONSTANZA. ¡Ay!, no me mires así, que me das miedo... Una lo que quiere es apoyarte... *(Iniciando su labor.)* Fíate de una vieja. No llames a las cosas por su nombre, Jimena. Lo que aquí escandalizan no son las cosas, sino el nombre que les damos... ¿Tú quieres a Minaya? (*Mirada tensa de* JIMENA.) Sí, de acuerdo... Aunque tampoco me creo que lo quieras como para tirarlo todo por la borda, pero en fin... Tú quieres a Minaya. Pues ya está: quiérelo... ¿Ves qué sencillo? Pues no, señor: "Quiero a Minaya. Quiero a Minaya. Quiero a Minaya. Que se enteren los aguadores, los chiquillos que juegan a las tabas, las cantineras; que se entere el nuncio... ¡Todos! Y además me voy a casar con él porque me sale del níspero, [125] pasando por encima del lucero del alba"... Ay, Jimena, por Dios, qué burra eres. (JIMENA *no ha podido por menos que sonreír.* CONSTANZA *toma confianza.*) Hazme caso, mujer. Lo importante, cuando se quiere a una persona, es la persona, no el cuchipandeo... [126] El amor no se dice, se hace: cuando se dice tanto, malo, malo... Tú no eres una enamorada, hija mía: tú eres una cabezota de aquí te espero. Mucha palabrería, mucha titiritaina, [127] pero amor de verdad, niente de niente. Lo sabré yo... Lo único que no has dicho es lo uniquito que tenías que decir.

JIMENA. ¿Qué?

CONSTANZA. ... y a solas, a Minaya, no delante del público: ¡ay, qué exhibicionista!

JIMENA. ¿Qué?

CONSTANZA. "Yo te quiero, Minaya. ¿Tú me quieres? Pues arreando, que es gerundio." A quien Dios se la dé, San Pedro se la bendiga... [128] Pero no el de Cardeña. *(Ríe.)*

[125] Evidente eufemismo: 'del coño'.

[126] *cuchipandeo* deriva de *cuchipanda*: 'comida que toman juntas y regocijadamente varias personas' *(DRAE).*

[127] *titiritaina,* voz onomatopéyica: 'ruido confuso de flautas u otros instrumentos. Por extensión, cualquier bulla alegre o festiva sin orden' *(DRAE).*

[128] *A quien Dios se la dé, San Pedro se la bendiga*: lo cita Juan de Mal Lara, en su *Philosophia Vulgar,* en tiempo pasado: *A quien Dios se la dio...* y la explica así: "la voluntad de nues-

Para qué más casorios ni más requisitorias... ¿No es cosa de los dos? ¿No hay camas en el mundo? ¿Qué obligación hay de tocar a rebato antes de darse un beso? [129] ¡Ay, qué mujer, Virgen Santísima de... bueno, Virgen en general! Una cosa tan simple, que se hace a cencerro tapado... Qué disparate: ella, a ponerle música. ¿Tengo razón o no?... ¿Qué piensas?

JIMENA. *(Sentada, vencida.)* Qué importa lo que pienso yo aquí, sola...

CONSTANZA. *(Que ahí quería llegar.)* ¿Te lo traigo?

JIMENA. *(Levantándose.)* ¿A quién?

CONSTANZA. No te hagas la tonta... A Minaya.

JIMENA. ¿Cómo?

CONSTANZA. ¡Huy! ¡Facilísimo! ¿No ves que los moros se pasaban las noches de claro en claro? Todo este Alcázar está lleno de pasillos secretos... Y como tus dueñas no son tan tiquismiquis como tú, ya lo han descubierto. Qué relajo... Yo sé de uno que lleva hasta el jardín... En el jardín está Minaya. Me espera. En un segundo voy, lo aviso callandito y que se suba aquí a "departir" contigo... Di, ¿lo aviso?

JIMENA. ¡Sí! *(Sale* CONSTANZA. JIMENA *arregla nerviosamente su pelo, ordena su ropa.)* Por amor a Minaya, Jimena va a dejar de ser Jimena... Pronto empieza el amor a exigir víctimas. Sé que hago mal, pero son ellos, Constanza *(por los de fuera)*, quienes me empujan. *(Entra* CONSTANZA, *seguida de* MINAYA. JIMENA, *que está de espaldas, no se mueve.)*

---

tro Dios en la tierra fue que lo que San Pedro, o sucesor suyo, atase en la Tierra, fuese atado en el Cielo, y así lo que soltase y perdonase. Y lo mismo se entiende que sería la voluntad de San Pedro, hecho el argumento al revés, del Cielo a la Tierra, pues a quien Dios hace merced espiritual, razón es que San Pedro la dé por buena. Parece haber nacido de uno que llevó un beneficio patrimonial por suficiencia, y se le dijo al colar de aquella prebenda: 'A quien Dios se la dio', y diráse de todas las mercedes que hace Dios, que se tengan así acá, y nadie las ose mudar".

[129] El uso habitual de frases interrogativas que hace este tipo de personajes da a su diálogo una gran vivacidad, a la vez que desea atraerse al oyente (Ana María Padilla: *ob. cit.*, p. 60).

CONSTANZA. Ahí os quedáis, pichones. Que aprovechéis el tiempo... Y no habléis mucho, que las palabras se las lleva el viento y no quitan la sed... Bebed uno en el otro, a grandes sorbos, que es lo que estáis deseando... Que vengan luego los demás y os quiten lo bebido. *(Sale riendo.)*

MINAYA. *(Ella se vuelve por fin. Va a lanzarse en los brazos de* MINAYA. *Él da dos pasos atrás. Y se justifica.)* Me han permitido entrar...

JIMENA. *(Dolida, luego asombrada.)* ¿Ellos?

MINAYA. *(Un gesto de afirmación.)* La vieja está comprada...

JIMENA. Comprada... ¿para qué?

MINAYA. Para sorprendernos, para ensuciarnos, para tener un arma contra ti...

JIMENA. *(Tiene un gesto de infinito dolor.)* ¿Por qué has venido entonces...?

MINAYA. Para verte por última vez. ¿Para qué otra cosa podía haber venido?

JIMENA. ¿Es que te vas? (MINAYA *afirma.*) ¿A dónde?

MINAYA. No lo sé. Ya da igual.

JIMENA. *(Un gesto resuelto.)* Me voy contigo.

MINAYA. No te dejarán salir.

JIMENA. *(Hacia la ventana.)* Pediré ayuda. Tengo soldados fieles.

MINAYA. Fieles al Cid... A la Jimena del Cid, no a la Jimena de Minaya.

JIMENA. Pero hay que intentar algo.

MINAYA. *(Con los ojos cerrados.)* Seguir viviendo hay que intentar...

JIMENA. ¿Sin ti? ¿Y tú me amas?

MINAYA. Eso es lo único que sé... Eso, y que te he perdido. O mejor, que no te tuve nunca.

JIMENA. *(En un arranque.)* Tenme ahora, Minaya. Tenme ahora.

MINAYA. Ellos están ahí fuera... Oyéndonos, mirándonos... Me han permitido entrar para probarte que todo es imposible.

JIMENA. *(Horrorizada.)* También te han convencido... ¿a ti? ¿Qué habrán sido capaces de inventar? ¿Qué palabras? ¿Con qué amenazas han podido cambiarte? *(Muy cerca.)* Minaya, mírame... ¡Contéstame!

MINAYA. No ha sido necesario que inventaran... *(Muy dolorido.)* Ellos tienen razón. Por otro fundamento del que creen, pero tienen razón... Tú y yo hemos sido siempre dos ruedas paralelas, hechas para girar, una cerca de otra, sin coincidir jamás. El Cid ha sido el eje que une y separa. Dependíamos de él... Para mezclarnos tú y yo, tendría que deshacerse todo. Y entonces no habría eje ni ruedas... No habría ni Jimena ni Minaya... El destino no se puede cambiar. Y nuestro destino, lo queramos o no, se llama Cid y estará entre nosotros, hasta el final como una espada fría... Podríamos gritar, quejarnos, apretarnos las manos hasta romper sus huesos... Besarnos, ay, Jimena, podríamos besarnos de tal modo, que todos los monarcas de León y Castilla juntos no serían capaces de apartarnos... Sería lo mismo: entre los dos estaría siempre el Cid como una espada. [130]

JIMENA. Probémoslo, Minaya.

MINAYA. *(Negando.)* Mi sino es el de los que pierden: ya estoy acostumbrado. No quiero atarte a él... Tú amas a Minaya, porque a tus ojos es una cosa del Cid: como su casco o su coraza.

JIMENA. ¡No!

MINAYA. Si querías olvidar a Rodrigo por el camino de Minaya, mal camino elegiste: Minaya siempre acabaría por conducirte de nuevo hasta Rodrigo.

JIMENA. *(En una rebelión.)* ¡Lo que quiero es vivir!... Pero vivir no es sólo respirar, Minaya. vivir es respirarte. *(Se acerca.)* Que tú y yo seamos, juntos los dos, algo distinto: ni tú ni yo, "nosotros"... en donde los demás no tienen parte. Y tú dices que no, que no quieres que nazca ese "nosotros"... Era de eso, Minaya, de lo que estaba pendiente el mundo entero.

130 Recuerdo del *Tristán e Isolda.*

MINAYA. *(Niega. Vencido.)* Seremos olvidados por el mundo... Aquí mismo, dentro de cientos de años, otros dos seres se jurarán amor... Y no sabrán que nosotros sufrimos, que tú cantaste un día una canción, que yo vi en tus ojos esa lágrima. La historia siempre la escriben los más fuertes, Jimena. Para los ojos que tienen que venir serán ellos los fuertes *(Por los de fuera.)*, los puros, los intactos. Y nosotros seríamos los sucios y los ruines. Porque para que vengan esos otros seres, los precisos son ellos, no nosotros. Es preciso su desamor, no nuestro amor... El amor es egoísta: [131] Jimena se acaba en Minaya y Minaya en Jimena.

JIMENA. Pues acabémonos. ¡Muramos los dos juntos ahora mismo, Minaya!

MINAYA. Ni armas para morir nos han dejado. Ni veneno, Jimena, ni cuchillo. Ni la edad de morir... A nuestra edad ya no se muere por amor. Es triste y es así. A nuestra edad se defiende la vida, que se ha hecho.

JIMENA. *(Desolada.)* A nuestra edad nos deberíamos haber sentado ya a la puerta de casa a ver salir a nuestros hijos... A ver llegar la muerte, no la vida. No es hora de empezar... Qué injusto es todo. Quién podría decirme por qué vivimos y por qué sufrimos... Cuando entraste y te vi, soñaba. Ahora sueño que ya me he despertado... Pronto va a amanecer... Preferiría no haber vuelto del sueño.

MINAYA. *(Tiernísimo.)* Ahora sueña que ya te has despertado... Cuando despiertes de verdad, estaremos juntos. (JIMENA *le ha vuelto la espalda.*) Ayúdame, Jimena, por Dios vivo. Ayúdame o no podré decirte adiós. *(La rodea.)* Así, no. Así, no... Alza la cara. Que yo te vea sonreír, como en Molina aquella noche. (JIMENA *niega.*) Que te recuerde siempre sonriendo, Jimena... Ellos no pueden nada... A ellos puede temerle nuestro cuerpo, pero "nos-

131 Lo mismo opinaba el Rey, en *El sol en el hormiguero,* a propósito de la Reina y el Republicano: "¡No piden nada los amantes! ¡Qué egoísmo! Y encima se encuentran maravillosos. Es porque hablan de amor" (*Obras Selectas,* p. 218).

otros", "nosotros", como tú dices, Jimena, nosotros no... (JIMENA *comprende.*) Sonríe... ¿Cómo era la canción?

JIMENA. Acaso esté ya muerta
cuando te vuelva a ver...
Mi corazón, con alas;
mis suspiros, a pie...

MINAYA. Cuando despiertes de verdad, me volverás a ver... Ya para siempre.

JIMENA. *(Reaccionando.)* ¡Pero mi vida es ésta, Minaya! ¡Mi vida es este sueño! Yo me termino aquí... ¿Quién podría explicármelo? *(Cae sollozando en brazos de* MINAYA.)

ALFONSO. *(Aparece comedido y acaso emocionado.)* Por el momento, nadie. Ni yo, que soy el rey... Lo que puedo es mandar. Y voy a hacerlo. Minaya, desaloja las tropas de Valencia. Volvemos a Toledo. Cuando amanezca, debéis estar en marcha.

JIMENA. Abandonar Valencia...

ALFONSO. El Cid también soñaba. Valencia fue su sueño. Despertemos. Castilla necesita renunciar: no tiene fuerzas para seguir soñando.

JIMENA. ¿Y yo?

ALFONSO. Tú has sido derrotada como todos, Jimena. Como todo el que vive, un poco derrotada y otro poco invencible... Abajo hay cien soldados que hacen la guardia al féretro del Cid. Nos lo llevamos con nosotros. Tú lo acompañarás hasta San Pedro de Cardeña, en donde tantas noches echaste de menos un marido. Desde ahora lo tendrás a tu lado día y noche, bien quieto junto a ti... Y no olvides que esos soldados que custodian el féretro, custodiarán también todo el camino el luto y el dolor de la viuda del Cid... Eso será, al menos, lo que dirá la Historia. Lo que tú pienses, y ahora sé lo que piensas, es sólo cosa tuya.

MINAYA. *(Que habla para distraer de su dolor a* JIMENA.) Adiós, Jimena. Hasta que despertemos.

JIMENA. Que sea pronto, Minaya... Adiós. *(Sale* MINAYA.)

ALFONSO. Cuando la última tropa haya salido, arderá esta ciudad por los cuatro costados. Según tengo entendido, la gente de esta parte es muy aficionada a correr pólvora y hacer hermosos fuegos... El de esta noche no va a ser fácil de olvidar... A los sueños, como a los alacranes, para acabar con ellos es preciso quemarlos.

JIMENA. ¡Dios mío! ¡Entonces es verdad que nada había existido! Va a quemarse la tierra prometida... Va a raerse su recuerdo del mundo...

ALFONSO. El paraíso siempre acaba perdiéndose.

JIMENA. ¿Es que en Vivar no nació nunca un Cid? ¿Es que vais a tacharlo? ¿Por qué sufro yo entonces?

ALFONSO. A todos nos tacharán un día... Todos seremos olvidados.[132] O recordados mal, no como fuimos, lo que es peor aún. (*Comienza a entrar el resto de los personajes por distintos lugares, menos* MINAYA.)

JIMENA. Serán olvidados nuestros rostros, nuestras voces, nuestra manera *(Gira despidiéndose del Alcázar.)* de decir adiós a las cosas que fueron nuestra vida... Pero, de alguna forma, esta pena deberá serle útil a alguien: si no, no habría derecho... Y yo creí que no era una heroína. Sí lo soy: esta es mi pobre heroicidad: ser para siempre el despojo de un héroe para que el héroe lo pueda seguir siendo... Sin Jimena no hay Cid. Yo soy su prueba. No será necesaria tu guardia. Conservaré lo que demuestra que todo fue verdad: un cadáver podrido y estos anillos en mi mano derecha.

MARÍA. ¡Por fin! *(Se lanza a besar la mano de su madre.)*

132 Angel Fernández Santos ha comparado estas frases con el monólogo último de Sonia en *Tío Vania,* de Chejov. Estas pueden ser las palabras más cercanas: "¡Cuando llegue nuestra hora, moriremos sumisos y allí, al otro lado de la tumba, diremos que hemos sufrido, que hemos llorado, que hemos padecido amargura!" (Anton Chejov: *Teatro completo,* Madrid, ed. Aguilar, 1959, p. 505). Comenta el crítico: "Natalia y Jimena no hacen más que expresar, a través de ella, la imagen de una vida más que incompleta, una realidad todavía más abismal que la frustración: la percepción del vacío" ("Introducción" a *Anillos para una dama,* Madrid, ed. Júcar, 4.ª edición, 1986, p. 12).

JERÓNIMO. En la paz de Cardeña encontrarás tu paz, hija mía. Jimena, fuera de tanto ruido, de tanta excitación y de tanta conquista.

JIMENA. En la paz de Cardeña lo único que haré será esperar que por fin venga Dios a explicarme el porqué de todo esto... Ahora sí que ha llamado a la puerta la Historia, rey Alfonso. Abre de par en par.

MARÍA. Por fin, mamá.

JIMENA. La Historia contará este hermoso cuadro que formamos: la viuda sollozante; el rey que reconoce el poder de un vasallo; el obispo que reparte bendiciones y da buenos consejos; la hija consternada que besa la mano de su madre. Todo está ya, como debía estar... Cuando se hable de esto, quizá llenen España la paz y la sonrisa y los hombres nos recordarán con gratitud porque hicimos posible su dicha. Y las mujeres podrán enamorarse libremente y admirarán mi luto interminable... Pero yo os aseguro que, algún día remoto, alguien, que a su vez también será olvidado, contará mi dolor, esta pequeña historia mía. Contará que la noche en que Valencia fue devuelta a los moros, Jimena, junto al ataúd del Cid, no lloró por el muerto, lloraba por su muerte, la de ella... Lloraba porque al despertar le habían quitado todo. Todo, menos dos alianzas en la mano derecha y una cadena sobre su corazón...

ALFONSO. *(Ante el tono de incendio que va tomando el fondo.)* Valencia empieza a arder. Ya es hora de ponerse en camino. *(Dejan salir primero a* JIMENA. *Tiene una vacilación. Las mujeres se le acercan para sostenerla. Se las sacude.)*

JIMENA. ¡Sola! ¡Dejadme sola! ¡Lo que tengo que hacer de ahora en adelante lo puedo hacer yo sola! *(Van saliendo todos, mientras cae el*

TELÓN.)

ÍNDICE DE LÁMINAS

Entre págs.

ESTE LIBRO
SE TERMINÓ DE IMPRIMIR
EL DÍA 27 DE FEBRERO DE 1988

clásicos castalia

ÚLTIMOS TÍTULOS PUBLICADOS

128 / Tirso de Molina
LA HUERTA DE JUAN FERNANDEZ
Edición, introducción y notas de Berta Pallares.

129 / Antonio de Torquemada
JARDÍN DE FLORES CURIOSAS
Edición, introducción y notas de Giovanni Allegra.

130 / Juan de Zabaleta
EL DÍA DE FIESTA POR LA MAÑANA Y POR LA TARDE
Edición, introducción y notas de Cristóbal Cuevas.

131 / Lope de Vega
LA GATOMAQUIA
Edición, introducción y notas de Celina Sabor de Cortazar.

132 / Rubén Darío
PROSAS PROFANAS
Edición, introducción y notas de Ignacio de Zuleta.

133 / LIBRO DE CALILA E DIMNA
Edición, introducción y notas de María Jesús Lacarra y José Manuel Cacho Blecua.

134 / Alfonso X
LAS CANTIGAS
Edición, introducción y notas de W. Mettman.

135 / Tirso de Molina
LA VILLANA DE LA SAGRA
Edición, introducción y notas de Berta Pallares.

136 / POESÍA DE LA EDAD DE ORO, II: BARROCO
Edición, introducción y notas de José Manuel Blecua.

137 / Luis de Góngora
LAS FIRMEZAS DE ISABELA
Edición, introducción y notas de Robert Jammes.

138 / Gustavo Adolfo Bécquer
DESDE MI CELDA
Edición, introducción y notas de Darío Villanueva.

139 / Castillo Solórzano
LAS HARPÍAS DE MADRID
Edición, introducción y notas de Pablo Jauralde.

140 / Camilo José Cela
LA COLMENA
Edición, introducción y notas de Raquel Asún.

141 / Juan Valera
JUANITA LA LARGA
Edición, introducción y notas de Enrique Rubio.

142 / Miguel de Unamuno
ABEL SÁNCHEZ
Edición, introducción y notas de José Luis Abellán.

143 / Lope de Vega
CARTAS
Edición, introducción y notas de Nicolás Marín

144 / Fray Toribio de Motolinía
HISTORIA DE LOS INDIOS DE LA NUEVA ESPAÑA
Edición, introducción y notas de Georges Baudot

145 / Gerardo Diego
ÁNGELES DE COMPOSTELA. ALONDRA DE VERDAD
Edición, introducción y notas de Francisco Javier Díez de Revenga

146 / Duque de Rivas
DON ÁLVARO O LA FUERZA DEL SINO
Edición, introducción y notas de Donald L. Shaw

147 / Benito Jerónimo Feijoo
TEATRO CRÍTICO UNIVERSAL
Edición, introducción y notas de Giovanni Stiffoni

148 / Ramón J. Sender
MISTER WITT EN EL CANTÓN
Edición, introducción y notas de José María Jover Zamora.

149 / Sem Tob
PROVERBIOS MORALES
Edición, introducción y notas de Sanford Shepard.

150 / Cristóbal de Castillejo
DIALOGO DE MUJERES
Edición, introducción y notas de Rogelio Reyes Cano

151 / Emilia Pardo Bazán
LOS PAZOS DE ULLOA
Edición, introducción y notas de Marina Mayoral.

152 / Dámaso Alonso
HIJOS DE LA IRA
Edición, introducción y notas de Miguel J. Flys.

153 / Enrique Gil y Carrasco
EL SEÑOR DE BEMBIBRE
Edición, introducción y notas de J. L. Picoche
468 págs.

154 / Santa Teresa de Jesús
LIBRO DE LA VIDA
Edición, introducción y notas de Otger Steggink
720 págs.

155 / NOVELAS AMOROSAS DE DIVERSOS INGENIOS
Edición, introducción y notas de E. Rodríguez
360 págs.

156 / Pero López de Ayala
RIMADO DE PALACIO
Edición, introducción y notas de G. de Orduna
552 págs.

157 / LIBRO DE APOLONIO
Edición, introducción y notas de Carmen Monedero

158 / Juan Ramón Jiménez
SELECCIÓN DE POEMAS
Edición, introducción y notas de Gilbert Azam

159 / César Vallejo
POEMAS HUMANOS. ESPAÑA. APARTA DE MÍ ESTE CÁLIZ
Edición, introducción y notas de Francisco Martínez García
246 págs.